南水北调 2024 年
新闻精选集

NANSHUI BEIDIAO 2024 NIAN
XINWEN JINGXUANJI

水利部南水北调工程管理司 编

中国水利水电出版社
www.waterpub.com.cn
·北京·

内 容 提 要

本书主要收集整理了2024年度各级各类新闻媒体关于南水北调工程的宣传报道文稿，详细介绍了2024年度南水北调工程建设和运行管理过程中发生的重要事件、产生的重大影响。本书主要内容分为三个部分，即中央媒体报道、行业媒体报道和地方媒体报道。

本书语言生动，内容翔实，可供水利工作者、新闻工作者以及社会大众阅读使用。

图书在版编目（CIP）数据

南水北调2024年新闻精选集 / 水利部南水北调工程管理司编. -- 北京 : 中国水利水电出版社, 2025. 7. ISBN 978-7-5226-3511-8

I. I253

中国国家版本馆CIP数据核字第202581HX87号

书　　名	南水北调2024年新闻精选集 NANSHUI BEIDIAO 2024 NIAN XINWEN JINGXUANJI
作　　者	水利部南水北调工程管理司　编
出版发行	中国水利水电出版社 （北京市海淀区玉渊潭南路1号D座　100038） 网址：www.waterpub.com.cn E - mail：sales@mwr.gov.cn 电话：（010）68545888（营销中心）
经　　售	北京科水图书销售有限公司 电话：（010）68545874、63202643 全国各地新华书店和相关出版物销售网点
排　　版	中国水利水电出版社微机排版中心
印　　刷	天津嘉恒印务有限公司
规　　格	170mm×240mm　16开本　19印张　321千字
版　　次	2025年7月第1版　2025年7月第1次印刷
印　　数	0001—1300册
定　　价	118.00元

凡购买我社图书，如有缺页、倒页、脱页的，本社营销中心负责调换

版权所有·侵权必究

《南水北调 2024 年新闻精选集》
编辑人员名单

编　　审：李　勇

主　　编：袁其田

副 主 编：高立军　骆秧秧

编　　辑：汪博浩　宋　滢　曹炜林　张小俊
　　　　　沈子恒　王梓瑄　梁　祎　杨乐乐
　　　　　孙庆宇　原　雨　丁俊岐　刘　军
　　　　　蒋　学　王新欣　王　菲

前言

2024年是新中国成立75周年，是习近平总书记发表保障国家水安全重要讲话10周年，是南水北调东中线一期工程全面通水10周年。一年来，习近平总书记多次主持召开会议研究水利工作，就水安全保障、防汛抗旱、重大水利工程建设、水资源节约集约利用、南水北调水质保护等作出一系列重要讲话指示批示，专门对推动水利高质量发展、保障我国水安全提出明确要求，为做好水利工作指明了前进方向、提供了根本遵循。各有关单位克难奋进、真抓实干，全力以赴推动南水北调工程各项工作取得积极进展和成效，进一步守牢工程安全、供水安全、水质安全底线，促进工程综合效益不断提升。

截至2024年年底，南水北调东中线一期工程累计调水超770亿立方米，惠及沿线45座大中城市，直接受益人口超1.85亿，助力京杭大运河连续三年全线水流贯通、永定河连续两年全年全线有水，经济、社会和生态效益充分释放，初步构筑起我国"四横三纵、南北调配、东西互济"的水网总体格局。

为讲好南水北调故事，传播南水北调声音，塑造南水北调品牌形象，2024年，中央媒体、行业媒体和地方媒体聚焦工程全面通水10周年，提前策划精心组织，深入采访调研，从不同角度切入，开展了一系列形式多样、内容丰富的宣传报道，受到社会各界高度关注和充分肯定。

为系统梳理总结2024年南水北调新闻宣传报道成果，特收集整理年内中央主要媒体、水利行业媒体及沿线有关地方媒体的报道内容并编印成册，供广大读者参考借鉴，同时，也希望各界读者通过阅读本书，更加理解、支持南水北调工作，共同为推进南水北调工程高质量发展、保障国家水安全营造良好氛围。

　　本书在编辑过程中，得到了有关媒体和记者的支持与帮助，在此特致以诚挚的感谢。

编者

2025年6月

目录

前言

中 央 媒 体 报 道

习近平回信勉励湖北十堰丹江口库区的环保志愿者　弘扬志愿服务精神带动更多人自觉守水护水节水　为推进人与自然和谐共生的现代化贡献力量 ………………………………………………………… 1

我国加快构建国家水网主骨架和大动脉 ……………………………… 1

南水北调引江补汉工程进入全面施工阶段 …………………………… 3

南水北调东线北延工程2024年度调水启动　计划向津冀调水1.85亿立方米 ………………………………………………………………… 5

做强"水文章"　壮大"水经济"：我国水安全保障进展成效显著 ………… 6

北京密云水库调蓄工程反向输水启动　增加水资源战略储备 ……… 10

推进南水北调工程高质量发展 ………………………………………… 11

南水北调东线一期工程向山东调水突破70亿立方米 ………………… 17

南水北调进京水量达100亿立方米 …………………………………… 18

引江补汉工程开工建设两周年，打造南水北调后续工程建设标杆 … 19

南水北调中线向天津调水超100亿立方米 …………………………… 23

南水奔流见证中国力量 ………………………………………………… 23

南水北调的世纪答卷	27
丹江口水库：南水千里润北国	30
南水北调东线一期工程年度调水任务圆满完成	31
守水护水　湖北十堰绿色低碳发展实现新突破	32
南水北调中线行｜一滴水背后的经济学	35
南水北调中线水源地水质持续向好	38
"南水"千里奔流　润泽北方大地	40
十年谋篇"水"文章　湖北丹江口叫响"中国水都"	44
一渠丹江水浸润"百年煤城"	48
苦水营村喝上了"好水"	51
南水北调东线一期工程调水成效显著	52
你是汉江	53
科技赋能　生态更美　百姓安乐	60
心中流过一泓清水	63
陕西安康在青山绿水间绘就安居乐业新图景	67
北京地下还有"一环"？揭秘首都这条供水环路	71
玉符河"变身记"	74
一泓清水北上　永续润泽乡土	75
南水北调中线引江补汉工程首台硬岩掘进机始发	79
千里"南水"保障沿线用水安全	80
百亿立方米"南水"滋养"天津卫"	81
"一滴水"带活一座城	84
在南水北调中线起点，我看到了"守井人"们的执着	88
走笔十堰南三县：堵河深处有桃源	93
一江清水永续北上　十年书写民生工程	99
确保"一泓清水永续北上"	106
一泓清水润万家	112
千里水脉润北国	114

用好每滴南水是最好的感谢 ·· 118
南水北调改变了我们的生活 ·· 120
水利部：南水北调后续工程规划建设重点抓好五方面工作 ··············· 123
全面通水 10 周年！南水北调工程累计调水超 767 亿立方米 ············ 124
寻访汉江源，遇见南水北调中线工程"第一滴水" ························· 125
全面通水 10 周年！南水北调工程塑造我国水资源分配新格局 ········· 128
南水北调工程生态效益日益显著 ·· 137
"南水"十载润北方 ·· 140
事关战略全局、长远发展和人民福祉 ·· 145
守护南水北调"生命线" ·· 147
南水北调十年来如何确保"三个安全"？回应来了 ·························· 150
水利部：南水北调工程全面通水 10 周年　惠及沿线 45 座大中城市、
　　1.85 亿人 ·· 151
一滴"智来水"演绎供水绿色蝶变 ··· 152
算算南水北调工程"生态账" ·· 154
扎实推动南水北调工程发挥更大效益 ·· 156
通水十载，南水北调改变了什么 ··· 158
南水北调工程效益日益显著 ··· 161
千里奔流　"南水"润北国 ··· 164
南水北调工程综合效益显著 ··· 166
十年，守好一库碧水 ·· 169

行 业 媒 体 报 道

南水北调首个水利部标准化管理调水工程　引江济汉工程通过调水工程
　　标准化管理水利部技术评价 ·· 173
深入推进南水北调工程高质量发展 ··· 174
南水北调工程累计调水量突破 700 亿立方米 ······························ 174
数字赋能南水北调中线工程高质量发展 ····································· 175

水利部召开南水北调工程管理工作会 …………………………………… 177
为科学调度水量及严格用水管理提供法治保障 ………………………… 178
社论：全力推进南水北调后续工程高质量发展 ………………………… 180
碧水长渠向未来 …………………………………………………………… 182
水利部召开推进南水北调后续工程高质量发展工作领导小组会议
　　……………………………………………………………………………… 188
一渠碧水润北方 …………………………………………………………… 189
京津冀南水北调受水区近八成县域建成节水型社会 …………………… 191
2024年丹江口库区及其上游流域水质安全保障水利工作会议第一次
　　会议在北京召开 ……………………………………………………… 191
水利部召开南水北调东中线工程受水区节水工作推进会 ……………… 193
展智慧之翼　护清水北上 ………………………………………………… 194
水利部　中国南水北调集团　十堰市人民政府联合举办丹江口库区
　　及其上游流域—中线总干渠联动水质安全保障应急演练 ………… 199
南水北调东线一期工程综合效益显著　清水奔涌润北方 ……………… 200
南水北调配套工程大兴支线实现全线充水　北京接收"南水"将有
　　双通道 ………………………………………………………………… 202
一片丹心护碧水 …………………………………………………………… 203
"南水"十周年　北京节好水 …………………………………………… 205
千里"南水"惠泽美好未来 ……………………………………………… 210
社论：谱写永续造福民族造福人民的宏伟篇章 ………………………… 215
南水北上润齐鲁　砥砺十载谱华章 ……………………………………… 217
千里奔流　万里锦绣 ……………………………………………………… 220
建强水网领军企业　绘就高质量发展新画卷 …………………………… 226
国新办举行南水北调东中线一期工程全面通水十周年有关情况新闻
　　发布会　南水北调工程调水超767亿立方米 ……………………… 233
南水北调的陕西力量 ……………………………………………………… 234
十载"鹤"护　"壁"水润泽 …………………………………………… 236

北京举行南水北调中线一期工程通水进京十周年新闻发布会　超1600万
　　北京市民喝上"南水" ………………………………………………… 239
王道席出席南水北调工程专家委员会2024年度工作会议 …………… 240
南水北调工程首单跨省用水权交易签约 ………………………………… 241

地 方 媒 体 报 道

标准引领强运管　江水润鲁谱新篇 ……………………………………… 242
一泓清水　永续北上 ……………………………………………………… 247
运行十年　南水北调何以成为世纪工程？ ……………………………… 250
东、中线一期已成为"生命线"工程 …………………………………… 257
建设安全韧性现代水网　确保一泓清水永续北上 ……………………… 261
跨越山河三千里　十年南水润北国 ……………………………………… 266
深入推进南水北调后续工程高质量发展　为中国式现代化建设河南实践
　　提供水安全保障 ……………………………………………………… 274
南水入冀十年　润泽燕赵大地 …………………………………………… 279
长江之水北奔腾　浩荡润鲁利千秋 ……………………………………… 283
千里送碧水　万物生光辉 ………………………………………………… 285

中央媒体报道

习近平回信勉励湖北十堰丹江口库区的环保志愿者
弘扬志愿服务精神　带动更多人自觉守水护水节水
为推进人与自然和谐共生的现代化贡献力量

在第二个全国生态日来临之际，中共中央总书记、国家主席、中央军委主席习近平给湖北十堰丹江口库区的环保志愿者回信，对他们予以亲切勉励，并向全国的生态环境保护工作者、志愿者致以诚挚问候。

习近平在回信中说，得知十年来越来越多库区群众加入志愿服务队伍，用心用情守护一库碧水，库区水更清了、山更绿了、环境更美了，我很欣慰。

习近平强调，南水北调工程事关战略全局、长远发展和人民福祉，保护好水源地生态环境，确保"一泓清水永续北上"，需要人人尽责、久久为功。希望你们继续弘扬志愿服务精神，带动更多人自觉守水护水节水，携手打造青山常在、绿水长流、空气常新的美丽中国，为推进人与自然和谐共生的现代化贡献力量。

2014年，南水北调中线一期工程正式通水，习近平总书记作出重要指示。十年来，作为南水北调中线工程的重要水源地，丹江口库区持续深化水质保护，包括志愿者在内的广大干部群众积极参与治水护水工作，丹江口水库水质稳定在Ⅱ类及以上标准。近日，湖北省十堰市丹江口库区的环保志愿者给习总书记写信，汇报从事守水护水志愿服务等情况，表达牢记习总书记嘱托、守好一库碧水的坚定决心。

（新华社　2024年8月14日）

我国加快构建国家水网主骨架和大动脉

南水北调工程是迄今为止世界上规模最大的调水工程。习近平总书记强调,"南水北调工程事关战略全局、长远发展和人民福祉"。今年是南水北调全面通水10周年。10年来,南水北调工程优化我国南北方水资源配置,为全面建设社会主义现代化国家提供有力的水安全保障。

这一刻,源自湖北十堰丹江口水库的清澈水源,正沿着南水北调中线长达1432公里的输水渠道,奔流不息,一路北上,抵达广袤的华北平原;这一刻,在群山之间,南水北调中线引江补汉工程20多个工作面正在加快施工,工程建成后,三峡水库将和丹江口水库连通,南水北调中线水源更有保障。

截至目前,南水北调东中线一期工程已累计调水超760亿立方米,沿线40多座大中城市受益、1.85亿人喝上"南水"。

南水北调工程是缓解我国北方水资源严重短缺状况的重大战略性基础设施,是国家水网的主骨架和大动脉,已建成的东线和中线两条清水长廊,沟通了长江、淮河、黄河、海河四大流域。习近平总书记高度重视南水北调工程,多次亲临工程视察,他指出"南水北调工程功在当代,利在千秋",把南水北调建设成为优化水资源配置、保障群众饮水安全、复苏河湖生态环境、畅通南北经济循环的生命线,让南水北调永远造福民族、造福人民。

水利部南水北调司副司长、一级巡视员　袁其田:习近平总书记对南水北调工程作出的一系列重要指示批示,为推进南水北调后续工程高质量发展指明了方向、提供了根本遵循,为新时代治水擘画了宏伟蓝图。十年来,南水北调工程的经济、社会和生态效益充分释放,初步构筑起我国"南北调配、东西互济"的水网格局,为京津冀协同发展、雄安新区建设等重大国家战略实施提供了强有力的水资源支撑。

如今,受水区的一座座水厂、一条条管网正在与南水北调东中线相互交织,受益范围正由大中城市向农村拓展,这也为全国农村自来水普及率达九成提供了重要支撑。

如今,南水北调中线水质稳定达Ⅱ类,东线水质稳定达Ⅲ类。"南水"已由原来规划的补充水源成为多个大中城市的重要水源。在北京城区内,每10杯水里约有8杯来自"南水",郑州中心城区90%以上的居民生活用水为"南水",天津主城区供水几乎全部为"南水"。

如今,沿线地区地下水水位逐步回升。在河北邢台,百泉涌动景象再现。断流百年的京杭大运河连续3年全线水流贯通,永定河断流26年后再现流动之美。自2017年以来,南水北调中线一期工程向白洋淀实施生态补水,累计补水量达到 8.47 亿立方米，有效改善了白洋淀及其上游河道的生态环境，目前白洋淀记录到的野生鸟类已达 286 种，相较于新区建设之初新增了 80 种。

河北省安新县摄影家协会会长 张学农：我的家就在白洋淀深处，这几年，（我）不间断地从夏天到冬天拍摄了大量视频跟照片。青头潜鸭生活的地方，往往那个水质特别好。

党的二十届三中全会提出要"因地制宜发展新质生产力"。目前，中国南水北调集团正在全力推进数字孪生南水北调建设。12 月 1 日，南水北调中线一期工程启动了 2024—2025 年度冰期输水工作。借助数字孪生南水北调中线 1.0 系统，工作人员可以对渠道水温和冰情开展预测预报，今年新增加的 18 套气象水温监测感知设备实现实时监测，为会商和调度运行决策提供技术支撑。

随着南水北调后续工程的持续推进，引江补汉工程多个标段全面引进综合加工厂、智能拌合站、信息化实验室等智能建造技术，提升工程建设效率。

中国工程院院士、中国水利水电科学研究院研究员 王浩：水利新质生产力是推动水利高质量发展的关键动力。（要）加快推进数字孪生南水北调建设，构建"空天地"一体化智能感知体系，研发具有自主知识产权的重大装备，让工程运行管理更加智能高效。

新时代新征程，奔流不息的千里"南水"，正在广袤的中华大地上蜿蜒铺展，勾勒出一幅气势恢宏的水网蓝图。

（王琰 梁丽娟 李洁 张琪 李啸虎 央视网《新闻联播》
2024 年 12 月 7 日）

南水北调引江补汉工程进入全面施工阶段

随着新进场 7 个主体施工标开工令的下达，南水北调后续工程首个重大项目——引江补汉工程近日进入全面施工阶段。

1 月 9 日上午，位于湖北省襄阳市保康县马良镇的引江补汉工程输水隧洞 8 号平洞施工现场人声鼎沸，挖掘机、装载机等大型设备轰鸣，一片热火朝天的景象。在洞口外平台，衬砌台车下，钢花四溅，工人们正在紧张地进

8号平洞施工现场（新华社记者　肖艺九　摄）

行模板安装作业。

中国南水北调集团有限公司江汉水网公司引江补汉工程建设管理二部主任彭春林说，作为引江补汉工程主体隧洞埋深最深的标段之一，8号平洞经过场地平整、边坡治理防护，目前已经钻爆开挖200余米，年底可以完成硬岩隧道掘进机进驻。

8号平洞施工现场（新华社记者　肖艺九　摄）

"工程全面进入高标准高质量加速建设阶段。"中国南水北调集团有限公司江汉水网公司副总经理上海峰说，2022年7月7日开工以来，引江补汉工程如期完成年度投资计划，建设取得明显成效。截至2023年底，先期开工建设的出口段工程主体隧洞进洞1015米，桐木沟检修交通洞提前实现贯通，前期施工准备工程14条支洞实现进洞施工，18条进场道路及相关附属设施基本修建完成。

作为我国在建长距离有压引调水隧洞中单洞长度最长、洞径最大、综合难度最高的工程项目，引江补汉工程从长江三峡库区引水至汉江丹江口水库下游安乐河口。输水线路总长194.7公里，多年平均调水量39亿立方米，工程施工总工期108个月，工程静态总投资551.58亿元。

引江补汉工程是加快构建国家水网主骨架和大动脉的标志性工程。建成后，将实现三峡水库和丹江口水库隔空"牵手"，可有效提高汉江流域水资源调配能力，增加南水北调中线工程北调水量，并为引汉济渭实现远期调水规模创造条件。

（李思远 刘诗平 新华社 2024年1月9日）

南水北调东线北延工程2024年度调水启动 计划向津冀调水1.85亿立方米

3月1日12时，随着南水北调东线一期工程山东段六五河节制闸缓缓开启，东线一期工程北延应急供水工程启动2023—2024年度向河北、天津调水工作。

水利部相关负责人介绍，本年度调水计划至2024年5月底结束，穿黄断面计划调水量为2.21亿立方米，向河北、天津调水1.85亿立方米。此次调水将有力保障津冀地区今年春灌储备水源，确保粮食安全，巩固华北地区地下水压采成效。

"北延工程将与南水北调东线一期工程鲁北段、引黄工程统筹实施多水源、多工程联合调度，充分利用工程富余供水能力，为山东省鲁北地区聊城市、德州市供给生态农业用水，充分发挥工程效益，为沿线经济社会发展、粮食安全保障、生态环境改善贡献东线工程最大力量。"中国南水北调集团东线公司的副总经理孙庆国说。

据了解，自 2019 年东线一期工程北延应急试通水以来共开展了 5 次调水，累计向河北、天津调水 5.87 亿立方米，其中向京杭大运河补水 3.34 亿立方米，有效助力了华北地下水压采综合治理、京杭大运河全线贯通补水和华北地区河湖生态环境复苏等专项行动。

（欧阳易佳　人民网　2024 年 3 月 1 日）

做强"水文章" 壮大"水经济"：我国水安全保障进展成效显著

问渠那得清如许，为有源头活水来。

2024 年 3 月 14 日，国新办就国家水安全保障进展成效举行发布会。会上，水利部副部长刘伟平表示，在社会各界的关心支持下，我国治水事业取得历史性成就、发生历史性变革。

近年来，我国不断做优做强"水文章"，培育壮大"水经济"，加快推动水利高质量发展，水安全保障进展成效显著。

节水优先　全面推进节水型社会建设

10 年来，全国用水总量总体稳定在 6100 亿立方米以内，万元国内生产总值用水量、万元工业增加值用水量分别下降 42.8%、58.2%，农田灌溉水有效利用系数从 0.530 提高到 0.576。

发布会现场，刘伟平带来了一组令人欣喜的数据。

"节水优先"是新时期治水思路的重要内容。在河南，不断加强刚性约束，将 135.78 万个取水口、7.1 万个取水项目纳入日常监管；在湖北，不断优化用水效率，万元工业增加值年用水量由 115 立方米降至 50 立方米……各地拧紧节水"水龙头"，做好节水这道"必答题"。

刘伟平表示，通过落实节水优先思路，水资源利用方式实现深层次变革。

全面实施国家节水行动,强化水资源刚性约束,持续推进农业节水增效、工业节水减排、城镇节水降损,推动用水方式由粗放向节约集约转变。

去年,水利部、国家发展改革委联合印发《关于加强南水北调东中线工程受水区全面节水的指导意见》(以下简称《意见》)。《意见》要求,受水区省(市)要坚持先节水后调水、先治污后通水、先环保后用水,全面落实水资源刚性约束,全面提升用水效率,全面健全节水制度,全面加强节水管理,全面建成节水型社会。

"实践证明,节水是南水北调受水区的根本出路。"中国南水北调集团相关负责人说,"南水北调受水区把水资源、水生态、水环境承载力作为刚性约束,贯彻落实到改革发展稳定各项工作中。"

如今,南水北调已经成为沿线40多座大中城市280多个县(市、区)不可或缺的重要水源,直接受益人口超1.76亿人,有力地促进了受水区产业结构调整、经济布局优化和节水工作深入开展。

"南水北调工程有力促进了受水区水资源集约节约利用。"中国南水北调集团党组书记、董事长蒋旭光在第三届中国节水论坛上表示,以南水北调和国家水网事业高质量发展,积极推进布局现代节水产业、参与现代灌区建设,全面助力节水型社会建设。

把节水放在优先位置,为的是世世代代都能可持续发展,用上用好宝贵的水资源。10年来,我国强化水资源刚性约束机制,以农业节水增效、工业节水减排、城镇节水降损为重点,加强水资源节约集约利用,以有限的水资源支撑了经济社会的快速发展。

空间均衡　加速推进现代水网建设

1月26日,国家水网重大项目——开化水库工程上瑶上游输水隧洞全线贯通,成功实现了开化水库库区与输水区的"会面握手"。

与此同时,浙江、安徽、云南、重庆、海南、河南、甘肃、陕西、内蒙古、青海、辽宁、天津、河北、湖北等省(自治区、直辖市)加速布局,一批重大项目正加速落地实施。

刘伟平表示,加快国家水网建设,促进水资源与人口经济布局相均衡。立足流域整体和水资源空间均衡配置,科学推进实施以南水北调工程为代表

工作人员介绍南水北调中线引江补汉工程进展（受访者供图）

的重大跨流域、跨区域引调水工程，"南北调配、东西互济"的水资源配置格局初步形成。

"目前，已经完成南水北调中线沿线调蓄体系研究，有序推进雄安等调蓄库立项建设，完成西霞院连通工程可研初稿，基本完成东线北延巩固提升可研编制。"上述负责人表示。

该负责人介绍，南水北调西线工程将进一步完善，"四横三纵"水网主骨架和大动脉，为黄河流域生态保护和高质量发展等重大国家战略的实施和全面建设社会主义现代化国家提供有力的水安全保障，解决东西部发展不均衡，推进西部大开发形成新格局。

立足流域整体和水资源空间均衡配置，10年来，我国水利基础设施网络效益不断增强，国家水安全保障能力显著提升，初步形成了"南北调配、东西互济"的水资源配置总体格局，全国水利工程供水能力从2012年的7000亿立方米提高至2022年的近9000亿立方米。

系统治理　建设造福人民的"幸福河湖"

"亲人们，明天见。"

3月9日下午，网红"歌手洋仔"结束在浙江省余杭区径山镇北苕溪泥湾头段竹筏上两个多小时的视频直播时，获得数万人点赞。

近年来，余杭区以"幸福河湖"建设为抓手，坚持水岸同治，通过清淤疏浚、引水调度、拆除违建等措施，保持河道行洪畅通，恢复河湖水域岸线生态功能，使径山北苕溪成为余杭区"最美家乡河"金名片。

"浙江的河湖面貌发生了根本性的变化。"浙江省水利厅党组书记、厅长李锐介绍，浙江省先后开展"五水共治"、河湖库塘清淤、美丽河湖建设、幸福河湖建设，全省累计完成美丽河湖建设726条（个），贯通滨水绿道1万余公里，串联滨水公园、文化节点3390余处，水生态、水环境面貌有了质的提升，百姓对治水的满意度不断增强。

围绕系统治理、综合治理，立足生态系统全局谋划治水，10年来，长江、黄河等七大江河全面建立流域省级河湖长联席会议机制，以河长制促"河长治"，逾100万名村级河湖长（含巡河员、护河员）守护河湖"最前哨"，河湖面貌发生历史性改变。

刘伟平表示，通过实施"母亲河"复苏行动，断水百年之久的京杭大运河实现全线水流贯通，断流26年之久的永定河实现全年全线有水，白洋淀水域面积保持稳定。华北地下水超采治理区地下水水位显著回升，深层地下水人工回补扎实推进。治理水土流失面积62万平方公里，越来越多的河流恢复生命、流域重现生机。

南水北调中线工程的"咽喉"——穿黄工程（受访者供图）

两手发力 水利投入高速增长

近年来，水利部建立起两手发力的工作框架体系。锚定全面提升国家水安全保障能力目标，通过政府作用和市场机制两手协同发力，"三管齐下"推进金融信贷，吸引市场主体投入水利基础设施的建设和运营，拓宽投资渠道，解决大规模水利基础设施建设的资金需求。

刘伟平介绍，10年来，全国水利建设投资年度完成额从3758亿元提高到11996亿元，金融信贷和社会资本投入从782亿元提高到3482亿元。

"一方面，我们积极争取公共财政对水利的投入；另一方面，地方水利部门深化水利投融资改革，创新投融资机制，拓宽水利建设资金渠道。"水利部规划计划司司长张祥伟说。

"各地应用特许经营、股权合作、政府购买服务等多种模式，建立合理的回报机制，吸引更多市场主体投入水利基础设施建设、运营。"张祥伟说，"另外，一些水利企业利用产业投资基金、企业债券、资产证券化等多种方式融资，探索REITs试点盘活水利存量资产，投入水利建设。"

政府与市场协同发力，10年来，全国累计完成水利建设投资达到7.5万亿元，是上一个10年的5倍以上，2022年、2023年连续两年迈上万亿元大台阶，创历史新高，为推动经济回升向好、巩固夯实安全发展基础贡献了水利力量。

张祥伟表示，下一步，水利部将深入推进水利投融资改革，协同推进水价、用水权市场化交易、水利工程管理体制等方面改革，进一步拓宽水利建设长期资金筹措渠道。

(欧阳易佳 人民网 2024年3月15日)

北京密云水库调蓄工程反向输水启动
增加水资源战略储备

记者从北京市水务局获悉，密云水库调蓄工程反向输水4月正式启动，这也是本年度密云水库调蓄工程首次进行反向输水运行。

密云水库调蓄工程是南水北调中线北京市内重要配套工程之一，主要功能是调蓄和储备水资源。该工程通过九级泵站逐级加压，实现"水往高处走"，把一部分"南水"反向输送到密云水库存蓄起来，以增加北京市水资源战略储备。部分"南水"还将通过李史山泵站小中河分水闸，对密怀顺水源地进行补水，提高北京市地下水资源战略储备。

据悉，此次反向输水前期采用小流量运行，通过"首级甩站"的调度模式来满足各级泵站的水量匹配要求。后续将根据具体来水量逐步调整运行模式。北京市南水北调团城湖管理处在输水期间将加强巡视值守，确保安全高效完成2024年反向输水运行工作。

（龚晨　陈杭　中国新闻网　2024 年 4 月 3 日）

推进南水北调工程高质量发展

南水北调工程是党中央决策建设的重大战略性基础设施，是优化水资源配置、保障群众饮水安全、复苏河湖生态环境、畅通南北经济循环的生命线和大动脉。工程的实施改变了广大北方地区供水格局，同时推动复苏受水区河湖生态环境，发挥了巨大的经济、社会和生态效益。2024 年全国水利工作会议提出，加快推进南水北调后续工程高质量发展。本期特邀专家围绕相关问题进行研讨。

加强顶层设计建好后续工程

南水北调工程从提出设想到实施建设，经历了怎样的发展历程？

宁远（原国务院南水北调工程建设委员会办公室副主任）：水是生存之本、文明之源。自古以来，我国基本水情一直是夏汛冬枯、北缺南丰，水资源时空分布极不均衡。南水北调是跨流域跨区域配置水资源的骨干工程，有效缓解了北"渴"。

南水北调的构想始于 20 世纪 50 年代，长江、黄河、淮河和海河的流域规划中就研究过从长江向北方调水的方案。1952年毛泽东同志在视察黄河时提出，"南方水多，北方水少，如有可能，借点水来也是可以的"。1958年，中共中央发布《关于水利工作的指示》，首次提出南水北调的概念，此后多次专题研究部署南水北调工作。

1972年，华北地区发生严重干旱，为解决海河流域水资源短缺问题，原水利电力部组织开展南水北调规划工作，经过对南水北调东线进行查勘，提出《南水北调近期工程规划报告》。1978年，五届全国人大一次会议通过的《政府工作报告》正式提出，兴建把长江水引到黄河以北的南水北调工程。1979年，南水北调规划办公室成立，统筹领导协调全国的南水北调工作。

此后，南水北调这一伟大构想的实现路径逐渐清晰。1983年，国务院批准南水北调东线第一期工程方案。1995年12月，南水北调工程开始全面论证。2000年，南水北调工程进入总体规划论证阶段，国务院提出"先节水后调水、先治污后通水、先环保后用水"的原则。2002年，国务院批复《南水北调工程总体规划》，提出先期实施东线和中线一期工程，西线工程先继续做好前期工作。东、中、西三条调水线路，分别从长江下、中、上游调水，沟通长江、淮河、黄河、海河四大江河水系，"四横三纵、南北调配、东西互济"的水资源配置格局落地。

按照总体规划，东线一期工程从长江下游扬州江都抽引长江水北送，经过京杭大运河及与其平行的输水航道，最终向北可输水到天津，向东可输水到济南、烟台、威海；中线一期工程从丹江口水库引水，全程自流到河南、河北、北京、天津。2002年至2023年，东、中线一期工程开工建设，南水北调工程进入建设阶段。

为确保南水北调工程顺利实施，解决我国北方地区水资源严重短缺问题，实现黄淮海流域经济社会可持续发展，2003年国务院南水北调工程建设委员会成立，其任务是决定南水北调工程建设的重大方针、政策、措施和其他重大问题。《南水北调工程项目法人组建方案》获批后，东线、中线工程建设的项目法人相继组建，负责相应工程建设和运行管理。随着主体工程建设开展，治污工程和地方配套工程也同步进行。南水北调东、中线一期工程分别于2013年、2014年正式建成通水。

2014年，习近平总书记主持召开中央财经领导小组第五次会议，研究水安全问题，提出"节水优先、空间均衡、系统治理、两手发力"治水思路。

南水北调东、中线一期工程通水以来，累计调水700亿立方米，受益人口超1.76亿人。截至2024年3月18日，中线累计向北京、天津、河南、河北调水625.93亿立方米，东线向山东调水67.77亿立方米，东线北延应急供水工程向黄河以北供水6.30亿立方米。工程沿线的水生态、水环境明显改善，人民群众的获得感、幸福感、安全感不断增强，为推进"江河战略"、助力国家水网体系构建、服务美丽中国建设作出了重大贡献，成为利国利民、福泽后世的民生工程、生态工程、世纪工程。

南水北调工程事关战略全局、事关长远发展、事关人民福祉。进入新时代，促进南北方协调发展，需要水资源的有力支撑。中共中央、国务院印发的《国家水网建设规划纲要》中，以南水北调工程东、中、西三线为构建国家水网之"纲"的重点，从加快完善总体布局、提高供水效益、加强顶层设计、创新体制机制等方面，对统筹推进后续工程建设提出了具体要求。创新体制机制方面，2020年中国南水北调集团有限公司成立，作为中央直接管理的唯一跨流域、超大型供水企业，负责工程前期工作、资金筹集、开发建设和运营管理等，保障工程安全、供水安全、水质安全，为加强南水北调工程运行管理、完善工程体系、优化水资源配置格局提供了保障。

南水北调工程是重大战略性基础设施，功在当代，利在千秋。目前，西线工程正进行可行性研究，东线二期工程加快推进。未来要审时度势、科学布局，准确把握东、中、西三条线路的各自特点，加强顶层设计，优化战略安排，加快研究落实水价政策，扎实推进南水北调后续工程高质量发展。

蓄调兼施优化水资源配置

南水北调工程涉及多流域、多省市、多领域，是如何优化资源配置的？

单菁菁（中国社会科学院生态文明研究所研究员）：水资源是经济社会发展的基础性、先导性、控制性要素，水的承载空间决定了经济社会的发展空间。我国水资源时空分布极不均衡，以北方地区主要河流为例，2022年海河、黄河和淮河的径流量分别为长江的2.4%、6.8%和7.2%，人均径流量分别为长江的1/10、1/4和1/7。以人均水资源计算，华北平原特别是京津冀地区缺水严重，2022年北京、天津人均水资源量分别为109立方米、121.8立方米，远低于国际公认的人均500立方米的极度缺水标准。南水北调工程正是为了解决北方地区特别是黄淮海流域水资源短缺问题，引调相对充沛的长江水支援北方缺水地区，通过以有济无，以多补少，使水尽其用，地尽其利，促进水资源承载能力与经济社会发展相适应，推动区域协调发展。

一是南北调配、东西互济。南水北调工程在长江下、中、上游规划出三个调水区，设计了东、中、西三条调水线路。其中，东线工程从长江下游的扬州抽引长江水，利用京杭大运河等河道逐级提水北送，供水范围包括江苏、安徽、山东、河北、天津五省（直辖市）；中线工程从长江支流汉江中上游的丹江口水库引水，沿线开挖渠道，供水范围包括黄淮海平原西中部和唐白河平原，着重解决北京、天津、河北、河南四省（直辖市）沿线大中城市的生产生活生态用水问题；西线工程在长江上游通天河、支流雅砻江和大渡河上游筑坝建库，长距离调水至黄河上游，涉及青海、甘肃、宁夏、内蒙古、陕西、山西六省（自治区），重点解决黄河上中游地区和渭河关中平原的缺水问题。通过建设三条调水线路，连通长江、淮河、黄河、海河四大流域，最终形成"四横三纵、南北调配、东西互济"的总体格局。

二是蓄调兼施、综合利用。南水北调工程是国家水网的主骨架和大动脉重要组成部分。东线一期工程构筑起长江水、淮河水、黄河水、当地水优化配置和联合调度的骨干水网，在江苏省形成了以京杭大运河，运东、运西两条输水线路为骨干的不规则麻花辫子状水网，使受水区供水保证率提高20%至30%；山东省形成了"T"字形骨干水网，13个设区市实现供水目标。中线一期工程建成通水后，北京市形成了"地表水、地下水、外调水"三水联调、高效用水的安全保障格局；天津市形成了以南水北调中线、引滦输水工程一横一纵为骨架的"十"字形水网，与尔王庄、王庆坨等5座水库联合调度、统筹运用；在河北省与邢清、石津、保沧、廊涿等干渠相连，形成了一纵四横"梳子形"水网；河南省形成了一纵多横的"鱼骨架"水网，供水范围覆盖郑州、许昌等11个省辖市。已建成的南水北调东、中线一期工程通过连通上述水网、十多个调蓄水库和湖泊、数百个水厂、上千个提灌站、众多分水口和地下输水管线，将南来之水源源不断输送到沿途省份，联合调度能力有效提升，促进了水资源优化配置和综合利用。东线一期工程通水以来，受水区城市的生活和工业供水保证率从不足80%提高到97%以上。

三是统筹兼顾、南北两利。截至2024年3月18日，南水北调东、中线一期工程累计调水700亿立方米，相当于黄河多年平均天然径流量的1.5倍，受益人口超1.76亿，有力推动沿线地区经济社会发展，实现了经济效益和社会效益的双赢。社会效益方面，南来之水保障了受水区用水安全。中线工程水质稳定达到地表水Ⅱ类标准及以上，东线工程水质稳定达到Ⅲ类。河北黑龙港流域、山东夏津等地群众告别高氟水、苦咸水。目前，南水北调水占北京市城区供水量70%以上，占天津市主城区供水量的100%，占石家庄市城区供水量75%以上，占郑州市中心城区供水量90%。经济效益方面，东线一期工程使京杭大运河实现百年来首次全线通水，京杭大运河苏北段的货运量提升了1/4以上，超过5条京沪高速公路货运量，是莱茵河的1.5倍。南水北调工程为畅通国内大循环提供了重要水资源保障，有效支撑了北方粮食主产区、重要能源基地发展，将水资源优势转化为经济优势，各类大宗商品通过水陆交通网络输送到全国各地。南水北调工程成为畅通南北经济循环的生命线，以2016年至2023年全国万元GDP平均用水量61.1立方米计算，东、中线一期工程全面通水以来，有效支撑了北方地区约11.5万亿元GDP的增长，为京津冀协同发展、雄安新区建设等重大战略实施提供了水资源支撑，为长江经济带、黄河流域生态保护和高质量发展等作出了积极贡献。

夯实绿色基底发挥生态效益

在节水、治污方面，南水北调工程进行了哪些有益探索？

滕飞（中国宏观经济研究院国土开发与地区经济研究所环境经济室主任）：南水北调工程是优化水资源配置、保障群众饮水安全、复苏河湖生态环境、畅通南北经济循环的生命线和大动脉。调水工程是生态工程、绿色工程，始终把节水、治污放在突出位置，坚持先节水后调水、先治污后通水、先环保后用水的"三先三后"原则，促进人与自然和谐共生。

首先，将节水作为水资源开发、保护和调度的前提。华北地区水资源匮乏，因长期超采地下水形成了大面积漏斗区。南水北调工程全面通水后，受水区人均水资源量有所增加，但仍低于国际公认的缺水警戒线。南水北调工程把节水放在优先位置，坚持"四水四定"原则，强化水资源刚性约束，推动用水方式由粗放向节约集约转变。自东、中线一期工程通水以来，统筹加强需求和供给管理，受水区各省份以农业节水增效、工业节水减排、城镇节水降损为重点，向节水要增量、要发展，不断提升用水效率。例如，北京市通过开展"疏解整治促提升"专项行动，改造、淘汰落后产能企业2300多家，工业用水量减少约34.3%；河北省积极淘汰落后产能，高耗水工业用水量占工业用水量比例减少约18%。

受水区各省份以南水北调中线通水为契机，坚持节水优先，倒逼发展方式转型和产业结构升级，经济社会绿色发展水平显著提升。目前，受水区万元地区生产总值用水量降低到38.7立方米，远低于全国万元国内生产总值用水量，农田灌溉水有效利用系数提高到0.614，用水效率远高于全国平均水平。其中，北京市16个区已全部建成节水型区，万元地区生产总值和万元地区工业增加值用水量等节水指标持续位居全国前列。

其次，南水北调成败在水质，关键是治污。南水北调沿线地区人口和产业密集，面临工业污染、城乡生活污染、农业面源污染等多重压力，很多沿线城镇和工业园区污水处理能力不足、污水管网不健全，导致农村地区水污染、农业面源污染严重，南四湖、东平湖等湖泊水质较差。为护送一渠清水北上，南水北调工程坚持先治污后通水，持续加大污染治理力度。南水北调东线沿线实施470多项治污工程，相关地区多措并举开展水生态治理。通水以来，化学需氧量和氨氮入河总量减少了85%以上。山东、江苏、安徽、河南四省围绕南四湖治理进一步推进流域共管联治，结合地方实际发布本省南四湖流域水污染物综合排放标准，仅山东省就关停重污染企业1.07万家。经过综合治理，南四湖水质由劣Ⅴ类提升至Ⅲ类，跻身全国水质优良湖泊行列。

为保护中线工程丹江口一库清水，国务院先后批复实施丹江口库区及上游水污染防治和水土保持"十一五""十二五""十三五"规划，加大对环保基础设施的投资力度，使入库河流水质明显改善，中线工程水质稳定达到地表水Ⅱ类标准及以上。河南作为中线工程渠首所在地、核心水源地，2022年出台《河南省南水北调饮用水水源保护条例》，实施更加严格的水源地保护措施。

再次，以工程建设助推水源区和沿线地区的生态保护和修复，使南水北调工程持续发挥生态效益和经济社会效益，促进更大区域生态环境改善。东线北延应急供水工程向黄河以北供水6.30亿立方米，有效助力华北地区地下水超采综合治理，浅层地下水水位2020年首次实现止跌回升。受益于南水补给，京杭大运河连续三年实现全线水流贯通。通过水源置换等措施，有效保障了生态用水，沿线河流、湖泊生态环境持续改善，例如，济南市采取一系列措施保泉护泉，趵突泉实现持续喷涌。中线一期工程通水以来，累计向北方 50 多条河流进行生态补水达 100 亿立方米，华北地区河湖生态环境显著改善，白洋淀淀区面积从约 170 平方公里扩大到近 300 平方公里，永定河实现 1996 年以来第二次全线通水。南水进京后，通过主要河道向水源地补水，实现了北京市重点水库、地下水源、河湖水网、输水管道渠道等互联互通，河湖生态环境复苏成效显著。

水是生存之本、文明之源。扎实推进南水北调后续工程建设，要坚持和落实节水优先方针，加强工程沿线水资源保护，持续发力、久久为功，夯实绿色基底，绘就高质量发展新画卷。

（《经济日报》 2024 年 4 月 13 日）

南水北调东线一期工程向山东调水突破 70 亿立方米

记者 7 日从中国南水北调集团有限公司获悉，近日南水北调东线一期工程累计向山东调水突破 70 亿立方米。南水北调东线一期工程自 2013 年 11 月 15 日通水以来，累计抽江水量 400 多亿立方米，有效改善了受水区水资源配置格局，有效缓解了山东鲁南、鲁北，特别是山东半岛用水紧缺问题。

据介绍，东线一期工程建成通水以来，有力保障了沿线受水区生活、工业和环境用水。山东省 13 个受水地市规划的 37 个配套工程单元全部实现收水，济南、青岛、潍坊、济宁等地部分调水年实际调水量达到了设计分水量的 80% 以上。2016 年至 2018 年，山东青岛、烟台、威海、潍坊四市出现严重水资源危机，东线工程不间断向胶东地区供水 893 天，供水 14.42 亿立方米。

东线一期工程有效缓解了沿线受水区地下水超采局面，通过置换河北、天津部分深层地下水超采区农业用水，地下水超采量大幅压减，助力了华北地区地下水超采综合治理。东线北延应急供水工程已四次圆满完成向河北、天津供水任务，先后三次助力京杭大运河全线贯通，截至 2024 年 5 月 3 日 8

时，累计向黄河以北调水 7.6 亿立方米，向小运河、南运河补水 5.0 亿立方米，向南四湖、东平湖生态补水 3.74 亿立方米，避免了湖泊干涸的生态困境；为小清河补水 2.45 亿立方米、保泉补源 1.78 亿立方米，保障了济南泉水持续喷涌。

南水北调东线一期工程承担着构建"南北调配、东西互济"水资源优化配置格局的重要任务。山东境内构建"T"字形骨干水网格局，实现了长江水、黄河水、当地水的联合调度优化配置，有效缓解了鲁南、鲁北和半岛地区缺水困境。

（阮煜琳　中国新闻网　2024 年 5 月 7 日）

南水北调进京水量达 100 亿立方米

截至 12 日 15 时 20 分，南水北调中线进京水量达 100 亿立方米，其中 70 亿立方米直接用于城市生活用水，已成为北京的主力供水水源，超 1600 万人口直接受益。

北京市水务局当天发布上述信息并表示，"南水"进京后，北京根据全市水情，已基本建立"外调水、地表水、地下水、再生水、雨洪水"五水联调的水资源保障体系，科学精细进行水资源调度，对多种水资源进行联调联控。

2014 年 12 月 12 日，随着河南南阳陶岔渠首大闸开启，南水北调中线一期工程全线建成通水。汉江水一路北上，于同年 12 月 27 日流至北京。

北京推进南水北调水"应喝尽喝"，增加"南水"向城市生活生产供水比例，置换本地地下水资源，持续压减水源地开采量；减少密云水库供水、利用密云水库调蓄工程将富余"南水"存入密云水库。

为了让"南水"惠及更多的人口，北京不断扩大"南水"的覆盖范围，建成郭公庄、石景山等配套水厂，每日处理能力达 470 万立方米。在"南水"的"加持"下，北京通过引水工程连通密云水库、怀柔水库等，通过永定河、潮白河等主要河道向地下水源地补水，增加地下水资源战略储备。

北京市水务局表示，"南水"入京以后，北京地下水水位呈逐年上升趋势，地下水资源得到有效涵养。2015 年以来，北京地下水水位已连续 8 年回升，平原区地下水埋深从2015年的25.75米回升到2023年的14.74米，累计回升11.01米，地下水储量增加56.4亿立方米。

（陈杭　中国新闻网　2024年6月12日）

引江补汉工程开工建设两周年，打造南水北调后续工程建设标杆

炎炎夏日，引江补汉工程出口段主隧洞施工现场，洞内三臂凿岩台车破岩凿壁穿行，洞外数字孪生智能建造中心的大屏上数字模型同步演示。

在距离出口段200多公里的引江补汉工程3号平洞综合加工厂内，数控钢筋切割、套丝弯曲和钢拱架自动化生产设备正有序开展流水作业。

荆楚大地，群山连绵，一条条隧洞向着大山深处掘进，南水北调后续工程首个开工项目引江补汉工程建设进度条再度刷新，工程主隧洞掘进已突破2千米，沿线15条施工支洞掘进已超9千米，10台TBM全面开始生产制造，工程标准化建设和智能建造全速推进。

图为引江补汉出口段工程远眺

2022年7月，引江补汉工程开工建设。两年来，中国南水北调集团聚焦办好"国之大事"，建好"大国重器"，全力建设"安全、精品、绿色、智慧、阳光"引江补汉工程，实现全面推进南水北调后续工程高质量发展的良好开局。

坚守安全底线 建设"安全工程"

引江补汉工程是加快构建国家水网主骨架和大动脉重要标志性工程，工程从长江三峡库区引水入汉江，全程采用隧洞输水，输水线路总长194.7千米，多年平均调水量为39亿立方米，工程建成后，将连通三峡水库和丹江口水库，南水北调中线水源更充沛。工程具有大埋深、长线路、大洞径等技术特点和"高地应力、高水压、高岩石强度，断层多、地下水多、软岩多"等地质难点。如何筑牢引江补汉工程建设安全防线，是建设者们的必答题。

两年来，中国南水北调集团江汉水网建设开发有限公司（以下简称"江汉水网公司"）高度重视"安全工程"建设，全面落实安全生产风险"六项机制"建设，大力推进"机械化换人、自动化减人、智能化无人"，隧洞施工采用全洞段覆盖超前物探、超前钻探、大机械配套作业方式，开展洞内逃生、防滑墩、有毒有害气体检测设施专项检查，持续强化风险防控，不断提高"四预"能力，全力提升本质安全水平。

"导流渠水位超过20年一遇，由于进水口堵塞，水位不断上升，即将漫过挡水墙，冲向竖井平台，情况紧急，现已启动项目应急预案，请指示！"5月10日，一场防汛抢险应急救援综合演练在湖北省保康县土建5标10号竖井上演。

"本次应急演练程序完整，救援过程措施得当，有效检验了应对突发安全险情的综合处置能力，为项目后续施工提供了坚实安全保障。"引江补汉工程建管二部质量安全处处长于泽刚说。

通过预演以演促训、以练应战，确保工程现场的安全生产形势持续稳定可控，这是江汉水网公司提高"四预"能力，保障工程建设安全的一个缩影。如今，针对大规模的钻爆法施工，逐渐形成了隧洞掌子面施工管理的标准化工艺工法；安全管理"红黄白绿牌"制度在引江补汉工程建设现场推行，安全生产的良性管控态势明显；工业机器人"上岗"、工程物料识别智能管控、信息化实验室智能建造,有了科技赋能,工程建设不仅大大提高了效率和质量,也从根源上保障了安全生产,有效防范各类安全生产事故的发生,坚守了安全底线。

坚持生态优先　建设"绿色工程"

绿色是南水北调和国家水网工程的底色。

引江补汉工程是全面推进南水北调后续工程高质量发展、加快构建国家水网主骨架和大动脉的重要标志性工程。它地处鄂西山区,山高林密,河流交织,工程下穿多个生态敏感区,沿线有多处自然保护区、森林公园、生态保护红线。处理好发展与保护的关系,让工程建设与生态环境保护和谐共生,是引江补汉工程打造南水北调后续工程建设标杆的前提。

两年来,中国南水北调集团站在人与自然和谐共生的高度,主动融入生态文明建设,指导江汉水网公司将绿色发展理念贯穿在引江补汉工程规划建设运营全过程,努力实现高端化、绿色化发展,着力打造现代生态水利工程样板。

走进位于三峡坝区取水口的引江补汉工程宜昌段,工区里车来车往,与印象中施工现场的"脏乱差"不同,视线所及整洁清爽。引江补汉工程建管一部主任万连宾介绍,取水口处于三峡坝区及风景名胜区生态保护红线范围内,这给工程建设期的生态环境保护和水环境防治提出了更高的要求,坚持生态优先,文明绿色施工,是工程建设的重中之重。

"我们严格执行生态环境保护措施与主体工程'同时设计、同时施工、同时投产使用'的环境保护制度,将环保设计与周边地形地貌充分融合,围绕生态保护、节能降碳、污染防治、资源集约节约利用等方面,努力从源头设计上打造具有南水北调特色的绿色生态工程。"万连宾说。

为做好生态环境保护工作,江汉水网公司编制了引江补汉工程环境保护总体设计报告,提出总体布局、实施时序、投资安排和环境保护"三同时"管理方案。此外,把水土保持与环境保护工作纳入对施工单位的考核内容,也是建设绿色引江补汉工程的"制胜法宝"。

走进施工现场发现,洞口边坡及时客土喷播、养护;进场道路沿线植被恢复施工如火如荼;拌合站、加工厂、项目营区等临建设施与周围环境深度融合为亮丽的风景线。江汉水网公司深入贯彻落实"绿水青山就是金山银山"

的理念，开展文明施工标准化建设、"样板工区"和"生态示范项目"创建，鼓励使用绿色施工新技术、新产品、新工艺、新材料等"四新"技术应用，将绿色发展理念贯穿引江补汉工程建设始终，推动实施全过程绿色建造，协同推进生态优先、节约集约、绿色低碳发展，擦亮绿色工程名片。

推进智能建造　建设"智慧工程"

引江补汉工程是我国在建长度最长、洞径最大、一次性投入超大直径TBM设备最多、洞挖工程量最大、引流量最大、综合难度最高的长距离引调水工程。两年来，针对工程特点难点，中国南水北调集团因地制宜培育发展新质生产力，积极推进数字孪生南水北调建设，指导江汉水网公司深入开展科技攻关。数字孪生引江补汉工程作为水利部首批数字孪生先行先试中唯一一个全生命周期的试点工程已初步建成数字孪生引江补汉1.0版，引江补汉工程"面向数字化交付的工程建设管理系统"成功入选水利部数字孪生建设典型案例。

在引江补汉工程数字孪生智能建造中心，大屏上正实时显示工程建设的各项数据：安乐河施工区主隧洞内目前共有6名工人，分别距离洞口880米、520米；主隧洞已掘进2062千米。引江补汉工程建管三部工程处向志鹏说道，引江补汉工程建设线路长，开工面多，现在想了解哪个掌子面的建设进展，打开数字孪生智能建造指挥中心系统就能看到，大大提高了工程建设管理效率。

这是引江补汉工程利用信息化、智能化手段，实现"一屏观全域、一网管全局"目标，加强施工现场管理的生动展现，也是江汉水网公司强化数字赋能、推进智能建造的缩影。两年来，江汉水网公司以打造数字孪生引江补汉工程为目标，扎实推进数字化、信息化和智能化建设，打造可以复制推广的新时代智慧水利工程样板。全面引进大机械配套作业、综合加工厂、智能拌合站、信息化实验室等智能建造技术，切实发挥科技力量。

"下一步，江汉水网公司将狠抓科技创新，强化数字赋能，着力提升科技引领保障能力，因地制宜发展新质生产力。深入开展高富水断层破碎带超前灌浆、超前地质预报精度提升、TBM防卡机等重大施工技术研究，为隧洞快速、安全掘进做好技术支撑，着力推进数字孪生引江补汉工程建设，着力打造新时代智慧水利工程样板。"江汉水网公司党委书记、董事长高必华说。

作为国家水网的重要组成部分，连接起三峡工程与南水北调工程两大"国之重器"的引江补汉工程，加快建设的号角已经吹响。新起点新征程，中国南水北调集团将扛牢保障国家水安全的重大政治责任，全力建设"安全、精品、绿色、智慧、阳光"引江补汉工程，打造南水北调后续工程建设标杆，深入推进南水北调后续工程和国家水网高质量发展，为中国式现代化提供有力水安全战略保障。

（王菡娟　人民政协网　2024 年 7 月 8 日）

南水北调中线向天津调水超 100 亿立方米

记者 10 日从中国南水北调集团了解到，截至 9 月 10 日 1 时，南水北调中线工程累计向天津市调水超 100 亿立方米，1300 多万人受益。

中国南水北调集团相关负责人介绍，中国南水北调集团切实维护南水北调工程安全、供水安全、水质安全，不断提升工程运行效率，引进先进技术与设备，提升水质监测、工程维护等环节的智能化、自动化水平。中线公司进一步巩固提升安全生产标准化体系成果，稳步推进数字孪生南水北调中线建设，加快 AI 工程巡检、AI 视频监控等人工智能系统的研发应用。

这位负责人说，截至目前，南水北调中线工程已安全平稳运行超 3560 天，水质稳定达到或优于地表水 Ⅱ 类标准。10 年间，南水北调中线工程供水范围不断扩大。

（唐诗凝　胡璐　新华社　2024 年 9 月 10 日）

南水奔流见证中国力量

作为国家水网的主骨架和大动脉，南水北调工程规划受水区面积 145 万平方公里，受益人口约 5 亿人。从南到北，同饮一江水。

从高空俯瞰，先期建成通水的南水北调东、中线一期工程自南向北从城市到乡村，呈两条带状水网辐射京、津、冀、豫、苏、鲁、皖 7 省（直辖市），初步织就一张优化水资源配置的跨流域跨区域骨干水网。

目前，南水北调东、中线一期工程已累计输水 752 亿立方米，惠及 1.85 亿人。改善了北方地区特别是黄淮海地区水资源条件和水资源承载能力，成为了中国式现代化新征程上的水资源重要支撑和水安全战略保障。

从一滴奔流的南水中感受中国力量

自古以来，我国基本水情一直是夏汛冬枯、北缺南丰，水资源时空分布极不均衡。

建设南水北调工程是党中央、国务院在综合考虑我国自然资源条件、经济社会发展布局、未来发展趋势的基础上，审时度势、高瞻远瞩作出的重大决策，也是关系到我国北方缺水地区数亿人口生存和发展的必然选择。

从南水北调的宏伟构想，到 2002 年国务院正式批复《南水北调工程总体规划》并动工实施，前期论证工作经历了长达半个世纪，5 部委（局）、9 省（直辖市）、24 个不同领域的规划设计及科研单位的 6000 人次的知名专家、院士献计献策，共召开 100 多次研讨会，对 50 多种南水北调规划方案比选论证。

最终，南水北调工程形成了分别从长江下游、中游和上游调水的东、中、西三条调水线路，沟通长江、淮河、黄河和海河四大流域，初步构筑起我国"四横三纵、南北调配、东西互济"的水网总体格局。

南水北调工程是一个系统工程，不仅包括水利工程建设，还涉及征地移民、治污环保、文物保护、节约用水、地下水控采等工作领域。工程沿线各省、市加强顶层设计，探索建立了较为完善的制度保障体系，集中力量推动南水北调各项工作开展。

30 年前，国际水资源协会和世界水理事会联合创始人、英国格拉斯哥大学教授阿西特·比斯瓦斯曾对中国南水北调工程心存疑虑："中国能完成体量如此巨大的工程吗？"

30 年后的 2023 年 10 月，在北京第 18 届世界水资源大会上，阿西特·比

南水北调东线源头江都水利枢纽工程（受访者供图）

斯瓦斯情不自禁为南水北调工程鼓掌，"南水北调是一项工程伟业，对中国实现水安全目标具有重要意义。事实证明，中国的水利工程技术水平和创新能力处于世界前列。"

今天，14亿多中国人的水杯中，有1.85亿人饮用千里而来的南水，一个"调"字，展示的是我国综合国力的不断提高，展示的是社会主义制度集中力量办大事的优越性，展示的是勇于创新敢于超越的中国力量。

从一滴奔流的南水中感受中国民生

南水北调东、中线一期工程建成后，惠及河南、河北、北京、天津、江苏、安徽、山东7省（直辖市）沿线40多座大中城市和280多个县市区，有效改变了受水区供水格局，改善了用水水质，提高了供水保证率。

目前，东、中线一期工程累计调水752亿立方米，已由原来规划的补充水源跃升为多个重要城市的重要水源。南水已占北京城区供水的70%以上，天津市主城区供水几乎全部为南水，河南省10余个省辖市用上南水，其中郑州中心城区90%以上居民用上南水。

南水北调始终将绿色发展、生态优先理念贯穿工程规划建设运营全过程

南水北调中线一期穿黄工程南岸进口段（受访者供图）

和各方面，着力打造新时代生态水利工程样板。

按照"先节水后调水，先治污后通水，先环保后用水"原则，南水北调工程重点加强东线调水沿线水污染治理和中线水源地丹江口库区及上游水源保护，保障调水水质，倒逼受水区经济转型和产业升级，沿线地方政府关停规模以上污染严重企业500多家，叫停否决300多个新上项目。

在南水加持下，密云水库库区鸟类由2020年的190种增加到235种。"水中大熊猫"桃花水母今年8月现身北京市南水北调配套工程亦庄调节池，北京地表水国考断面全面消除劣Ⅴ类，永定河等五大主干河流全部重现"流动的河"并贯通入海。

今天，每一滴奔流的南水，承载的不仅是沿线水质不断向好的过程，更是我国生态环保治理进程和美丽中国建设的缩影。南水北调东、中线一期工程调的不仅是优质水资源，更极大地促进了工程沿线环保治污和生态复苏。

从一滴奔流的南水中感受中国决心

"走，看看我们的智能综合加工厂。"9月18日，引江补汉工程土建2标质量总监张爽语气中带着自豪。综合加工车间配置了6条智能化生产线，操作人员只需在终端输入生产参数，即可实现批量化精准加工生产。

高效、安全、质量有保证，工业机器人的"上岗"，直观体现了引江补汉工程"机械化减人，自动化换人，智能化少人"的目标。

目前，引江补汉工程多个标段全面引进综合加工厂、智能拌合站、信息化实验室等智能建造技术。江汉水网公司因地制宜培育发展新质生产力，采用大型机械配套作业方式，全面提升了信息化、智能化和精细化管理水平，有效防范工程建设安全风险。

中国南水北调集团相关负责人表示，通过锚定"调水供水行业龙头企业、国家水网建设领军企业、水安全保障骨干企业"功能定位，系统谋划参与国家水网建设的方向路径措施。

辽宁辽阳灌区的TOT模式开创了央企参与灌区建设的先例，安徽淠史杭灌区项目的BOT模式走出了"灌区＋农业"发展新模式，海南定安"水管家"模式在全省推广……通过积极探索"水网＋"策略，推进水网项目与水务、新能源、生态环保、文旅等项目融合发展、综合开发，从源头参与水网重大项目建设，逐步形成可复制推广的市场化开发运营模式。

经过几代人的接续奋斗和沿线40多万移民的无私奉献，南水北调工程从"如有可能"的科学探索已经变成"时代赋能"的大国重器，铸就了中华民族伟大复兴进程中的丰碑。

今天，每一滴奔流的南水，都体现了南水北调工程在中国式现代化新征程上的战略保障决心，承载着水利为以中国式现代化全面推进强国建设、民族复兴伟业提供有力的水安全保障的使命，南水北调后续工程和国家水网作为重大基础设施建设新引擎，必将在推进强国建设、民族复兴伟业中发挥更加有力战略支撑保障作用。

（欧阳易佳　人民网　2024年10月2日）

南水北调的世纪答卷

——世界最大调水工程改变中国供水格局

这是一项跨世纪的调水工程——论证半个世纪，21世纪初开工建设，

2014年12月东、中线一期工程全面通水。

这是世界上最大的调水工程——跨越长江、淮河、黄河、海河四大流域，东、中线一期工程干线长达2899公里。

这就是习近平总书记称之为"事关战略全局、事关长远发展、事关人民福祉"的南水北调工程。

统计显示，南水北调东、中线一期工程已累计调水753亿立方米，为沿线40多座大中城市、1.85亿人提供稳定水源。

世界最大调水工程问世

南水北调工程——旨在破解我国水资源"北缺南丰"问题的超级工程，缘起于20世纪50年代初。1952年，毛泽东主席视察黄河时说："南方水多，北方水少，如有可能，借点水来也是可以的。"

从宏伟构想提出，到2002年国务院正式批复《南水北调工程总体规划》并动工实施，南水北调工程的论证工作历经半个世纪，最后形成东、中、西三条调水线路，连通长江、淮河、黄河、海河，构建"四横三纵、南北调配、东西互济"的水资源配置格局。

国内规模最大的大坝加高工程、规模最大的泵站群、超大型渡槽、大口径输水隧洞……数十万建设者持续奋战，攻克一个个技术难关。2013年11月和2014年12月，南水北调东、中线一期工程分别建成通水。东线从扬州抽引长江水，利用京杭大运河及与之平行的河道逐级提水北上；中线从丹江口水库陶岔渠首闸引水入渠自流抵达北京、天津，向沿线豫、冀、津、京供水。

作为世界最大的调水工程，南水北调工程正在重塑我国水资源分配格局。

1.85亿人直接受益

"以前的水苦咸，现在的南水甘甜。"来到黑龙港流域的河北省邯郸、邢台、衡水、沧州等地采访，记者时常听到当地百姓为南水叫好。

黑龙港流域是黄淮海平原盐渍危害最严重的地区之一，地下水苦咸、高氟。南水北调中线通水后，支撑地方实施生活水源置换，助力黑龙港流域500多万人告别了饮用高氟水、苦咸水的历史。

"通水将近10年，南水北调中线供水水质稳定在地表水水质Ⅱ类以上，沿线人民从'有水吃'向'吃好水'转变。"中国南水北调集团有限公司总经理孙志禹说。

目前，南水北调工程为1.85亿人提供稳定水源。南水已占北京城区供水的70%以上，天津市主城区供水几乎全部为南水，河南省10余个省辖市用上南水。南水已由原来规划的补充水源跃升为多个城市的重要水源，推动当地经济高质量发展。

在优化水资源配置、保障群众饮水安全的同时，南水北调工程有力促进河湖生态环境复苏。

水利部南水北调司副司长袁其田表示，通水以来，南水北调中线助力沿线50多条河流生态复苏，永定河、滹沱河、大清河等实现全线贯通。华北地区自20世纪70年代以来地下水水位逐年下降的趋势得到根本扭转，初步实现地下水采补平衡；东线北延应急供水工程向京杭大运河补水，连续3年助力京杭大运河全线水流贯通。

加快构建国家水网主骨架和大动脉

近日，在南水北调中线引江补汉工程输水隧洞8号平洞施工现场，工程首台硬岩掘进机"江汉先锋号"开始组装，组装完成后将承担引水隧洞主体工程掘进任务。

孙志禹表示，2022年7月开工的引江补汉工程，是南水北调后续工程首个开工项目。工程从长江三峡库区引水至汉江丹江口水库下游安乐河口，输水线路总长194.7公里。工程建成后将联通南水北调工程与三峡工程，进一步打通长江向北方输水通道。

2021年5月14日，习近平总书记在推进南水北调后续工程高质量发展座谈会上强调，加快构建国家水网主骨架和大动脉，为全面建设社会主义现代化国家提供有力的水安全保障。

2023年5月发布的《国家水网建设规划纲要》提出，到2035年基本形成国家水网总体格局，国家水网主骨架和大动脉逐步建成，省市县水网基本完善，构建与基本实现社会主义现代化相适应的国家水安全保障体系。

新时代新征程，国家水网建设加快推进，全面增强水资源统筹调配能力、供水保障能力和战略储备能力。

水利部规划计划司相关负责人表示,将加快推进南水北调后续工程高质量发展,加快推进西线工程、东线后续工程前期工作,高质量建设中线引江补汉工程,加快实施防洪安全风险隐患处理,加快完善国家水网主骨架和大动脉。

(刘诗平 魏弘毅 新华社 2024年10月10日)

丹江口水库:南水千里润北国

有"亚洲第一大人工湖"之称的丹江口水库位于湖北省十堰市东部,是南水北调中线工程的水源区。自2014年南水北调中线工程全面通水以来,已累计调水超660亿立方米,京、津、冀、豫4省(直辖市)1.08亿人受益。

在丹江口市凉水河镇白龙泉村,82岁的村民李光艮从箱子里翻出一张证书,小心翼翼地展开。泛黄的纸页上写着:李光艮同志参加汉江丹江口水利工程建设,在党的领导下,对工程建设有一定的贡献,为了加强农业第一线,现回乡生产。特发此证,以留纪念。

时间回溯到1958年7月,还在凉水河中学上初二的李光艮接到大队通知,到丹江口大坝建设工地,做开工前的准备工作。"当年我们大队派了20多个人,我是年龄最小的。"李光艮说,大家步行到工地,放眼望去,周围都是荒山,也没有住的地方。稍微休息会儿,大家便拿起工具,上山砍树,割茅草搭草棚。"出门的时候,每个人都挑着一床被子和一捆稻草,睡觉时就把稻草铺在地上,一个草棚里住好几个人"。

1958年9月1日,丹江口大坝正式开工建设,湖北、河南两省所辖的襄阳、荆州、南阳3个地区的10万民工挑着干粮,带着简陋的工具走到工地。"至今还记得,那天湖北省省长张体学说,10万劳动大军要以丹江为家,以水利为业,为革命建水库。"李光艮回忆,丹江口大坝开工后,工地上三班倒,昼夜不停工。"工地上敲锣打鼓热闹得很,白天到处是广播声、号子声,晚上篝火通明,从采料场到江边,火把连成几条龙,如同白昼。"回忆起当年的场景,李光艮的声音越来越激昂,仿佛又回到了当年热血沸腾的岁月。

虽然条件艰苦,但大家劲头丝毫不减。"干活都是你追我赶,生怕落在别人后面。"李光艮记得，"大家都怕拖后腿，很多人都不回家过年。"靠着这股拼劲，耗时1年4个月的围堰工程顺利完成，10万民工开挖土石方250万立方米，硬是用双肩将右岸一座叫黄土岭的山填进了滔滔汉江，筑起了1320米长的围堰，完成汉江截流。

后来，李光艮从工地回乡务农，仍一直关注大坝建设情况。"大坝建成、加高，再到通水，我都在电视上看了。"李光艮说，"大坝就像个孩子，我是看着它一天天长大，发挥大作用保护着人民，真心感到自豪。"

"时常听爷爷讲他建设丹江口大坝的故事，但从不知道他还有这张证明书。"李光艮的孙子李超说，直到2019年，爷爷才把这张证明书拿出来。

"因为那天我要去大坝上转一转，这也是我回乡后第一次登上大坝。"李光艮说，2019年7月24日一大早，他和老伴登上大坝，站在坝顶看着一库清水，忍不住热泪盈眶。

李光艮告诉记者，这些年，丹江口库区生态越来越好，他家生活也越来越甜。"现在四世同堂，儿子开农家乐，吃上了旅游饭。"李光艮说，2019年，十堰市委、市政府还把一幅写有"建坝精神世代传承"八个大字的作品送到家里。李光艮说，一定会把艰苦奋斗、甘愿奉献、顾全大局、万众一心支持国家建设的精神传承下去。

今年是新中国成立75周年，也是南水北调中线工程通水10周年。现在，首都人民每3杯水中，就有2杯来自丹江口水库。

有了这杯"南水"，南水北调中线工程沿线1亿多人不再为饮水发愁；有了这杯"南水"，华北受水区通过生态补水，多地浅层地下水位至少上升1米，滹沱河、白洋淀等一大批河湖重现生机；有了这杯"南水"，京津冀协同发展、雄安新区建设、黄河流域生态保护和高质量发展等重大国家战略有了持续水资源保障。一杯"南水"，成为了民生之水、生态之水、发展之水。

（柳洁 董庆森 《经济日报》 2024年10月14日）

南水北调东线一期工程年度调水任务圆满完成

近期，南水北调东线一期工程2023—2024年度调水圆满完成，从江苏调水入山东 10.01 亿立方米。在水利部见证下，江苏省人民政府和中国南水北调集团有限公司签订南水北调东线一期工程（江苏省境内）增供水量供用水合同，并同步签署有关工程委托运行维护管理备忘录。

江苏省和南水北调集团签订东线江苏省境内工程增供水量供用水合同及有关工程委托运行维护管理备忘录，是理顺有关工程运管体制，进一步调动中央和地方积极性的重要举措，为确保工程"三个安全"，更好发挥东线工程优化水资源配置、保障群众饮水安全、复苏河湖生态环境、畅通南北经济循环的生命线作用奠定了基础。

南水北调东线工程利用江苏省江水北调工程和淮河、海河流域现有河道、湖泊、建筑物，扩大规模、向北延伸，构成供水系统，兼有防洪、除涝和航运、生态等综合效益。党中央、国务院高度重视南水北调工程，习近平总书记多次深入工程现场实地考察，并作出重要指示。东线一期工程通水近 11 年来，累计调水入山东 71.39 亿立方米，东线北延工程累计调水（穿黄断面）8.25 亿立方米，直接受益人口达 0.72 亿人，水质持续稳定达到地表水 Ⅲ 类及以上标准，今年还利用东线一期工程多梯级累计抗旱提水 8.82 亿立方米，向山东应急抗旱供水 3.94 亿立方米，发挥了显著的经济、社会、生态效益。

（王迟　央广网　2024 年 10 月 15 日）

守水护水　湖北十堰绿色低碳发展实现新突破

空、天、地智慧监管体系构建守水护水硬核实力，小流域综合治理取得良好成效，库区人民生产生活方式向"绿"转变……记者在湖北十堰丹江口库区行进式采访时发现，守水护水倒逼十堰绿色低碳发展实现新突破，促进高水平保护和高质量发展良性互动。

"丹江口库区近期又一次发现桃花水母。"十堰丹江口市环境保护监测站水质室主任熊屹介绍，桃花水母对生存环境要求十分严苛，是水质"检测员"。今年以来，丹江口水库水质稳定达到 Ⅱ 类及以上标准，109 项水质监测指标中有 106 项达到 Ⅰ 类标准，全域水质达到历史最好水平。

今年是南水北调中线工程通水十周年。十堰作为南水北调中线工程坝区、核心水源区、移民安置区，生态环保要求更高、资源环境约束更严、发展空间更受局限，当地较早着力践行绿色低碳发展理念。

10月25日拍摄的丹江口水库（无人机照片）（新华社记者 伍志尊 摄）

在丹江口水库水质安全保障指挥中心，墙面几乎被重点排污企业监管系统、水库水质监测系统、水库环库岸线监控系统等LED大屏填满。近年来，十堰市持续建设覆盖全域、统筹市县的丹江口水库水质保障数字平台，2000公里给排水管网、30多万个涉水城市部件全部上图，环保、农业、水利、城管等部门信息互联互通，水质、管网、土壤等200多项涉水指标数据汇聚共享。

在浪河流域水面，漂浮着一块块生态浮岛，上面种的水生蔬菜能够持续净化水体，出售后能增加养护员的工资。十堰市副市长周智勇介绍，十堰跳出传统治水视角和单纯治污理念，从生态整体性和流域系统性出发，分级分区管控流域片区和单元。围绕小流域综合治理，城区污水集中收集率90.1%，全市建成2077处农村微动力无动力污水处理设施，库区重点区域实施"五无乡镇"建设，居民的生产生活方式持续转变。

29日，深秋的丹江口库区，已让人感到一阵寒凉。"丹江口库区深层低温水常年保持在8℃至12℃，冰凉的一库水，是数字经济的催化剂。"武当云谷大数据科技有限公司负责人张涛说，运用"绿电＋水冷＋储能"新模式，

10月28日，清漂员在丹江口水库作业（新华社记者　伍志尊　摄）

建设武当云谷大数据中心，可节约能耗15%至20%。

一库碧水"摇身一变"，成了财富源泉。农夫山泉增设产线，燕京啤酒、北冰洋等建设投产，王老吉、百岁山等即将落地，"源头活水—纯净水—功能饮料—食品加工"一体化产业集群崛起。今年十堰全市水经济产值预计达290亿元，实现从"全民护水——库清水—发展活水—百姓富水"的转化。

绿色低碳的变革，变的不仅是生态环境、产业结构，更是发展理念、发展方式。十堰最大的优势是生态，产业最大的潜力也在生态。当地正在"两山"转化间寻找"最优解"，让"美丽颜值"变为"经济产值"。以武当山为龙头，串联景区、城区、库区、山区，发挥好山、好水、好气候、好物产、好人文等优势，十堰向全域旅游迈进，今年以来拉动全市旅游增长20%以上。

"守井人"还创造出"水机制"，为可持续守水护水增添确定性。近年来，十堰市在市纪委监委专设水源区保护政治监督室，推行县级生态环境局局长异地交叉任职，探索"一支队伍管库区"行政执法改革，推动保水执法力量联合、效能融合，成立2000多支环保志愿服务队，320万十堰人都是志愿者，都是"守井人"。

"我们体会到，保护就是发展。"十堰市委主要负责人表示，丹江口库区

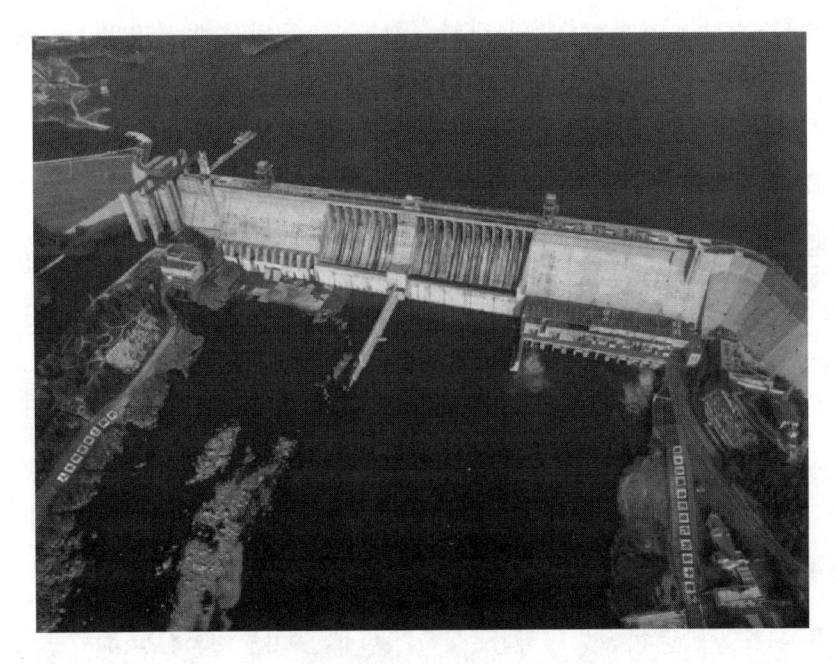

10月29日拍摄的丹江口水库（无人机照片）

（新华社记者　胡竞文　摄）

肩负着守好首都及北方亿万民众饮水安全、生态安全的重要使命，十堰将持续深化绿色低碳发展，确保"一泓清水永续北上"。

（李伟　宋立崑　新华社　2024年10月29日）

南水北调中线行｜一滴水背后的经济学

一滴水背后能有什么？能汇聚成一泓清水润泽北方，也能发展出百亿产业强县富民。这是南水北调中线工程通水十周年行进式报道第一站，记者在湖北十堰丹江口找到的答案。

阳光透过巨大的玻璃窗，洒在生产线上，一瓶瓶新鲜灌装的矿泉水排着队，源源不断地随传送带向前，等待贴标、包装和码垛入库。得益于南水北调中线工程形成的良好口碑，刚投产不到一年的丹江口武当山水饮料有限公司，很快在华中和华北地区打开了市场。

从秦巴山脉到中原腹地，再到燕山脚下，一泓清水北上千里，滋润北方。如今，优质包装饮用水某种意义上成了除南水北调中线工程外，南水北送的另一条线路。

2024年8月拍摄的丹江口大坝（付彬 摄）

"月均产量已经攀升至60多万箱，产值1000多万元。"丹江口武当山水饮料有限公司总经理陈东君说，产品在京津冀地区很受青睐。今年9月，十堰市集中包括丹江口市在内的库区区县开行"堰水进京"专列，公司发货量猛增。

长期以来，作为南水北调中线工程源头所在地，十堰市坚持源头严控、过程严管、末端严治，建立起体系化、系统性的节水护水爱水机制。库区水更清了、山更绿了、环境更美了。水质监测数据显示，丹江口水库水质常年稳定保持在Ⅱ类以上。去年，中线工程渠首陶岔Ⅰ类水质天数达到335天，创近年新高。

高水平保护成就高质量发展。一库好水，成为丹江口市发展水经济的动力之源。

走进丹江口经济开发区水都工业园，只见绿树葱茏、厂房林立，农夫山泉、北冰洋汽水等头部饮料企业一字排开，宽阔的道路上，运输车辆来回穿梭。远处，华润怡宝、燕京啤酒、马迭尔精酿啤酒等项目正火热建设。

十堰市副市长周智勇说，近些年，产业链、人才体系不断成熟，品牌效

2024年10月30日拍摄的丹江口武当山水饮料有限公司仓库（王世霖　摄）

2024年10月30日拍摄的丹江口经济开发区水都工业园园区
（无人机照片）（新华社记者　伍志尊　摄）

应、聚集效应更加显著。今年以来，水企投资信心增长，扩大投资和前来投资的企业更多了。

如今，水产业占丹江口经济的半壁江山，实现了水生态价值的转化。据统计，2023年，丹江口市水经济发展取得历史性突破，产值突破140亿元，税收达到近10亿元。今年上半年，全市水经济实现产值86.4亿元、税收7

亿元，同比分别增长23.4%、26.7%。

"水经济已经成为我们的主导产业，对于推动地方经济高质量发展具有重要意义。"丹江口市委书记赵洪福说，10年间，南水北调中线工程已累计向北方调水超680亿立方米，丹江口的居民年人均可支配收入也翻了一番，逐步实现生态美、产业强、百姓富。下一步丹江口将扩大水资源加工业规模，打造从源头活水、纯净水、功能饮料到食品加工的成熟产业链，预计到2025年形成产值160亿元的产业集群。

水经济发展之路越走越宽。在武当云谷大数据中心，来自水库的深层冷水通过管道循环不断为计算机降温。据了解，运用"绿电＋水冷＋储能"新模式，可为武当云谷大数据中心节约能耗15%至20%，助力算力经济发展。近日，湖北大学丹江口水环境保护与水经济发展产业技术研究院在丹江口市揭牌成立，后续科研成果将推动水经济高质量发展。

从全民护水到一库清水，再到发展活水，一滴水带动着生产、生活方式转变。采访结束时，已过傍晚，远山如黛，巍然的丹江口大坝下，一片璀璨灯火。

（李鹏翔　张阳　田中全　新华社　2024年10月30日）

南水北调中线水源地水质持续向好

记者近日采访发现，南水北调中线工程水源地丹江口水库水质持续向好。深秋的丹江口水库，烟波浩渺，蓝绿色的湖面宛如一面巨大的镜子。

2014年正式通水以来，丹江口水库水质总体优良，长期稳定在地表水Ⅱ类及以上标准。随着生态保护力度越来越强，每年符合Ⅰ类水质的天数和指标个数持续保持在高位。

南水北调中线水源公司介绍，近年丹江口水库Ⅰ类水质天数均在200天以上。其中，2021年252天，2022年206天，2023年335天；2024年截至11月1日，Ⅰ类水质已有228天。水质为Ⅱ类的天数中，109项水质监测指标也仅仅是个别指标超出Ⅰ类标准，有107项常年为Ⅰ类。

主要入库河流的水质也明显稳中向好，水质Ⅰ类的河流占比持续上升。

丹江口市水库水质安全保障指挥中心主任张岩说，过去"大库净"但

这是 10 月 25 日拍摄的丹江口水库（新华社记者　伍志尊　摄）

"小河难清"，部分支沟水质处于Ⅳ类以下。经过多年上下游、干支沟、地上地下、水环境与水生态同治的系统化治理，目前全市 57 条入库支沟的水质稳定提升，均保持在Ⅱ类及以上。

10 月 30 日，丹江口市水库水质安全保障指挥中心工作人员在进行例行巡查（新华社记者　伍志尊　摄）

"水质试金石"桃花水母频频出现，也是丹江口水库水质持续向好的佐证。"今年，丹江口水库已两次出现桃花水母。"南水北调中线水源公司副总经理蒋蓉说,桃花水母对水质要求极其严苛,相对于理化监测指标,反映更为直观。

今年6月,涵盖汉江源头、跨省协同的专门保护机构——长江水利委员会汉江流域治理保护中心在武汉组建成立,丹江口水库保护治理将更加完善和系统。

中国南水北调集团的数据显示,截至10月31日,南水北调中线一期工程顺利完成2023至2024年度调水工作,一个调水周期累计向京津冀豫四省市供水83亿立方米,超额完成年度水量调度计划约8%。

(李思远 田中全 新华社 2024年11月3日)

南水北调东中线一期工程全面通水10年,调水超760亿立方米

"南水"千里奔流　润泽北方大地

南水北调是国之大事、世纪工程、民心工程。

习近平总书记强调,"南水北调工程事关战略全局、长远发展和人民福祉""继续科学推进实施调水工程,要在全面加强节水、强化水资源刚性约束的前提下,统筹加强需求和供给管理"。

群山之间,破岩凿壁。南水北调中线引江补汉工程20个工作面施工正酣。工程建成后,三峡水库将和丹江口水库连通,南水北调中线水源更有保障。

广袤乡村,"南水"入户。通管道、建水池,河南开封市城乡一体化供水工程有序推进,兰考县群众有望明年喝上"南水"。

南水北调工程是国家水网的主骨架和大动脉。东线从江苏扬州出发,13级泵站牵引长江水攀越十几层楼的高度,北至天津,东抵胶东半岛。中线以鄂豫交界的丹江口水库为起点,依太行、穿黄河,润泽华北平原。两条清水长廊,沟通长江、淮河、黄河、海河四大流域,纵横渠系覆盖京、津、冀、豫、苏、鲁、皖7省(直辖市)的城市乡村。

今年是南水北调东中线一期工程全面通水10周年。10年来,工程累计

调水超 760 亿立方米,经济、社会和生态效益充分释放,初步构筑起我国"四横三纵、南北调配、东西互济"的水网总体格局。

一条调水线
40 多座大中城市受益、1.85 亿人喝上"南水"

热水倒入杯中,水质透亮。河北邯郸鸡泽县曹庄镇大言寨村村民韩艳争说起水的变化:"过去用深井水,水里漂着碱子,喝多了牙根发黄。现在这'南水',水质好、口感好。"

在鸡泽县南水北调第二水厂,源源不断的"南水"经过处理净化,为 158 个村子全天供水。"水厂每日引水 1.3 万吨左右,乡亲们喝上放心水。"水厂厂长何爱国介绍。

鸡泽县所在的河北黑龙港流域,盐碱化严重。南水北调工程送来的优质水,让黑龙港流域 500 多万群众再也不用喝高氟水、苦咸水。

民生为上、治水为要。面对"夏汛冬枯、北缺南丰"的基本水情,历经半个世纪论证、数十万建设者十多载奋战、3000 多个日夜精心管护,南水北调东中线一期工程建设攻克了超大型渡槽、大口径输水隧洞、重大跨流域调水工程管理等一系列难题,远道而来的"南水",有力改善了北方地区特别是黄淮海地区水资源条件和水资源承载能力,为 40 多座大中城市提供稳定水源,受益群众达 1.85 亿人。

——南北调配,水资源格局不断优化。

"南水"从中线渠首跋涉 15 天来到北京,助力北京形成"南水"、密云水库水、地下水三水联调格局,全市年人均水资源量由 100 立方米提高到 150 立方米左右。

一渠清水润津门,天津实现引江、引滦双水源保障。南水北调中线已累计向天津调水超 100 亿立方米,1300 多万人受益。

不只是京津,在河北,中线与廊涿、保沧、石津、邢清 4 条大型输水干渠构建"一纵四横"供水网络体系;在山东,东线与本地水网共同构架成"T"字形水网。

"南水北调东中线纵贯南北、承接东西,有效衔接国家水网和省市县级水网,不断优化水资源宏观配置格局,'南水'已由原来规划的补充水源成为多个重要城市的重要水源。"中国南水北调集团有限公司党组副书记、总经理孙志禹介绍。

——城乡一体，群众饮水安全更有保障。

"过去家家户户建水窖，冬天上冻，吃水是麻烦事。"河北邯郸市丛台区高南村村民李进民回忆。延伸管网，泵站加压，"南水"被送到了高南村。南水北调中线一期工程已累计向邯郸市供水 25.9 亿立方米，城乡受益人口超 800 万人。

世纪工程传递民生温度。一座座水厂、一条条管网与南水北调东中线相交相织。随着受水区配套工程不断完善，南水北调东中线工程受益范围正由大中城市向农村拓展，280 多个县（市、区）受惠，为全国农村自来水普及率达九成提供了重要支撑。

一条生态线
中线水质稳定达Ⅱ类、东线水质稳定达Ⅲ类

青山之间，丹江口水库拥万顷碧水。南水北调中线以此为起点，蜿蜒北上。

从捕鱼到护水，湖北丹江口市新港社区居民蒋德新驾驶"守井卫士"船，巡护水面，清漂清渣。"加入志愿队伍，人人都是护水人。"蒋德新说。

看源头、管斧头、护山头，合力守好一库碧水。水利部门和相关地区强化丹江口库区及其上游流域水资源管理保护，加强水土流失防治；社会各界和周边群众广泛参与，主动护水，丹江口库区水质常年保持在Ⅱ类及以上。

从源头到全线，先治污后通水，先环保后用水。相关部门单位和工程沿线各地统筹山水林田湖草沙一体化保护和系统治理，加强污染防控，推动产业绿色转型，牢牢守好水质安全底线，调水线成了生态线。

治水治污，一渠清水永续北上。

作为南水北调东线重要输水通道和调蓄湖泊，秋日的南四湖，风吹芦苇，景色宜人。加大治污力度，让曾经的"酱油湖"跻身全国水质优良湖泊行列，"鸟中大熊猫"青头潜鸭重返安居。

"东线调水，成败在水质。南四湖承接苏鲁豫皖 4 省 34 个县（市、区）的来水，统一规划、统一治理、统一调度、统一管理，强化水资源保护和水

环境治理，清理整治岸线，南四湖生态环境持续复苏。"水利部淮河水利委员会河湖管理处处长付强介绍。

看东线，山东推动造纸产业技术创新与产业升级，江苏加快产业结构优化……东线沿线36个控制断面水质达标率由规划时的3%提高到通水后的100%，东线水质稳定达Ⅲ类。

看中线，南水北调集团中线有限公司建立健全水质监测体系，涵盖123项水质监测指标，"监测、保护、应急、科研"为一体的水质保护体系逐渐完善，中线水质稳定达Ⅱ类。

水源置换，还水于河湖，助力生态复苏。

"太行泉城"河北邢台，百泉涌动景象再现。"越来越多'南水'代替地下水，全市浅层地下水与2018年同期相比回升7.36米。"邢台市水务局四级调研员孙自魁介绍。

沿线地区地下水水位逐步回升。北京平原区地下水水位连续9年回升，天津深层地下水水位与2014年初相比回升8.7米……华北地区自20世纪70年代以来地下水水位逐年下降的趋势得到根本扭转，初步实现地下水采补平衡。

河湖生态不断复苏。断流百年的京杭大运河连续3年全线水流贯通，永定河断流26年后再现流动之美，华北地区干涸的洼、淀、河、渠、湿地重现生机，重点流域、区域水源涵养能力和生态自我修复功能大幅增强。

滴滴"南水"凝聚绿色发展理念。"南水北调工程通水后，沿线各地积极开展水源置换，利用汛期雨洪资源相机补水，长期被城市生产生活挤压的生态用水得到退还，为改善河湖水生态环境提供了有力支撑。"孙志禹表示。

一条发展线
南北方协调发展的水资源保障更坚实

清水跨越河湖，串联起粮食主产区、能源基地、重要城镇，水资源要素与经济社会发展的适配性不断增强，奔涌"南水"折射出高质量发展的生动图景。

为城乡、区域协调发展夯实水资源支撑。

乡村全面振兴有了"发展水"。在河南宝丰，本地水与"南水"相互配合，实现"大水源"供水、"大水厂"制水、"大管网"送水。好水酿好醋，宝丰小米醋香飘四方。

区域协调发展有了"保障水"。南水北调工程优化水资源配置，沿线地区以水定产，不断提升水资源节约集约利用水平，京津冀协同发展、雄安新区建设、黄河流域生态保护和高质量发展等国家重大战略实施有了强有力的水资源支撑和水安全保障。

一渠连通南北，畅通国内大循环。

大运河畔，山东梁山港拔地而起。今年9月底，梁山港集港量、疏港量同时突破150万吨。"南水北调东线持续调水，抬升梁济运河水位，改善航运条件，促进港口互通。"济宁港航梁山港有限公司党委副书记王广文介绍。得益于东线调水，京杭大运河全年通航里程877公里，2000吨级运输船从梁山港直达长江。

中国南水北调集团有关负责人表示，南水北调破解北方水资源制约难题，促进南北之间各类资源和经济要素优势互补、畅通流动，释放北方优势产业潜力，提高整体资源配置效率，为形成全国统一大市场和畅通国内大循环、促进南北方协调发展夯实了水资源支撑。

"我们深入践行'节水优先、空间均衡、系统治理、两手发力'治水思路，全力推进南水北调后续工程高质量发展。"水利部南水北调司副司长、一级巡视员袁其田介绍，接下来，水利部门将运用好实施重大跨流域调水工程的宝贵经验，高标准高质量建设中线引江补汉工程，推动中线总干渠挖潜扩能研究和沿线调蓄工程规划建设，推进东线后续工程前期工作，开展西线一期工程前期工作和立项建设，加快构建国家水网主骨架和大动脉，为以中国式现代化全面推进强国建设、民族复兴伟业作出新的更大贡献。

（王浩 《人民日报》 2024年11月4日）

十年谋篇"水"文章 湖北丹江口叫响"中国水都"

秋阳下，汉江碧波荡漾，丹江口水库大坝巍然屹立，新建的丹江口第二座跨江大桥——水都二桥似彩虹卧波，临江而建的水之源广场上，休闲的市民和打卡拍照的游客人潮涌动，共同构成一幅人、城与自然山水和谐相处的生动秋景图。

湖北丹江口，这座拥有46万居民的县级市，因为南水北调这一世纪工程而备受瞩目。作为南水北调中线工程核心水源地，通水十年来，丹江口市为保"一泓清水永续北上"，积极践行"两山"理念，扛牢守水护水使命，大力推进生态建设，走出了一条生态与经济共融共促的可持续发展之路。

丹心护碧水

深秋时节，湖北丹江口市丹赵路街道办事处计家沟村同心桥附近，王照兵和2名护水队员穿上救生衣，开动清漂船，开始巡护清漂。

"现在我们用机械化清漂船，省时省力。"王照兵说，丹赵路街道办有12名护水员，采用机械化设备后，巡护力量越来越强。

王照兵曾是渔民，高峰时有100多口网箱，还有1艘养殖船、3艘捕捞船，家庭年收入近20万元。

在那个年代，"百里万箱下汉江"是丹江口市一大盛景，丹江口水库一度被渔民称为"聚宝盆"。然而，为了南水北调这一伟大工程，万余库区渔民毅然告别网箱，"洗脚上岸"。

长期习惯性靠水吃水，渔民内心虽有不舍，但更多的是理解和支持，并很快完成角色转换，由捕鱼人变成了护水人。

王照兵说，退捕上岸后，他积极响应号召，当上了护水队长。"主要工作是清漂、捡拾垃圾，看到有人钓鱼要进行劝导。"如今，像王照兵一样主动担当护水员的渔民有1300多人。

丹江口市还组建"小水滴"志愿服务联合会，设立红领巾、银龄、巾帼等361个志愿服务组织，注册志愿者20余万人，带动全市群众积极参与守水护水。

63岁的蒋德新，是丹江口市新港经济开发管理处新港社区一名护水员，也是丹江口市"小水滴"志愿服务联合会的一名"小水滴"，今年是他参加义务清漂工作的第4年。

成为护水员后，蒋德新几乎每天清早就出门，驾船沿着十几公里长的责任水面巡查，清理漂浮物和沿岸垃圾。

"汛期忙一些，一天下来要清理1吨多枯枝败叶。"蒋德新说，虽然很辛苦，但是看着环境越来越好，感觉很值得，只要身体允许，他就会一直干下去。

近年来，丹江口市将"小水滴"志愿服务与"五无乡村"建设和"共同缔造"行动及文明村镇创建相结合，以改变群众生产生活方式为切入口和落脚点，带动更多人参与到节水爱水护水行动中来，坚决把确保"一泓清水永续北上"政治责任落到实处。

小城焕新颜

从空中俯瞰丹江口水库，碧波浩荡，水天一色，千岛点缀，美不胜收。

漫步丹江口沿江步道，青山遥相望，绿水绕城郭，满目层林尽染，色彩斑斓，铺展万千画卷。

丹江口人像爱护眼睛一样守护一库碧水，换来了绿水青山，也焕新了城市容颜。

在丹江口水库水质安全保障指挥中心，工作人员运用大数据AI算法能实时监测库岸线安全、非法垂钓、危化品运输等情况，全市重点排污企业、污水处理厂情况也一目了然。

通过构筑系统化、体系化的"空、天、林、地、水"5道水质安全监管防线，丹江口市护水工作稳步迈入精准化、智能化时代。

为保护好丹江口水库良好水源，丹江口市还以小流域水土流失综合治理和水生态环境保护为核心，整合多部门项目资金，大力开展重点行业治污减排、城乡污水垃圾处理提能等行动，小城面貌焕然一新。

在丹江口市均县镇关门岩村，村里大力倡导农户文明积分，鼓励村民积极参与护水等文明行动。村民张绪春不仅带头响应村里号召，还影响带动越来越多村民加入到文明积分行列。如今，关门岩村的卫生环境明显改善，文明风尚更加浓厚，张绪春也被评为丹江口市"最美守井人"。

久久为功，丹江口水库水质已常年稳定保持在Ⅱ类及以上，累计向北方调水超过660亿立方米，惠及京津冀豫沿线26座大中型城市1.08亿人。

随着生态环境持续改善，丹江口市先后获评"国家第四批'绿水青山就是金山银山'实践创新基地""全国百佳幸福县（市）""中国美丽山水城市"

"国家水土保持示范地区"等荣誉称号。

转型促发展

水，是绿色之源。丹江口拥有1022平方千米水域面积，占全市总面积近三分之一。

丹江口大坝建坝初期，当地生态环境比较脆弱。在新发展理念指引下，丹江口市坚定绿色转型，以"水"为笔绘就美丽生态画卷，"绿水青山"正加速成为"金山银山"。

走进丹江口经济开发区水都工业园，独特的水资源优势，吸引了一大批头部饮料企业先后在这里投资建厂。

农夫山泉已在丹江口建成3个工厂、26条生产线，日产能够达到1600万瓶。产业不断发展壮大，也带动了一批上下游企业在丹江口落户，巨大的产品销量，还带动了丹江口物流运输业发展。

"北冰洋"汽水，畅销全国的老字号品牌，去年在丹江口建设了全国第四个生产基地，覆盖天然饮用水、果汁汽水、无菌茶饮料等多个品类，7条产线年产能可达30万吨。

本地企业丹江口武当山水饮料有限公司，2023年2月落户园区，10月即实现投产，现在每月可生产近4万箱天然水，销往武汉、北京、天津等全国各地市场。

柑橘产业是丹江口市的主导产业之一。一轻食品（丹江口）有限公司成立后，不仅有效解决了柑橘销售问题，促进橘农增产增收，其生产的鲜橘汁、橘汁汽水等饮品，已成为电商平台上热销的健康果汁饮料，被越来越多年轻消费者追捧为网红产品。

为更好服务企业，推动发展"水经济"，丹江口市专门由政府牵头成立"丹江口水源地供应链公司"，通过物流、集采、品宣、优质农产品、生产产线等资源整合，切实帮助企业降本增效，完善产业生态，推动"水产业"全链条快速发展。华润怡宝、燕京啤酒、马迭尔精酿啤酒、康师傅华中天然水等一大批重点项目纷纷落户。

如今，丹江口的"水经济"已占全市GDP近一半，预计"十四五"末产值将达到260亿元。

为转变经济发展方式，丹江口市还大力发展生态旅游产业，以水兴旅，做优做活"山水＋文旅"融合文章，擦亮全域旅游亮丽名片。

武当文化、沧浪文化、汉水文化为代表的地方特色文化和武当山、水都大桥、沧浪洲湿地公园等特色景点，形成丹江口独一无二的文旅特色。

依托资源禀赋，丹江口市正着力打造"宜居宜业宜旅"的现代化生态滨江城市，以独特的水域魅力和优秀文化吸引世界各地游客，丹江口"中国水都"的名号越来越响亮。

（胡诚　张潘　新华网　2024年11月6日）

一渠丹江水浸润"百年煤城"

"百年煤城"河南焦作市是南水北调中线工程唯一穿城而过的城市，通水10年来，南水北调中线工程累计向焦作市供水超4.3亿立方米，生态补水6000多万立方米，这条渠不仅让焦作人吃上了好水，还让他们享受到了生态之美。

南水北调中线工程在河南省焦作市穿城而过
（11月6日摄，无人机照片）（新华社记者　郝源　摄）

河南省焦作市天河公园（11月6日摄，无人机照片）
（新华社记者 郝源 摄）

焦作人为穿过城市的这段南水北调渠取名"天河"，穿城河道两侧建成了10公里长的绿色廊道，被称为天河公园，共有300多种树木，为焦作市区增添了200多万平方米的绿地。

深秋的天河公园一半黄一半绿，市民们在公园里散步、跑步、遛狗、唱歌、唱戏，小朋友们在草地上玩耍嬉戏。

市民李女士习惯在天河公园里跑步，每次跑5公里左右。她告诉记者，原来这一片是城中村，又脏又乱，基础设施比较差，现在变成了公园，环境很好。

"以前我们家的自来水烧开后水垢很多，用上南水北调的水后，水烧开后水垢很少，口感也好多了。"李女士说。

据介绍，南水北调中线的水来自丹江口水库，水质常年保持在地表水Ⅱ类及以上。截至目前，焦作市约80%的城乡居民吃上了南水北调优质水。

在天河公园的一处戏台上，几名业余演员在唱戏，71岁的市民常学道在台下听得津津有味。

"只要是晴天，他们都会来唱戏，我闲着没事就过来看看。"常学道说。常学道的家曾经就在这条"绿带"上，因为南水北调工程绿色廊道建设而被征迁。

市民在天河公园游玩（11月6日摄，无人机照片）
（新华社记者　郝源　摄）

11月6日，在焦作市天河公园一处戏台上，几名市民在唱戏
（新华社记者　郝源　摄）

据焦作市南水北调建设发展有限公司工程师赵整社介绍，因为南水北调穿城而过以及绿色廊道建设，总共征迁了13个村、近3万人，建了30多个安置小区。

常学道看戏的地方原本就是西王褚村的戏台，为了给迁走的村民留下一些"乡愁"，建公园时被保留下来并进行了修缮。在戏台一侧的墙上刻着西王褚村征迁前的村户分布图，每户户主的名字都刻在上面，村民很容易就能在分布图上找到自己的家。

"征迁的13个村都保留了一定的遗迹，为的是给村民留下一些记忆。"赵整社说。

焦作市有100多年煤炭开采历史，随着煤炭资源日渐枯竭，近年来焦作市大力发展绿色产业，陆续获得"国家森林城市""全国水生态文明城市"等称号。

在天河公园，挖南水北调渠产生的土被堆成一个个小山，站在较高的山坡上，能够看到一渠清水向北京的方向缓缓流动。

(刘金辉　郝源　新华社　2024年11月6日)

苦水营村喝上了"好水"

"过去那水又苦又咸，还得自己挑水喝，现如今喝上了这么方便的'好水'。"河北省衡水市景县后留名府乡苦水营村村民付书明打开水龙头，边洗菜边感慨地说。

付书明口中的"好水"是南水北调中线工程送来的长江水。

苦水营村的村名就是由过去村里喝的水又苦又咸得来。由于地处华北地下水超采漏斗区，地下水含氟量高，全村人都有不同程度的氟斑牙。"过去我们村里人基本都是大黄牙，出门都不好意思张大嘴说话。"付书明说，"随着地下水位下降，浅水井里的苦咸水也渐渐没了。1990年，村里组织打了3眼300多米的深井，通过自来水管道送往各家各户。"

"即便如此，深水井的水也不够全村人一直使用。只能限时供水，每天早上供水一个小时。家家户户备有大水缸，用来储水。"苦水营村党支部书记付铁军说。

2010年，乡里建起了集中供水厂，安装了降氟设备，但是降氟设备制水运行成本较高且废水多。2020年，苦水营村迎来了"南水"。高氟地下水换成了净化过的、从千里之外奔涌而来的长江水，村里人真正喝上了放心的"好水"。

"'南水'24小时供应，随用随有，乡亲们再也不为吃水发愁了。"付书明笑着说。在付书明家的院子里，有7口缸，这些缸原本用于储水，现在也"转岗"了——被一辈子节水的他用来储存雨水浇树种花。

"长江水到达地表水厂经过净化处理后，通过加压泵站，送到各村各户。"景县地表水厂化验员蔡晓娜说，水厂会定期对农村饮用水进行氟化物含量、余氯含量、二氧化氯含量等12项检测，确保用水安全。

"以前的苦咸水治理主要采取改水降氟措施，无法从根本上解决城乡群众的饮水困难及饮水安全问题。"景县水利局副局长曹玉强说，"南水"的到来，让这一困境得到根本性改变。

如今，苦水营村村民饮水又迎来了新变化——全村396户人家全部更换安装了物联网智能水表。付铁军说："智能水表正在调试，投入使用后在手机上就能查询用水量，缴水费也不用出户，非常便捷。喝上了'好水'，又省心，村民们都说日子越过越甘甜。"

吃水的问题不用发愁之后，村民们将更多的精力用在收成上。村里的3000多亩农田入选了县里的标准化农田建设项目，并将附近北留府渠的农用灌溉水引到了田间地头，安装了1座扬水站和4个移动扬水点。农田灌溉更加方便，耕地土质明显改善，收成越来越好。

"就以玉米来说，过去每年亩均收成也就四五百斤。经过改造提升，收成明显增加，今年玉米产量达到了亩产1600余斤。"付铁军说。

从挑水吃到用自来水，从苦咸水到"好水"……苦水营村的生活，因北上的"南水"而变。

（郭雅茹　苏凯洋　新华社　2024年11月12日）

南水北调东线一期工程调水成效显著

记者15日从中国南水北调集团东线有限公司获悉，自2013年11月正式通水以来，南水北调东线一期工程已累计抽引长江水量约450亿立方米，显著改善沿线民生，带来良好的经济、生态效益。

中国南水北调集团东线有限公司总调度中心副主任侯煜介绍，工程调水主干线全长 1467 千米，打通了长江干流向北方调水的通道，助力江苏省实现双线输水格局，在山东省构建"T"字形骨干水网，增强天津河北等地水安全保障能力，实现了为苏鲁皖 3 省的 21 座地级市和其辖内的 71 个县（市、区）补充城市生活、工业和环境用水的目标。

工程有效缓解了黄淮海地区水资源短缺问题。受水区内城市的生活和工业供水保证率从最低不足 80% 提高到 97% 以上。工程建成运行后增加排涝面积 6800 平方公里（其中耕地 716 万亩），为保障沿线地区经济社会发展和水安全发挥了重要作用。

工程推动了河湖生态环境复苏。截至 2024 年 9 月底，工程向河北、天津供水 6.75 亿立方米，向京杭大运河补水 5.71 亿立方米。输水沿线监测断面水质持续稳定达到地表水 Ⅲ 类标准，水环境容量和承载能力大幅提高，沿线南四湖、东平湖等湖泊彻底摆脱干涸的困境。

工程助力南北经济循环进一步畅通。京杭大运河全年通航里程达 877 公里，江苏金宝航道、徐洪河等一批河道的通航标准和通航等级提升，1000 至 2000 吨级船舶在东平湖至长江航段可无阻畅行。

侯煜表示，下一步将积极做好东线后续工程前期工作，增强企地协作，切实提升东线一期工程综合效益。

（魏弘毅　新华社　2024 年 11 月 15 日）

你 是 汉 江

——写在南水北调中线工程通水十周年之际

公元 2024 年，南水北调中线工程通水十载，我再度踏上汉江之滨，重寻那清澈之源，细探水质之变，访览沿岸新貌，采撷动人故事。无数可歌可泣之人，无数感人至深之事，无数感激感恩之情，汇聚成强大力量……一路行来，目之所及皆为美景，心之所感满是深情。

出 山

我再次来到陕西省汉中市，开启汉江寻源之旅。

自宁强县城向西北行进约 40 公里，便抵达秦岭南麓的嶓冢山。抬眼望去，群山巍峨，姿态万千，如巨擘擎天；俯瞰之下，万壑纵横，重峦叠嶂，似画卷舒展。

眼前，古树参天，郁郁苍苍，山石奇形怪状，色彩斑斓绚丽。虽已至初秋，此地却依旧云雾缭绕，山涧溪流潺潺，飞珠溅玉之声不绝于耳，林中鸟儿啁啾鸣啭，原始森林的气息扑面而来……

石壁之上，"汉江源" 3 个大字赫然醒目，自上而下的溪流如白练飘舞，汇聚成湖。湖水墨绿深邃，水面微波荡漾，令人心旷神怡，如痴如醉。

经过数百名专家多年的实地综合勘查，2011 年 10 月 26 日，水利部长江水利委员会最终考证确定，汉江源头位于陕西宁强县大安镇嶓冢山境内。汉江自此发源，蜿蜒绕过宁强城区，一路向东，流入勉县（旧称沔县），汇入汉中市，奔腾入长江，浩荡向东海。

汉江，是一条历史极为悠久的河流。据专家考证，汉江的诞生时间要早于长江七亿年之久。它见证了尧帝时期的洪荒岁月，留下了壮丽史诗。《尚书·禹贡》中载："嶓冢导漾，东流为汉"，古人的壮举开启了中华民族治水文明的先河。唐朝诗人胡曾赋诗赞颂："夏禹崩来一万秋，水从嶓冢至今流。" 至今，汉族、汉朝、汉人、汉子、汉字、汉学、汉剧等词语，恰似一朵朵璀璨浪花，在奔流不息的汉江中闪烁升华。

汉江，北望黄河，南靠长江，古人将长江、黄河、淮河、汉江四条河并称"江淮河汉"，可见其地位。居于"川"字形地理格局之中的汉江，滋养着汉江流域广袤的数千里土地。正因如此，古时的汉水亦被称为"沔水"，"沔"字让我联想到水是生命之源，如乳汁般滋养万物。

今日之大河水脉，不仅润泽南方，亦惠及北国。嶓冢山不仅是汉江的源头，更是南水北调中线工程重要水源地的开端！难怪《诗经》有云："维天有汉，监亦有光。"

我身处葱郁的绿意之中，四周水雾弥漫，耳畔回响着连绵不绝的水滴声。眼前，汉水潺潺流淌，宛如一位少年正步入青春年华，满怀勇气地闯荡未知的世界，追寻着心中的诗意与远方……

汇 流

我再次驻足于丹江口水库坝顶之上，目睹了汉江与丹江交汇的壮丽景象。试想，若非这两条江河的雄伟汇聚，丹江口水库或许只能是一个遥不可及的梦想；若没有丹江口水库的孕育，南水北调中线工程又怎能应运而生？进一步说，没有南水北调工程的实施，汉江又怎能被赋予新的使命、责任，乃至荣耀与辉煌？

汉江恩泽广布人间，人类共筑辉煌汉江。

1953年初春时节，寒风依旧凛冽，而春意却悄然萌动。毛泽东主席乘坐"长江"舰，顺流而下，自武汉驶向南京的途中，倾听了水利专家林一山（曾任长江水利委员会主任）对南水北调宏伟蓝图的精彩阐述。

毛主席手持铅笔，在长江流域的辽阔地图上，细致勾勒出一幅幅引水的壮丽图景，从红军长征途中的白龙江，到嘉陵江畔的西汉水，最终目光聚焦于汉江之上。当铅笔尖轻轻划过丹江口这一地点时，一个鲜明的圆圈赫然显现于图纸之上，这一伟大构想就这样被初步敲定了。

事实上，早在1951年，水利部长江水利委员会便以汉江防洪与水资源高效利用为己任，启动了丹江口水利枢纽工程的前期规划工作，并逐步确认了其作为该工程选址无可替代的重要地位。

1958年金秋时节，丹江口与汉江交汇之处，汇聚了来自河南与湖北两省的十万民工队伍。他们肩挑手提，携带着充足的干粮与工具，高亢地呼喊着"敢教日月换新天"的壮志豪言，毅然投身于劈山填谷、筑坝建库的宏伟事业之中。红旗猎猎，与火把的光芒相互辉映，共同绘制出一幅幅激动人心的劳动图景，见证了丹江口大坝的雄伟崛起。

岁月悠悠，转眼至1974年，丹江口大坝宛若一条蜿蜒出水的巨龙，巍然矗立于崇山峻岭之间，坚定不移地守护着丹江口水库沿岸的宁静与富饶。这座大坝不仅能在汛期英勇地拦截洪水，将其驯服成温顺的溪流；更能在水丰之年，智慧地蓄积水源，以备不时之需，尤其是枯水季节的干渴。

此外，它还巧妙地借助水力，将自然资源转化为电能，将光明与希望播撒至千家万户、工厂车间乃至广袤的田野之间，照亮并驱动着社会的每一个角落。

随着南水北调中线工程的正式启动，丹江口水库踏上了崭新的征途。

时间来到2005年，丹江口大坝加高工程拉开了序幕。这一壮举旨在通过大坝的增高，引导着清澈的汉江水北上，越过淮河的柔美，穿越黄河的波涛，横跨海河的壮阔，最终抵达那遥远而干渴的北方大地，为亿万生灵带来甘霖。

历经数载辛勤，至2014年，丹江口大坝加高工程圆满画上了句号。这一历史性的时刻，标志着丹江与汉江之水终于跨越了"南方水多、北方水少"的自然鸿沟，弥补了长久以来的遗憾。

在丹江口大坝加高工程紧锣密鼓的施工过程中，我多次有幸亲临现场进行深入采访。在一处临时租用的大院前，一块写着"南水北调中线水源公司"的牌子赫然在目，分外抢眼。来自五湖四海的工程技术人员、辛勤的建设者以及优秀的管理者会聚一堂，他们齐心协力，共同为这一宏伟工程挥洒汗水，奋斗不息。

这里镌刻着诸多感人肺腑的故事：杨凤梧，这位曾参与丹江口水库初建的先驱，当南水北调工程启动时，他再次挺身而出，以花甲之年勇担质量监督站长的重任，重燃丹江口建设之火；总工程师张小厅，深受父母修建北京官厅水库事迹的鼓舞，毅然投身于大坝加高的壮丽事业中；顾毓卿一家，三代水利水电人，在这里续写着传承与奉献的佳话；周静与伴侣并肩奋斗，在南水北调工地上演绎着伉俪情深的动人篇章；而来自东北的班静东，则以"千里走单骑"的豪情自嘲，数年如一日地坚守岗位，矢志不渝……这些故事犹如夜空中的璀璨星辰熠熠生辉，照亮了丹江口大坝加高工程的每一个角落。

我站在大坝之巅，仰望上游，只见天际与水际交相辉映，山水相依，波光粼粼，美不胜收；俯瞰下游，两岸高楼林立，汉水悠然自得地流淌。在下游的岸边，宣传牌熠熠生辉，标语"一滴水，即为一滴生命""人水和谐，共利南北""碧水长流，永续北上"格外醒目，它们不仅闪耀着光芒，更彰显着水源地人民对汉江的深切关怀与守护，体现了他们强烈的责任感、使命感和担当精神。

在汉江之滨，大坝下游之地，矗立着一座雄伟壮丽的高楼，其上"中线水源"4个大字引人注目，说明此处即为昔日"南水北调中线水源公司"。该公司由水利部于2004年8月正式批准组建，自2014年12月12日工程成功通水以来，其职能已顺利从建设转向了管理，肩负起保障"工程安全、供水安全、水质安全"的神圣职责与使命。

我步入水质监测站网中心，犹如窥豹一斑，全貌尽览。巨幅屏幕前，斑斓的网络与鲜明的标志交相辉映，生动展现水库水质的详尽图景。此处汇聚了国内顶尖级的水质监测技术装备，具备对地表水 109 项关键指标进行全方位监测与评估的能力，同时实现污染物的精确识别与量化分析。技术人员将水样送入高精尖的检测仪器中，瞬息之间，精准无误的数据便跃然屏上，为即时把握水质动态、迅速应对潜在问题提供了坚实支撑。

在丹江口库区，还出现了一个新颖的概念——"数字孪生水利"。它集成了卫星遥感、无人机航拍、现场巡查、实地调查以及执法检查等多重技术手段，旨在全方位、无死角地排查任何可能影响库区水质的潜在隐患。每一项细致入微的举措，都是对"三个安全"（工程安全、供水安全、水质安全）的坚决践行，也是对"守护碧水"誓言的矢志不渝。

监测数据显示，南水北调中线工程的取水口水质持续保持在地表水Ⅱ类及以上标准，这一成果正是"数字孪生水利"理念与实践成效的生动体现。

大坝静谧矗立，目睹汉江与丹江在此交融，汇聚成前所未有的壮阔洪流，向北奔腾不息；同时，它也默默地见证着管理者与建设者的汇聚，凝聚成一股不可抗拒的磅礴力量，共同迈向未来。

汉江，这位慷慨的母亲，以她甘甜的河水滋养了两岸的万物生灵，更不辞辛劳地穿越千山万水，为北方大地送去生命的甘霖。这不仅是她崭新的使命，更是她辉煌历程中一段壮丽的篇章。

北　　上

我再次踏上南水北调中线工程的征途，沿丹江口至北京的壮阔路径，目睹了这项工程"入地"与"上天"的非凡奇迹。沿途，我见证了各级党委、政府、运行管理者及环保志愿者，为确保"一泓清水永续北上"这一宏伟目标，所谱写的一幕幕感人至深的故事。

我驱车向西穿越河南省郑州市，行驶约 30 公里后，抵达黄河之畔。无人机从高空捕捉的画面中，黄河南北两岸那两座壮观的吉他形构筑物——"穿黄工程"赫然在目。源自南方的汉江水，宛如一条悠长的银带，轻轻拂过，进入洞口，仅留下几抹细腻的涟漪，随后悄然潜入地下，穿越了两条各长 4 公里的隧道，最终再次破土而出，继续其北上的壮丽征程。

自古以来，黄河便因其狂野不羁、波谲云诡的特质著称于世。其广袤无垠的黄河滩涂、错综复杂的河床底部以及千年累积的泥沙胶结地质，为穿黄工程构筑了重重难关。然而，2005年9月至2009年12月间，建设者们凭借世界领先的盾构机掘进技术，成功完成了穿越黄河这一非凡壮举。

时至今日，穿黄工程已正式步入运营阶段，监测、检查、维护及修缮等工作成为日常不可或缺的环节。在确保中线输水总量稳定的同时，顺利推进工程维护工作，技术人员创造性地实施了解决方案：一隧洞持续输水，另一隧洞则暂停水流以进行维护。此举不仅保障了供水的持续不间断，更为南水北调工程长期安全稳定运行奠定了坚实基础。

10年来，这里的运维人员以非凡的毅力与执着，日复一日、年复一年地坚守在岗位上。他们见证了日出的绚烂与晚霞的温柔，将青春与汗水倾注于这片土地。正是有了他们的无私奉献与不懈努力，汉江水才得以畅通无阻地穿越黄河，奔向北方，为亿万人民带去生命的源泉与希望……

我踏上河北省保定市的土地，抬头仰望，只见漕河渡槽雄伟壮观地悬挂于天际，令人惊叹不已。太行山脉蜿蜒起伏，更衬托出渡槽的巍峨与壮丽。这横跨两山之间、绵延超过两公里的庞然大物，与蓝天并肩，与白云共舞，与绚烂的霞光交织成一幅令人心醉的画卷。这便是南水北调中线工程的"上天"壮举，展现了人类智慧与自然力量的完美融合。

漕河渡槽，作为目前国内最大的输水渡槽，不仅是南水北调中线穿越漕河的关键工程，更与丹江口大坝加高工程、穿黄工程并称为南水北调中线三大重点工程。其设计精妙绝伦，令人叹为观止。整个渡槽的承载能力巨大，足以支撑一辆重达125吨的重型卡车瞬时通过，彰显了人类工程技术的卓越成就。

当我踏上渡槽，只见槽面整洁有序地布置着挡格，下方则是碧波荡漾的、来自汉江的水在潺潺流淌。

夕阳西下，余晖洒在槽面上，仿佛在为汉江水北上的旅程增添一抹温暖的色彩。微风轻拂，好像在槽面上轻轻嬉戏，带来丝丝凉意，让人心旷神怡。从无人机传回的影像中可见，渡槽宛如一张巨大的弯弓，镶嵌在广袤的大地上，气势磅礴。

在中国这片古老的土地上，有许多像漕河渡槽这样的工程奇迹，它们不仅承载着水的流动，更承载着人定胜天的坚韧精神，讲述着"逢山开道、遇水搭桥"的动人故事。如今，在追求人与自然和谐共生的新时代背景下，汉江水如此顺应人意地滋养着北方大地，令人深感钦佩。

值得一提的是，漕河渡槽工程还是南水北调中线京石段应急供水工程的重要组成部分，它在2005年6月10日开工建设，并于2008年4月成功向北京应急供水，直接服务于北京奥运会这一国际盛事。此外，漕河退水闸还多次开闸放水，用汉江水补给干涸的白洋淀，使其重现水丰草美的盛景。类似这样的补水行动，复苏了北方众多河湖的生态活力，汉江水犹如来自南方的"贵人"，受到了众多河湖的景仰与感激。

我终于抵达了南水北调中线工程的终点——北京团城湖调节池，眼前的景致令人心旷神怡。湖水呈现出墨绿如玉的色泽，清澈如镜，将蓝天、白云、高楼与大树的美景一一倒映其中，更映照出我内心的兴奋、激动与惬意的微笑。

作为连接密云水库与汉江两大水源的重要枢纽，团城湖调节池为北京市的供水安全提供了坚实的保障，被誉为京城不可或缺的"大水缸"。

在庄严的纪念广场上，我静静伫立于巍峨的"思源碑"前，心中激荡着纷繁的疑惑与深沉的感慨。那片银杏林为何挺拔而立？北京段绵延80余里的暗渠中，又为何独留一段明渠？丹水池的设计，中心与外围水池的面积配比，究竟蕴含着何种深意？更有那自丹水池至甘露台的距离，为什么精准到127.6米……诸多谜团犹如夜空中闪烁的繁星，照亮了我内心的探索之路。

环顾四周，一尊精致的铜质浮雕静卧于广场之上，其名为"地上天河"，寓意深远。这座浮雕巧妙地将南水北调中线工程与受益的主要城市紧密相连，自鄂豫交界的丹江口水库始，汉江水浩荡北上，穿越河南，流经河北，最终到达北京与天津。至今，已有数以百亿立方米计的汉江水跨越千山万水，润泽着北方干渴的土地……

汉江，源自秦岭之畔，穿越丹江口地区，最终汇入首都北京，这不仅是其旅程的终点，更是新篇章的起点。

2023年5月25日，《国家水网建设规划纲要》正式发布，标志着中华民族在治水史上又翻开了崭新的一页，一幅宏伟的世纪画卷正缓缓铺展。

在国家水网这一庞大的生命线上，汉江之水清澈永续，潺潺流淌，为这片土地、这个民族注入不竭的活力与希望。

（作者系中国水利作家协会副主席，作品有南水北调纪实五部曲等）

（赵学儒 《光明日报》 2024年11月15日）

科技赋能　生态更美　百姓安乐

——南水北调东、中线一期工程沿线见闻

南水北调工程，旨在破解我国水资源"北缺南丰"问题的超级工程，事关战略全局、事关长远发展、事关人民福祉。统计显示，南水北调东、中线一期工程已累计调水超 760 亿立方米，带来了巨大的经济、社会、生态效益。

今年是南水北调东、中线一期工程全面通水 10 周年。记者近日行走工程沿线，随着蜿蜒北上的碧水，感受工程带来的深刻改变。

锐意向新：创新助力调水更便捷

江苏扬州，南水北调东线宝应泵站工程，南水北调工程第一个开工、第一个完工、第一个发挥工程效益的泵站。

在这里，水利工程精细化高质量管理逐步推进，工程感知和数字孪生系统渐渐成形；用于调水的水泵部件逐步实现国产化升级，设备运转精度提升，构成却更加简洁，易于保养维护。

这是向新笃行后的飞跃：宝应泵站值班人员由每班 12 人减至 6 人，人数虽然减少，但设备维护保养成效却显著提升，全站调水能耗大幅下降。

"'远程集控、少人值守'，这八个字能概括我们近年来的努力，也是我们后续创新的方向。"宝应泵站站长刘钊说。

创新，有一域之突破，更有全局之跃升。

首都北京，中国南水北调集团中线有限公司总调度中心大屏幕数字跃动，沿线各分水口门的供水数据实时显示。借助数字孪生南水北调中线 1.0 系统，调度人员可突破空间限制，进行实时水量调度，并应对各种突发情况。

"点点鼠标，调水'前线'即可不依赖人力执行指令。"总调度中心副主任李景刚告诉记者，在应对海河"23·7"流域性特大洪水过程中，该系统使一线应急处置措施更为有效。

数字孪生水网建设是国家水网建设的重要内容，更是近年来水利行业高质量发展的缩影。

中国南水北调集团有限公司有关负责人表示，将继续按照"需求牵引、

南水北调东线宝应泵站工程（采访对象供图）

应用至上、数字赋能、提升能力"的要求，切实增强南水北调保障能力。

生态提色：工程扮靓大美黄淮海

离开山东济南城区，车行东北方向一个多小时，记者来到东湖水库。这里承担着南水北调东线分配给济南、滨州、淄博等城市用水的调蓄任务。

站在库边远眺，烟波浩渺、水鸟翔集。水库管理处主任裴亮告诉记者，通过合理的水量调度和管理，水库周围的生物多样性得到恢复，成为各种水鸟理想的栖息地。通过"放鱼养水"的举措，藻类过度生长得以有效控制，水域生态活力显著增强。

绿水青山就是金山银山，生态效益助力经济业态新发展。

京杭大运河，古时贯穿中国南北的水利大动脉。她流经河北沧州，塑造出一座漕运重镇。

而今，京杭大运河已成为南水北调东线一期工程的重要组成部分。借助大运河水质改善，沧州着力恢复生态，开发出中国大运河非物质文化遗产公园、沧州园博园等多个文化地标，串联起文旅、研学等新业态，周边农业产业加速发展，"大运河文化"的招牌越擦越亮。

数据显示，截至2024年9月底，南水北调东线一期工程向京杭大运河补

这是 5 月 26 日拍摄的沧州园博园一景（无人机照片）

（新华社记者　骆学峰　摄）

水 5.71 亿立方米，输水沿线监测断面水质持续稳定达到地表水Ⅲ类标准。

从南至北，南水北调沿线美景数不胜数："百年煤城"焦作成为超过 280 种濒危保护鸟类的栖息地；济南玉符河水清岸美，成为居民休闲好去处；白洋淀水位常年保持在 7 米左右，"华北明珠"重现风采……

大库水满小河溢，鸟鸣鱼跃树成荫。南水丰盈河川，扮靓大美平原。

造福百姓：南水流入万千百姓家

沧州泊头市前八尺高村，浓缩着南水北调带来的百姓用水巨变。

历史上，沧州的地下水含氟量高、苦咸，喝久了牙会变黄变黑，骨质会疏松。更何况，华北平原本就是缺水地区。曾经为了从土井里抢一缸不那么浑浊的水，村民们四五点钟就要起床，去晚了井就被舀干了。

"很多村里的孩子因为喝不到好水被送到外地生活。"回忆过去，前八尺高村党支部书记冯如祥感慨万分。

2020 年底，前八尺高村家家户户通上了南水北调中线水，水质指标与大城市持平。自来水替代了高氟水，子孙后代就此告别水中的苦咸滋味，生活越来越甜。

南水北调的显著效益，正在进入受水区千家万户。

河南宝丰，南水酿出更香的小米醋，产业兴旺、居民增收；受益于水质改善，天津的汽车玻璃厂供水量连上台阶，产能充分释放……据统计，南水北调东、中线一期工程全面通水以来直接受益人口达 1.85 亿人，推动了受水区经济社会高质量发展。

这是 3 月 22 日拍摄的丹江口水库（无人机照片）
（新华社记者　肖艺九　摄）

湖北保康，南水北调中线后续引江补汉工程建设正酣。工程将联通三峡水库和丹江口水库，进一步打通长江向北方输水通道，形成更发达的水网格局。

水利部规划计划司相关负责人表示，将加快推进南水北调后续工程高质量发展。

工地上，机器轰鸣、车辆穿梭。万千水利建设者正在用辛勤劳动，书写南水北调新篇章。

（魏弘毅　新华社　2024 年 11 月 18 日）

心中流过一泓清水

——南水北调水源涵养地干群护水观察

泪泪汉江水汇入丹江口，造就了浩瀚如海的湖面。向上游探寻，南水北调中线工程重要水源涵养区陕西安康市，是向丹江口水库供水量最多的地区。汉江在安康市境内流长340公里，常年流量262亿立方米，占丹江口水库入库水量的63%，其水质从源头上对南水北调中线工程产生关键影响。

工程通水十年来，保护汉江水质、爱护生态环境，在安康市干部群众中已内化为共识、转化为行动，使一江清水源源不断地流向丹江口、受水地。

2023年3月31日，安康市汉滨区流水镇茶农在茶园内采茶
（新华社记者 邵瑞 摄）

水清岸净产业兴

小雪过后，汉江瀛湖岸边，换上红妆的水杉，点缀着纤尘不染的湖面。

"呼吸新鲜空气，看看青色湖水，吃吃农家菜肴，感觉非常好。"西安游客胡全喜这次在瀛湖边已经待了10多天。他吃住在安康市汉滨区流水镇居民龚仕成经营的农家乐中，日常钓鱼散步，有空时还帮忙在菜园里管理、采收蔬菜，沉浸式体验当地农村生活。

瀛湖是由安康水电站在汉江上筑坝形成的人工湖。在胡全喜的印象中，早年间瀛湖湖面密布养鱼网箱，水质也不似如今这般清澈透亮。

而龚仕成在经营农家乐之前，曾是一名靠在瀛湖上养鱼捕鱼为生的渔民。由于网箱养鱼产业对汉江水质产生影响，安康市此前对瀛湖上分布的31000多口网箱进行了取缔、拆解，并引导渔民转而从事生态旅游、水果茶叶种植等绿色产业。

近些年，龚仕成所居住的流水镇，水面清了、岸上净了、产业兴了。镇村的污水处理管网、垃圾中转站全面覆盖提升，交通等基础设施不断完善。同时，镇上发展出茶叶和水果产业共3万余亩，还在建设各类水果蔬菜采摘体验园区，生态广场、观景长廊、健康步道也相继落成，群众发展农旅融合产业的信心不断提升。

"现在，家家户户都能吃上旅游饭。我们虽然放弃了一些眼前的利益，但能为子子孙孙留下优美的环境和更大的发展空间。"龚仕成说。

护水爱水，干群合力

安康市市长王浩告诉记者，在确保"一泓清水永续北上"的长期实践中，护水、爱水和对生态环境的保护意识，已经成为一种行动自主、情感自愿，深入安康各级党员干部群众心中。

"多年来，通过坚持山水同治、水岸齐管的系统综合治理，健全相关管理工作机制，安康市扎实推进汉江水质保护工作，同时为大小河湖配齐用好'贴身管家'，鼓励群众和志愿者参与护水，形成保护合力。"王浩说。

汉江流过的安康市城区景色（11月5日摄，无人机照片）

（新华社记者　邵瑞　摄）

在安康市旬阳市吕河镇，年近七旬的全国"十大最美河湖卫士"王孝文，与旬阳市守护汉江志愿者联合会的 300 多名志愿者一起，常年义务在汉江的多条支流打捞水上漂浮物、捡拾河道垃圾，已累计打捞捡拾各类垃圾 100 余吨。

"常常河边转，勤把垃圾捡。确保河水净，清水送京津。"全国"巾帼河湖卫士"朱先萍，7 年来坚持每月两次与旬阳双河女子护河队的队员们在汉江支流上巡河护河。据了解，在王孝文、朱先萍等人的带动下，旬阳市目前已组建起 44 支义务护河队伍，共有队员 4000 余人，其志愿服务内容也从起初的捡拾河道垃圾，逐步拓展到参与公路沿线、村庄院落的环境卫生整治。

珍稀水鸟鱼类再现

据安康水利部门负责人介绍，安康市每月对汉江干流及主要支流 42 个国省市控断面开展水质监测，全市地表水水质优良率保持 100%，汉江干流和瀛湖水质长期保持为优，汉江出境断面水质常年稳定保持在国家地表水 Ⅱ 类标准。

优良的水质、向好发展的水生态环境也变得越来越可见可感。安康市汉滨区退休干部林俊礼与多名退休干部职工、志愿者组成团队，长期自发开展安康及其周边的汉江流域水生资源科普调查。他们拍摄记录到角䴙䴘、斑脸海番鸭、黑腹滨鹬等 5 种当地多年不曾出现过的水鸟如今在水边活动的影像，以及中华秋沙鸭、东方白鹳在安康越冬的罕见情形。此外，一度难觅踪迹的鲸鱼、秦岭细鳞鲑、多鳞铲颌鱼等鱼类，近年来在安康汉江干支流的分布也在持续扩大。

在林俊礼看来，这些珍稀水鸟和鱼类对水质、食物和生态环境都比较挑剔，它们的出现足以印证汉江流域生态环境不断变好。

"更让人欣喜的是，我们通过这些年的野外调查不断看到，汉江沿线群众在认识上已经有了很大变化。他们珍惜自己的生活环境，用心呵护河流小溪，以点点滴滴的行动汇聚出一泓清水、一江碧绿。"林俊礼说。

(邵瑞 《新华每日电讯》 2024 年 11 月 24 日)

悠悠汉水　汩汩清流

陕西安康在青山绿水间绘就安居乐业新图景

南水北调中线工程起点丹江口水库，犹如一口巨大的水瓮，承载着汉江与丹江的融汇。

在汉江上游的陕西安康市，"中央水塔"秦岭的南麓与巴山北麓不断向夹在中间的峡谷盆地输水。涓涓流淌的溪流，最终汇聚成气势磅礴的汉江，其常年流量达262亿立方米，占丹江口水库入库水量的63%，成为"南水"供应的主力。

人因水而聚，城因水而兴，安康丰沛的水资源、密布的河网哺育了这里的人们。然而在历史上，这座城市也曾饱受洪涝灾害之苦，"汉水暴溢"等记载不绝于史籍。

"有记录的冲进城中的大洪水就有30多次。一次次被淹没毁坏，一次次推倒重来，人们该如何生活，这座城市该怎么发展？"安康市减灾工作办公室主任曹文平感慨道。

近几十年来，安康的发展建设也曾走过弯路。经营过黄姜皂素产业，污染了土壤水质；搞过砍伐林木为主的"木头经济"，破坏了水土环境；鼓励过开山采石、挖有色金属矿产的"石头经济"，留下了一批污染尾矿。

青山不墨千秋画，绿水无弦万古琴。汉水东逝，时光流转，这里的人们一直在努力找寻与青山、绿水的相处之道，探索合适的发展之路。

向山索取　求而不得

靠水吃水，靠山吃山。20世纪50年代末至2000年以前，出于社会经济发展和解决就业的需求，安康市白河县曾在山体上大量开采硫铁矿。

"20世纪80年代，我在乡办硫铁矿石生产企业当销售负责人，当时矿石主要用于提硫酸做磷肥。客观来讲，那时人们保护环境的观念不强，开矿也支撑了地方经济发展，让乡上做到财政自给自足，村民靠挖洞采矿获得了一份苦力钱。"白河县卡子镇凤凰村党支部书记刘尊荣说。

粗放式挖掘带来了收入，但未能维持太长时间。到20世纪90年代，开矿导致的"磺水"污染使村民愈发难以忍受。"山泉流泪，鸭躲鱼绝。"刘尊荣告诉记者，由于无法继续种植水稻等作物，吃水也成问题，许多人只能外出务工，或者上山开地、挑水，以勉强度日。

2000年，白河县关闭所有的硫铁矿点，开始了长达20多年曲折的治污历程。

由于硫铁矿治理难度大，地形和地质条件严重制约矿渣的转运处理，加之技术手段不足，白河县先前对涉及9个村14处矿点开展的4次较大规模的治污行动，均未取得理想效果。

矿洞、矿渣在雨水和地下水的冲刷后，长期渗出"磺水"，并通过各条小溪、支流汇入汉江。一些污染河流金属含量严重超标，远超国家规定的每立方米采矿水铁离子3毫克以下、锰离子5毫克以下的排放标准。

2020年以来，白河县在各级各方大量资金项目、科研力量的支持下，力图对这一污染当地数十载、威胁南水北调水源水质的问题进行根治。

白河县硫铁办副主任王纪国介绍，要将各矿点多达145万立方米的矿渣运输出来，首先要在山上修通近30公里长的施工运输便道，并配套相关基础设施。

"在素有'九山半水半分田'之说的白河县，为了给矿渣贮存场选址，我们和科研人员一起找了40多处地方，列出8个备选方案，最终确定的'最优解'地点，其上方还有两个大的滑坡隐患点。为加快进度，我们同步推进废石贮存场建设和滑坡隐患点治理工作，最终使贮存场赶在2022年底前投入使用。"王纪国说。

通过治理技术迭代，以及边总结边治理，白河县硫铁矿治污目前已取得阶段性成果。全县纳入系统治理的12处矿点已完成7处，正在实施治理5处。生态修复完成3.6万平方米，占任务总量的84.5%。在污染主要涉及的汉江支流白石河流域，"磺水"里程已缩短约30公里，监测断面水质持续达标。

治水护水　正本清源

新中国成立后，随着我国水利建设事业取得长足进步，安康的水利基础设施也得到了跨越式发展，防汛抗旱能力大幅度提高。

横跨数十年，7座梯级水电站，在汉江上游干流上相继建成。"梯级开发不但为发展提供了大量清洁能源，也使汉江曾经频发的洪涝灾害得到根本性控制。加之多年来，水旱灾害防御、应急抢险救援体系不断建设完善，安康人民终于摆脱了洪水的肆虐，获得了发展所需的安全基础。"曹文平说。

由7座梯级水电站之一的安康水电站筑坝形成的瀛湖，是西北五省区最大的人工淡水湖。因为水质清澈，瀛湖鲜美的鱼肉曾受到许多外地游客的青睐，这一度导致了瀛湖网箱养鱼的无序扩张。

"高峰时期，偌大的湖面布满密密麻麻的养鱼网箱。在为渔民带来收入的同时，养鱼的饲料、粪便、鱼药也逐渐造成水质富营养化加重等问题。"家住瀛湖边的安康市汉滨区流水镇中心社区党支部书记方明清回忆道。

2014年12月12日，南水北调中线工程正式全线通水，安康市也成为了这项世纪工程的重要水源涵养区。确保"一泓清水永续北上"，成为安康市义不容辞的政治责任，这也为当地从根本上保护好汉江流域的生态环境，提供了一次正本清源的宝贵机遇。

护水不"护短"。安康市开展山水同治、水岸齐管的系统综合治理，在治污、增绿等方面多点发力，推动汉江生态质量全面提升。

3.1万口瀛湖养鱼网箱全部被拆解，禁养区41个规模化畜禽养殖场被取缔，202座电站落实生态截流。全面建设完善城镇污水和垃圾处理设施，扎实完成820个村的生活污水和黑臭水体治理。

如今的瀛湖，湖面纤尘不染，水色湛蓝澄净，犹如镶嵌在汉江上游的一颗瑰丽的明珠。

水岸之上，昔日养鱼捕鱼的渔民，在政府的帮助引导下，发展起了茶果种植业，开起了民宿农家乐，几乎人人吃上了"旅游饭"。

"对我们来说，首先是要保护好瀛湖的水生态环境，只有保护好了才能发展旅游观光业。现在全国很多乡村都在做旅游，竞争十分激烈，瀛湖生态秀美、风光旖旎、没有污染，偌大的湖面和水岸找不到一片垃圾，这就是我们最突出的优势。"安康市汉滨区流水镇党委书记黄婷说。

大水面净了、美了，小流域生态也在向好发展。在安康市石泉县城关镇丝银坝村草池湾，村民们大面积发展有机稻田，通过采取不施化肥农药、适当"留白"不种粮食等措施，提高泥鳅、黄鳝等的繁殖力，使"落户"于此的朱鹮能够获得充足的食物。

同时，草池湾在保持原有乡村风貌的基础上进行"微改造"，提升旅游服务能力。两年来，村庄变"红火"了，村民收入提高了，却没有影响到朱鹮栖息，"定居"在村里的朱鹮种群数量增至47只。

水利治水，为群众提供了安居的前提；生态护水，为地方创造出绿色发展的空间。治水、护水成为安康市未来长期发展的底座、支柱，而惜水、爱水也日渐成为人们的行动共识、情感共鸣。

只此青绿　安居乐业

"南方的北方，北方的南方"，傍秦岭、靠巴山、依汉水的安康市南北植物荟萃，生物多样性丰富。然而，这里为山水所养育，也为山水所困阻，发展农业缺土地、发展工业缺项目。

为保护汉江水质，安康市多年来还关停铅锌矿、汞锑矿、皂素等"高污染高能耗"企业300余家，淘汰落后产能90余万吨。资源开发和工业生产受限，一度使当地经济发展遭遇阵痛期。

如何将绿水青山真正转化为金山银山，一直是摆在安康市历任干部面前的一道关键考题。这座城市对于发展路径的艰辛探索，也始终没有停歇过。

紫阳县是安康市西南部的山区县，其种茶历史悠久，茶叶品质上佳，唐代时紫阳茶"每岁必贡"。进入新世纪，茶叶的生产、经营和市场都在快速发生变化。

逆水行舟，地处全国硒资源富集区核心区的紫阳县"咬定茶叶不放松"，集中精力把富硒茶叶种植提升为全县主导产业来干，"恒"下心来围绕茶叶、茶农、茶山、茶歌布局二三产业项目，同时狠抓茶产业上下游人才培养，为"茶乡"长期发展蓄足势能。

长期在紫阳县职业教育中心担任茶叶专业老师的王琳介绍说，该中心设立的茶叶课程在安康乃至西北地区颇有特色，拥有制茶、评茶、茶艺三大方向，分为面向职校学生和产业人员开设学历班和短期班，共累计培养学员两千余人。

产业链中，紫阳县从"春茶一季"变为"四时有收"，富硒绿茶、红茶、黑茶、白茶、花茶、茶饮料等拓展了产品线。销售端上，线上电商销售与线下观光旅游深度融合，茶园认领、场景式直播等商业模式蓬勃发展，产品与产地实现"互相引流"。

一片小树叶，撑起大产业。如今，紫阳县茶园面积发展至 26 万亩，富硒茶产业今年截至目前已实现一产产值 35.5 亿元，较上年增长 5.97%，综合产值达 70 亿元，带动当地 12 万茶农和产业从业人员增收。

安康市发展改革委主任王珣对记者说："从富硒茶，到包装水、预制菜、生态游……安康市各区县的首位产业都是围绕绿色产业来布局的。我们还想了很多办法来进行产业结构调整，包括努力引进科技含量高的项目，积极承接东部转移而来的劳动密集且资源节约型产业以解决山区搬迁群众就业，在没有污染的环节对更大的产业链进行相关配套等。"

据介绍，安康市经过整合、培育，目前已形成生态旅游、富硒食品、新型材料、毛绒玩具、秦巴医药、现代物流、交通装备、消费电子 8 条产业链。全市生态友好型产业占 GDP 比重达 85%，绿色工业总产值占规上工业比重超过 80%。

今年上半年，安康市生产总值同比增长 5.4%。非公经济增加值占 GDP 比重达 57.1%，位居陕西省首位。

"为了保护好绿水青山，安康人民有付出，也有收获。现在看来，把生态环境保护好了，人们才能更长远地发展；而只有人们发展好了，才能从根本上巩固住环境保护的成果。"安康市委书记武文罡说。

（邵瑞 《新华每日电讯》 2024 年 11 月 28 日）

北京地下还有"一环"？揭秘首都这条供水环路

今年是南水北调中线工程通水十周年。十年来，超 106 亿立方米"南水"奔涌入京，直接受益人口超过 1600 万。"南水"抵京后如何"分发"至千家万户？答案就藏在北京的一条供水环路里。

所谓供水环路，即北京市南水北调地下供水环路。2014 年以来，为充分利用"南水"、惠及更多百姓，北京逐步构建了一条沿北五环、东五环、南五环、西四环分布的地下输水环路。它连接起南水北调中线总干渠西四环暗涵、团城湖至第九水厂输水工程、南干渠工程和东干渠工程，全长约 107 公里。

供水环路如何运行？如何保障城市供水安全？带着这些问题，记者采访了北京市南水北调环线管理处运行管理科高级工程师王艳与调度科副科长常鹏。

据介绍，南水北调中线总干渠从丹江口水库一路向北，在供水环路西南侧的大宁调压池与供水环路交汇。经过此处，北上的"南水"会"兵分两路"：一路自南向北，沿西四环暗涵到达位于海淀区的团城湖调节池；另一路则通向南干渠工程和东干渠工程，覆盖北京城区南部与东部地区。

这是11月10日在北京市拍摄的团城湖调节池
（新华社记者　胡竞文　摄）

"通过这两条路径，进京'南水'的覆盖范围得以扩大到整个城区，并经过我们建设的配套水厂进入千家万户。"常鹏说。

如果遇到"南水"停水，供水环路如何运行？在供水环路的西北侧，一条输水线路连接了团城湖调节池与北京东北部的密云水库，这条输水线路即密云水库调蓄工程。

王艳介绍，一头连接南水北调总干渠、一头连接密云水库的设计让供水环路为各大水厂供水之余，还能通过密云水库调蓄工程为密云水库输水，存蓄宝贵的"南水"。一旦"南水"停水，密云水库便可成为各大水厂的替代水源。此外，供水环路上还设有亦庄调节池这样的地面工程。除直接为亦庄水厂供水外，这座位于北京东南部的"大水盆"还可以在紧急情况下将存续的水反向输送到整个环线，确保水厂用水。

图为11月21日拍摄的位于北京东南部的亦庄调节池
（新华社记者　田晨旭　摄）

"沿线的自来水厂有了'多水源'保障，有助于提升供水环路应对供水突发事件的能力，保障北京市供水安全。"王艳介绍，除确保供水的稳定性，南水北调中线工程还在沿途设置了自动监测和移动监测设备，可实时掌握水质情况，一旦发现异常便可切换本地水源，确保取水安全。

工作人员通过亦庄调节池水质监测系统了解调节池的水质情况
（2024年11月21日摄）（新华社记者　田晨旭　摄）

北京市水务局供水管理处副处长周政介绍，在供水环路等南水北调配套工程的助力下，"南水"已经成为北京的主力供水水源，"南水"覆盖范围不断扩大，城区供水安全系数从原来的1.0提升至1.3。同时，北京还通过改进水厂处理工艺、改造老旧管网等措施，进一步确保"南水"的供水水质，提高"南水"的利用效率。

据北京市水务局介绍，今冬，北京南水北调配套工程大兴支线实现全线充水，已基本具备输水条件。这条输水线路北起供水环路上的南干渠工程，横跨北京市大兴区与河北省固安县相连。

"大兴支线全线投入使用后，不仅能为北京再添一条接收'南水'的通道，还能为北京新机场水厂提供'南水'。更重要的是，它还能实现京冀双向输水、水源互济。届时，这条供水环路能进一步扩大'南水'的供水范围，让更多群众受益。"北京市南水北调环线管理处副主任曹海深说。

（田晨旭　新华社　2024年12月2日）

玉符河"变身记"

"玉符河之前河床宽，干旱时期经常断流，我们只能通过卧虎山水库放水来进行灌溉。自从开始调水，河水越来越多，也越来越清澈，夏天来这露营旅游的人络绎不绝。"山东省济南市寨而头村村民张先生笑着告诉记者，他就住在玉符河畔，如今他打算做些小本生意，对外出租露营装备。

张先生所说的"调水"，就是2013年11月启动的南水北调东线一期山东段工程。记者了解到，自建成通水以来，该工程运行安全平稳，水质稳定达标，供水能力稳步提升，有效缓解了鲁南、山东半岛和鲁北地区城市缺水问题。

"我们这里的水都是经南水北调贾庄分水闸至卧虎山水库输水工程完工后，从位于济平干渠的长清泵站，经过文山泵站、龙门泵站两级泵站加压，将长江水输入卧虎山水库之中。"济南市聚源水务有限公司副总经理焦方龙介绍，利用玉符河上的多处放水口，通过玉符河渗漏带，调用长江水来补充泉域地下水，提高了市区地下水位，一定程度上保证了泉水水位的稳定上涨，解决了卧虎山水库靠天吃水的难题。

南水北调东线一期山东段工程的平稳运行，离不开基层人员的调度，陈晓莉就是其中一员。作为济南聚源水务有限公司的生产运行管理员，同时也是南水北调工程的管理人员，她所负责的文山泵站是南水北调济南市续建配套工程的重要一环。自2016年来到文山泵站负责运行管理工作，每天的任务就是负责记录各项数据，对设备进行检查。

"随着贾庄线工程顺利完工，将长江水千里迢迢地引入到了玉符河中，同时还开展了河道清淤、生态修复、绿化建设等一系列工程，加大了对周边环境的监管力度，杜绝了乱排乱放和乱扔垃圾的现象。"陈晓莉自豪地说，自2015年贾庄分水闸至卧虎山水库输水线路通水以来，已累计供水2亿立方米，随着生态环境的不断修复，水生植物生长茂盛，河中小岛也成了鸟儿的栖息地。

据了解，南水北调东线一期山东段工程在山东境内为南北、东西两条输水干线，年调水能力13.53亿立方米，与其他骨干水利工程互联互通，构筑起南北调配、东西互济的水网格局，实现了长江水、黄河水、当地水、非常规水等多种水源的联合调度、优化配置。

山东省水利厅相关负责人表示，南水北调东线一期山东段工程作为山东省现代水网体系的重要组成部分，通水十年来，在服务保障水资源供给、水生态治理、水安全保障、水环境保护等方面发挥了无可替代的关键作用，南水北调东线工程已深度融入山东省经济社会发展大局，成为强省建设水安全保障的重要战略支撑。

（欧阳易佳　人民网　2024年12月2日）

一泓清水北上　永续润泽乡土

——南水北调中线一期工程通水10周年沿线探访

拧开家中水龙头，看着清冽的自来水汩汩流出，河北省衡水市景县后留名府乡苦水营村村民付书明感慨万千："过去我们吃的都是含氟高的井水，村里人个个落下一嘴黄牙……现在喝上了自来水，真是甜到心里去了。"如今的苦水营村，正被南水北调的"好水"滋养，历经从"苦"到"甜"的转变。

图为湖北省丹江口市"小水滴"志愿者正在库区清理水上垃圾（受访者供图）

南水北送，穿越崇山峻岭，横跨广袤平原，串联起中华大地的生机与活力。2014年12月12日，南水北调中线一期工程全面正式通水。10年来，一渠清水源源不断奔流北上，沿线群众饮用水质量显著改善。据了解，目前南水北调中线一期工程累计调水超过680亿立方米，受益人口近1.14亿。

润泽三千里、惠及亿万人的"南水北送"，沿线群众是如何守水护水？如何带动沿线村落高质量发展？如何改变沿线农村生活水源新格局？近日，记者深入南水北调中线一期工程水源区、受水区北京、湖北、河南、河北等省（直辖市）探访，在每一滴奔流的"南水"之中寻找答案。

小河清保大河净

湖北省丹江口水库——作为南水北调中线一期工程的核心水源区，守水护水是全丹江口人的头等大事。如何将"守井人"的责任狠抓落实？如何保证不让一滴污水流入库区？

翠绿色的水面微波粼粼，清澈见底，飞鸟在上空盘旋，鱼儿在水里畅游，岸边几只清漂船随波荡漾。记者上船发现，船上必备的打捞水网、救生衣等工具应有尽有。"我负责巡河检查，清理垃圾，看到有人钓鱼也会及时进行劝导，发现问题会及时处理。"丹江口库区计家沟村同心桥附近护水队队长王照兵一边开着清漂船，一边向记者介绍。

为确保一泓清水永续北上，南水北调水源地及沿线各省市多措并举，开展水污染防治和水土保持工程建设，推进河湖生态修复。为了护好这一渠清水，许多人在默默坚守，王照兵就是其中一员。

2021年，长江流域进入10年禁渔期，王照兵带头响应国家号召退捕上岸，成为了一位护水员。不管是严寒还是酷暑，王照兵每天至少出船一次。

"汛期忙一些，一天下来要清理1吨多树枝和白色垃圾。"王照兵说，汛期来临时，早上五点半左右就开始工作了，一直到晚上六七点才能结束。"中午带些泡面、干粮在船上吃，累了就在船上歇一会，起来继续干。"王照兵笑着说，虽然很辛苦，但是看到越来越好的环境和清澈的河水，他干劲十足。

据了解，在丹江口市，因常年打鱼熟悉水性，能够保障在库区水面的作业安全，像王照兵一样主动担当护水员的渔民有1300多人。此外，丹江口市还组建"小水滴"志愿服务联合会，设立红领巾、银龄、巾帼等361个志愿服务组织，注册志愿者20余万人，带动全市人民积极参与守水护水，构建了纵向到底、横向到边的守水护水志愿网络。

截至目前，丹江口水库水质已常年稳定达到地表水Ⅱ类及以上标准，全域水质达到历史最高水平。

移居村变身宜居村

河南省淅川县地处豫鄂陕三省交界地带，是南水北调中线工程渠首所在地和国家重点生态功能区。守着"大水缸"，握着"水龙头"，淅川县肩负着清水北送的重任。

随着南水北调中线一期工程建设，2011年6月，175户750人从16公里外的油坊岗村搬迁到九重镇邹庄村，这个因南水北调中线一期工程建设搬迁的移民村，在过去10年里完成了华丽蝶变。

"搬迁前住的都是土坯房，赶上下雨天，屋里常漏雨。村庄的土路车都开不进来。"村民申改先对记者说。

如今，一条条干净整洁的村道直通到家，一排排红瓦白墙的二层小楼被绿植环绕点缀，邹庄村宽阔的水泥路上，来往游客络绎不绝。

"作为移民村，邹庄村不仅是丹江口库区良好生态的受益者，更应该是守护者。"邹庄村党支部书记邹玉新介绍，村里已实现雨污分流，全村生活污水经过管网流入污水处理厂集中处理，之后再进行循环使用，村民自觉保持村中卫生整洁，人居环境水平显著提高。

"邹庄村地理位置好，离南水北调渠首仅3公里，保护水质责任重大，发展过程中难免受到限制。"邹玉新表示，为了破解邹庄村发展难题，淅川县立足当地依山傍水、坡度面积大的优势，整合邻近的水闸、下孔、孔北等村，成立大邹庄示范区，引进龙头企业，发展特色种植和智慧农业。充分发挥生态好、水质好的有利条件，为移民发展、乡村振兴蹚出了一条新路子。

截至目前，邹庄村已完成土地流转1036亩，投资2600余万元建成温室大棚353个，种植猕猴桃、草莓、莲藕等特色果蔬，打造邹庄丹江绿色果蔬园基地，建设集采摘、住宿、餐饮于一体的生态观光园，每年村集体实现租赁收益40余万元。

据了解，邹庄村目前有300余人就近从事果蔬产业服务，共有46家民宿、5家农家乐。邹庄村人均年收入较5年前翻了两番，村集体经济收入从5年前的不足5万元发展到100余万元，村民腰包越来越鼓，生活越来越幸福。

"南水"流入百姓家

"20世纪八九十年代，村里人都是喝井水，打上来的水发涩，而且含氟高，就这样的水也不是天天能保证供应的。"50多岁的郎立明回忆，当时一到旱季，凌晨2点就去井里打水，去晚了就只有浑水或者没有水。

郎立明家住河北省泊头市洼里王镇前八尺高村，他的"吃水经历"是泊头市40余万名村民共同的回忆。泊头市地处河北省沧州市南部，属海河流域的黑龙港地区，历史上浅层水苦咸、深层水含氟高，属高氟区和地下水严重超采区。

"根据我国饮用水标准，每升水含氟量应不超过1.0毫克，而泊头市地下水每升水含氟量1.8毫克。因长期饮用高氟水，居民普遍患上了氟斑牙等疾病，严重时会牙齿畸形、关节僵硬、骨骼变形，甚至出现瘫痪等症状。"泊头市惠泊农村供水公司经理贾清尧介绍，泊头市在2008年开始实施农村集中供水工程，建水厂、铺管道，农村地区居民的生活饮水得到了很大缓解。"但那时农民饮用苦咸水、高氟水的问题仍然存在。"贾清尧说。

转变发生在2020年。受益于沧州市南水北调中线配套工程实施的一系列生活用水置换项目，泊头市将地下水源切换为地上水源，实现了农村生活水源置换。长江水通过输水管道进入水厂，经过净化、除菌等处理后流向村里。如今，全市654个村实现了长江水村村通、户户喝，40.16万人彻底告别了饮用地下水、高氟水历史。

"实施江水置换，是彻底解决居民饮用高氟水的长远之策、根本之策。"沧州市水务局农村供水管理中心工程师董竞宣说。据了解，现在泊头市居民饮用上了安全的长江水，水质、水量、供水保障率、用水方便程度四项均达标。

沧州市农村生活水源质量的提高只是南水北调中线一期工程提升用水质量的缩影。据统计，通水后，北京、天津、河北等受水区水质都有明显改善。其中，北京自来水硬度由过去的380毫克每升降至120毫克每升；天津市全域15个行政区用上了"南水"，农村供水水质合格率达到93%以上；河北省7个地级市（不含省直辖县市）用上了"南水"，全省城乡受益人口超3000万人。

（李锐 《农民日报》 2024年12月2日）

南水北调中线引江补汉工程首台硬岩掘进机始发

记者从水利部和中国南水北调集团有限公司获悉：12月2日，南水北调中线引江补汉工程首台硬岩掘进机（TBM）"江汉先锋号"在土建4标8号平洞顺利始发掘进，标志着引江补汉工程正式进入TBM掘进施工新阶段。

"江汉先锋号"是南水北调中线引江补汉工程下线的首台硬岩掘进机，也是目前国内引水隧洞项目中使用的最大直径单护盾硬岩掘进机，开挖直径

12.23 米。引江补汉工程是南水北调后续工程首个开工建设的重大项目，从长江三峡库区引水入汉江，沿线由南向北依次穿越宜昌市夷陵区、襄阳市保康县和谷城县、十堰市丹江口市，输水线路总长 194.7 公里，采用 10 台直径 12 米级硬岩掘进机，预计 2029 年底实现贯通。

（李晓晴 《人民日报》 2024 年 12 月 3 日）

千里"南水"保障沿线用水安全

"以前的水苦咸，现在的'南水'甘甜。"在黑龙港流域的河北省邢台、沧州等地采访，记者时常听到当地百姓为"南水"叫好。

黑龙港流域是黄淮海平原盐渍危害最严重的地区之一，地下水苦咸、高氟。南水北调中线一期工程通水后，这些地方实施了生活水源置换，黑龙港流域 500 多万人告别了长期饮用高氟水、苦咸水的历史。河北省鸡泽县南水北调第二水厂厂长何爱国介绍，水厂现在每天引"南水"1.3 万吨左右，经过处理净化，可为 158 个村子全天供水。

"南水北调中线一期工程通水 10 年来，供水水质稳定在地表水水质Ⅱ类以上，沿线人民实现了从'有水吃'向'吃好水'的转变。"中国南水北调集团相关负责人说，截至目前，南水北调中线一期工程累计向北方调水超 680 亿立方米。

千里调水，水质是关键。"丹江口库区近期又发现了桃花水母。"湖北丹江口市环境保护监测站水质室主任熊屹介绍，桃花水母对生存环境要求十分严苛，是水质"检测员"。今年以来，丹江口水库水质稳定达到地表水Ⅱ类及以上标准，109 项水质监测指标中有 107 项达到地表水Ⅰ类标准。

为保一库碧水永续北送，近年来，当地积极探索绿色发展，坚持"治污、管污"并重，坚决淘汰落后产能，"保护、修复"齐抓，牢牢守住水环境安全底线。据了解，目前，丹江口市已构建水质在线监测系统、"天眼"守护库岸系统、重点企业排水在线监管系统、环库隔离系统、地下雨污管网智慧巡检系统、在线处理系统等数字化智慧管理系统，筑牢全方位护水防线。

民间力量也在积极参与丹江口水库生态保护。"退捕之后，怀着对家乡水的感情，我加入了清理库区漂浮物的志愿者队伍，为保护水源贡献自己的一份力量。"在丹江口水库边，清漂志愿者王照兵自豪地告诉记者。据了解，丹江口市于2021年发起成立小水滴志愿服务联合会，围绕宣传宣讲、清漂净岸、巡河护河、植绿护绿、文明监督等开展志愿服务活动，目前注册志愿者超20万名，带动更多人自觉守水护水节水。

随着南水北调后续工程的持续推进，水资源要素与经济社会发展的适配性不断增强，沿线地区以水定产，不断提升水资源节约集约利用水平，京津冀协同发展、雄安新区建设、黄河流域生态保护和高质量发展等国家重大战略实施有了强有力的水资源支撑和水安全保障。

中国南水北调集团相关负责人表示，南水北调破解北方水资源制约难题，促进南北之间各类资源和经济要素优势互补、畅通流动，释放北方优势产业潜力，提高整体资源配置效率。

水利部南水北调司副司长、一级巡视员袁其田介绍，水利部门将运用好实施重大跨流域调水工程的经验，高标准高质量建设中线引江补汉工程，推动中线总干渠挖潜扩能研究和沿线调蓄工程规划建设，推进东线后续工程前期工作，开展西线一期工程前期工作和立项建设，加快构建国家水网主骨架和大动脉。

（赖奇春 《经济日报》 2024年12月4日）

百亿立方米"南水"滋养"天津卫"

冬日时节，黄叶飘零，落木萧萧。站在位于天津市西青区的南水北调外环河出口闸望去，一侧方正的蓄水池里"盛满"了南来之水，微风拂过，波光潋滟。

这里是南水北调中线工程天津干线的终点，也是天津市引江供水的起点。"南水"从这里通过泵站加压送往水厂处理后，顺着纵横交错的城市供水管网，化作涓涓清流，流向千家万户。

"南水北调中线工程正式通水以来，引江原水常规监测各项指标稳定达到地表水Ⅱ类标准及以上，显著改善了天津供水水质，为天津市经济社会高质量发展提供了优质可靠的水资源支撑和水安全保障。"中国南水北调集团中线有限公司天津分公司党委书记、总经理王强说。

位于天津市西青区的南水北调外环河出口闸一景
（新华社记者　徐思钰　摄）

天津是典型的资源型缺水城市。20 世纪 80 年代，引滦水一定程度上缓解了城市用水紧张局面，但水资源供需矛盾依旧突出。

2014 年 12 月，南水北调中线天津干线和天津市内配套工程实现同步通水，成为继引滦入津工程之后，天津的又一条城市供水"生命线"。

"以前喝水要放点茶叶，遮一下苦咸味儿。"天津市武清区南蔡村镇聂官屯村党支部书记王顺明说，"现在喝上了长江水，口感真好啊！"

2019 年 11 月，聂官屯村家家户户用上了"南水"，村民们就此告别苦咸水，生活越来越甜。

"截至目前，南水北调中线工程累计向天津市调水超 102 亿立方米。成为城市供水主水源，供水范围覆盖 15 个行政区。"天津市水务局水资源处处长赵岩说，一泓清水北上，实现了老百姓"喝好水"的愿望。

"南水"来之不易，每一滴都要充分利用。天津加快实施水厂扩建改造提升工程，充分发挥"南水"效益，服务市民生活和工业发展。

记者在天津市杨柳青水厂看到，多个絮凝池、沉淀池整齐排开，设备运行有序。

杨柳青水厂原为设计规模 5 万吨/日的加压泵站，随着社会经济发展，辖区居民和企业用水量激增与水压不足等矛盾日渐显现。2021年，杨柳青水厂改扩建工程开始实施，2023年11月，水厂正式通水，产水规模10万吨/日。

坐落于西青区杨柳青工业园的天津鑫宝龙电梯集团有限公司，自投产以来，受水量、水压不足之困，未能释放出最大产能。"杨柳青水厂扩建增产后，企业的生产用水以及员工生活用水都得到了显著改善。"该企业行政部部长周培说。

"扩建后的水厂为区内重大项目建设及今后运行提供了可靠水源保障。供水服务区域还将外扩，预计受益人口将超45万人。"杨柳青水厂厂长张静仁说。

位于天津市东丽区的津滨水厂使用引江、引滦双水源保障，供水区域覆盖津南区、滨海新区等地。2023年1月，津滨水厂二期扩建完成后，峰值供水规模提升至每日75万立方米。"津滨水厂运行十年以来，供水量逐年上升，服务了多个大型项目建设运行。"津滨水厂党支部书记、经理岳莹说。

11月19日，游人在海河岸边观赏海鸥
（新华社记者　李然　摄）

在优化水资源配置、保障群众饮水安全的同时，南水北调还改善了天津生态环境。正值候鸟迁徙季，七里海、北大港等主要湖泊湿地，鸥鹭齐飞、百鸟云集。天津市水务工程运行调度中心主任刘战友介绍，自2016年起，天津逐步实现对海河、子牙河等中心城区重点河道的常态化补水，对主要湿地及部分河道定期补水，年均实施生态补水10亿立方米以上，进一步提高了河湖水系连通循环能力。

"2023年，全市地表水断面优良水体比例达到60%，为历史最高水平，12条入海河流水质总体达到Ⅳ类以上，环境得到极大改善。"刘战友说，依靠充足生态水量的保障，天津水环境质量不断提升。

看得见的河湖风光日益美好，看不见的地下水位也稳步回升。2023年底，天津市深层地下水开采量降至0.44亿立方米，地下水位呈稳定上升趋势。

"目前，已经成为天津主水源的'南水'，为天津经济社会的可持续发展和人民生活水平的提高提供了强有力的水资源保障。"赵岩表示，引江水来之不易，天津市将落实好严格的水资源管理制度，深入推动节水型社会创建，确保"南水"发挥更大的综合效益。

（徐思钰　黄江林　新华社　2024年12月6日）

"一滴水"带活一座城

沿着湖北省十堰市茅塔乡康家村茅塔河边行走，一个十几平方米的"小花园"引人注意。

"'小花园'其实是一个微动力污水处理设施。"茅塔乡工作人员薛臣向记者介绍，"10户农家就可以建一个，可别小看它，这个设施每天可以处理10吨污水，处理后的尾水还能用来浇菜园，既节水又减排。"

不止于建立污水处理设施。在河流和耕地接壤处，有U形拦截沟和生态脱氮沟，过滤和分解耕地所产生的污染物；在河流上游，有生态浮岛种植空心菜、水芹菜等植物净化水体，修复水生态……如今的茅塔河，水清岸绿。

十堰是南水北调中线工程核心水源区。今年，恰逢南水北调中线一期工程全面通水十周年。10年来，保水护水成了320万十堰人民共同的"事业"，在他们的守护下，涓涓细流汇聚成一泓清水北上千里，也浇灌出绿色产业强县富民。

护好"一滴水"的纯净度

南水北调成败的关键在水质。

位于丹江口库区入库河流泗河中上游的茅塔河，是汇入丹江口水库的二级支流。

上游茅塔乡境内基本为农村地区，居民居住分散，污水管网铺设难度大。

建设形如"小花园"的微动力污水处理设施可以很好地解决农村地区污水处理能力不足的问题。

村民夏桂荣就是"小花园"的受益者:"以前这都是旱厕,味道大,平时生活污水也是直排入河。现在厕所干净了,空气清新了,茅塔河的水都变清了。"有了茅塔河以治理农村污水为抓手的小流域综合治理经验,十堰将32条小流域纳入治理清单,梯次推进小流域综合治理工作,为丹江口水库输送清澈的源头活水。

治好水更要管好水。

在十堰市丹江口库区水质安全保障指挥中心丹江口分中心,综合股负责人余丹打开监管平台,大屏幕上可看见支沟检测、重点企业、地下管网、卫星等监测系统。"你看,管道机器人正在地下污水管网作业。"屏幕上出现的管道画面中,随着机器人的前进,管道内部情况一目了然。

"这就如同给地下管网做了一次肠镜,帮我们直观找到有问题的地方,然后进行管网修复,防止污水流进库区。"余丹介绍,以前地下污水管网检测主要靠人工,管径太小,工人无法进入管网内部,现在有了这个机器人,问题迎刃而解。

"卫星遥感、云广播、无人机……你能想到的先进技术手段,都有!"说到如何管水,余丹滔滔不绝。

目前,在丹江口水库流域,一个集"海陆空"于一体的水质安全监管防线已然成形。水质监测数据显示,丹江口水库水质常年稳定保持在Ⅱ类以上。

念好"一滴水"的产业经

水是丹江口库区的生命之源,更是当地居民赖以生存的产业之源。

均县镇是典型的库区乡镇,这里的渔民一直有着在江里养鱼的传统,曾有"百万网箱下汉江"的说法。自退捕禁捕后,当地政府帮助上岸渔民谋出路,组织渔民到山东、江苏等地学习先进的养殖技术,试水"岸上养鱼",探索产业转型。

许柳是首批"吃螃蟹"的渔民。"室外的水池是池塘零排放圈养,右边的集装箱是工厂化循环水养殖,厂房里的是陆基循环水桶养殖。"在许柳经营的奔富渔业基地内,记者见到了设施渔业的三种模式,"三种模式也是三次技术革新"。

厂房内，60个陆基智慧鱼桶整齐排列，每两个"大桶"之间有一台机器闪烁着黄灯，"这是水产养殖水循环再生利用系统，实时看护水循环系统，掌握养殖桶的水质溶解氧、水质pH值等，里面的感温探头，能精确将水温控制在最适宜鱼类生长的温度。"许柳向记者介绍道，"由于水好，产出来的鱼，肉质鲜、细、嫩，入口即化。一年能产50万斤鲜鱼，年产值从刚开始的200多万，增加到了现在的1000多万。"

"设施渔业不与粮争地、不与人争水"成为当地渔业转型发展的共识。截至目前，十堰市各类设施渔业养殖基地达到100余家，规模达到湖北省的四分之一，水产品产量恢复并超过了禁捕前水平。

一边是传统产业的转型发展，一边是把生态优势转化为发展胜势。

在丹江口水库一侧，一条取水管道直通丹江口武当山水饮料有限公司的工厂。

工厂里，一个个巨大的蓄水罐，装的正是准备进入过滤程序的丹江口深层天然水。生产线上，一瓶瓶新鲜灌装的矿泉水排着队，源源不断地随传送带向前，等待贴标、包装和码垛入库。

"得益于南水北调中线工程形成的良好口碑，武当山水很快在华中和华北地区打开了市场。"公司行政专员张翱说，"目前我们月均产量已攀升至60多万箱，产值1000多万元。"

有了南水北调"水源地"这一"金字招牌"，优质的水资源不断吸引着客商前来投资。

走进丹江口经济开发区水都工业园，厂房林立，农夫山泉、北冰洋汽水等头部饮料企业一字排开，园区车水马龙。远处，华润怡宝、燕京啤酒、马迭尔精酿啤酒等项目正火热建设。

如今，在丹江口，"源头活水—纯净水—功能饮料—食品加工"一体化百亿产业集群正在崛起。

走好"一滴水"的致富路

生态重塑的绿水青山变成了百姓的幸福靠山。

五谷庙村地处丹江口牛河林区国家自然保护区境内，是千岛画廊风景区的核心村，紧邻环丹江口库区公路。

周末的千岛画廊游客如织，五谷庙村村民谭成龙正在自家的农家乐里忙碌着，"中午是最忙的时候，遇到节假日，连吃饭的时间都没有。"

谭成龙从小在库区边长大，看着家乡良好的生态和便利的交通，加上父亲做得一手好菜，萌生了经营农家乐的想法。南水北调中线一期工程通水的第二年，"成龙山庄"就开业了。"一年到头，我这个农家乐有近20万的收入呢。"谭成龙乐呵呵地对记者说。

几年光景，和谭成龙有一样想法的村民陆续把自家房屋改成餐厅、民宿，五谷庙村的农家乐如雨后春笋般涌现。如今，村里还发展起了雪梨、橙子等水果采摘，游客来了有景可看、有果可摘，村民还能获得额外收益。

晚霞褪去，夜幕降临，湖北省首个由易地扶贫搬迁形成的行政村——汉江河畔龙韵村新建成的"武当不夜城"，灯火璀璨、流光溢彩。游客们或驻足观看精彩的节目，或选购琳琅满目的非遗文创产品……这个曾经一入夜便沉寂的小村，如今被夜经济点亮，成为市民近郊游的热门打卡地。

长约500米的"武当不夜城"街区，通过"景观＋演出＋体验＋购物"模式，吸引游客沉浸式游玩。"开街三天就接待游客逾30万人次。"龙韵村研学部负责人张建军介绍。

"武当不夜城"街区的国潮编织局里，村民岑丽正售卖自己用毛线编织的文创产品。"与在外面创业不同，在这里开店不用付租金，只需和村集体共享销售成果。"岑丽告诉记者，"现在每个月营收都超过了8000元。"

从柳陂镇李家沟村搬迁到龙韵村的沈邵平也很快在"武当不夜城"找到了工作："我们一家三口住进了新房，我在景区当保安，家门口上班，方便照顾父母。"

乘着"武当不夜城"的东风，露营基地、生态厨房、亲子乐园等业态全面开花，龙韵村村民逐渐走出一条致富的新路子。2023年，全村实现年旅游综合收入6000余万元，村集体经济年纯收入达到101万元。

"一滴水"带动十堰生产、生活方式的转变。"我们体会到，保护就是发展。"十堰市委主要负责人表示，"丹江口库区肩负着守好首都及北方亿万民众饮水安全、生态安全的重要使命，十堰将持续深化绿色低碳发展，确保'一泓清水永续北上'。"

（张沛　张隽　王郭骥　人民网　2024年12月7日）

在南水北调中线起点，我看到了"守井人"们的执着

2024年12月，南水北调中线一期工程正式通水满10周年。作为南水北调中线工程的重要水源地，10年来，丹江口库区周边的广大干部群众齐心协力，积极投身于守水护水工作之中，使丹江口水库的水质稳定在Ⅱ类及以上标准，确保一泓清水得以永续北送。

守好北方的"水井"，人人都是"守井人"，这一共识在当地已深入人心。杨力便是这群"守井人"中的一员。

今年58岁的杨力是土生土长的丹江口人，大家都亲切地称他为"老杨"。老杨是丹江口市清漂队队长，在库区清漂已有7年多时光，他熟悉这里的每一片水域，就像熟悉自己的掌纹一样。不久前，我来到丹江口市见到了老杨，并随船记录下了他的清漂工作日常。

10月28日，老杨（左）在库区进行清漂作业

天色微明，老杨像往常一样来到丹江口大坝上游的清漂船停泊码头。在仔细检查完船上的各项设备后，他便与三名队员分别驾驶两艘小船，驶入库区，开启清漂作业。

深秋的清晨，朝阳初升，库区水面上波光粼粼。远远望去，小船仿佛在

10月28日，老杨在库区进行清漂作业

一大片金箔上滑行，船身两侧劈开的浪花如同一颗颗珍珠，旋即又落入水中。老杨手持网兜，立于船头，构成一幅绝妙的剪影。

10月28日，老杨在库区进行清漂作业

从码头出发，开船到达老杨负责的最远水域，单程便需要4个小时。老杨告诉我，前往偏远水域作业时，常常一连几天吃住都在船上。每到汛期，也就是清漂工作最为忙碌的时候，连续十几天不上岸也不是什么稀奇事。老杨倚靠在船舷，俯身用手兜起一捧水介绍，现在水质比以往好多了。

彼时秋汛已经结束，库区水面上白色垃圾难觅踪影。倘若没有特定的清漂任务，老杨通常会带领队员在坝前核心水源区进行日常巡线工作，清除水中的枯枝败叶以及一些零星漂浮物。

老杨眼尖，远远便察觉到一座小岛上情况异常。抵近一看，一些塑料垃圾和枯枝因为库区水位下降搁浅在滩涂上。老杨驾轻就熟，将清漂船停在岸边，拿起大号收纳袋跳上小岛，很快就为几名队员分配好了任务。不多时，老杨和队员们清理完垃圾上船，前往下一个点位。

10月28日，老杨和队员在库区一个小岛上清理垃圾

小船缓缓驶向库区深处。一路上，老杨向我讲述了他与库区的深厚渊源。和许多志愿者一样，老杨曾经也是一名渔民，靠网箱养鱼维持生计。2014年，为了南水北调中线工程的顺利推进，维护北上水质安全和供水安全，老杨和其他渔民一道，响应号召拆除网箱，告别了渔民生活。

从小在库区长大的老杨，即使上岸后也还是斩不断与水的感情。2017年，他加入了丹江口市清漂队，并被推举为队长。尽管条件艰苦，但老杨终究得偿所愿回到了他最熟悉的地方。

"还是在水上待着更自在。"老杨说道。老杨水性不错，能够从容应对库区复杂的水情。出于工作原因，清漂船螺旋桨常常会被水草和各类漂浮物缠

10月28日，老杨在库区进行清漂作业

住，动弹不得。船上没有护目镜和氧气瓶，他通常只是带着一把镰刀下水。

"凭感觉摸到螺旋桨的位置，再一点点清理缠绕物帮清漂船脱困。"谈起这项技能，老杨边说边比画，语气中满是自豪。

作为队里年龄最大的志愿者，平时不忙的时候，老杨会带着年轻队员巡线，教他们认识库区水流和风向，传授清漂的技巧。如今，丹江口市清漂队已从最初的4个人发展到9个人，其中最年轻的队员还是一名90后。

在返回码头的途中，老杨还碰到了几个熟悉的村民，站在船头与他们寒暄了几句。老杨说，丹江口市的各个乡镇他都去过，"除了清漂，我们还会去各个地方宣讲，号召大家一起来守水护水，认识我的人还不少哩！"

"不光是我们，库区沿线很多村民也都会主动清除各种垃圾。"老杨说，这些年来，越来越多的人加入到守水护水的志愿者队伍中来，用自己的方式为保护库区生态环境贡献力量。

10月28日，老杨（中）和队员们在清漂船上讨论物资采购的事项

10月28日，老杨检查清漂船舱内设备

2023年，丹江口市成立了"小水滴"守水护水志愿服务队。截至目前，各类"小水滴"守水护水志愿服务组织达361个，注册志愿者20余万人。

在南水北调中线起点，无数个像老杨一样的"小水滴"投身于库区守水护水工作中，使得这一泓清水得以翻山越岭，一路向北，复苏河湖生态环境，润泽亿万民众。

10月28日，老杨将清漂船停靠在码头

10月28日，老杨在库区进行清漂作业

小船回到码头，清漂工作暂告段落。回首望去，碧空如洗，清波荡漾。

（伍志尊　新华社　2024年12月9日）

走笔十堰南三县：堵河深处有桃源

秦巴山脉簇拥着汉江逶迤东行，行至我国第二、三级阶梯交汇的秦岭南麓时，接纳了汉江最大的支流堵河。堵河流域水系呈叶脉状汇聚，自西向东孕育了湖北省十堰市南部的竹溪县、竹山县、房县。

近年来，作为南水北调中线工程核心水源区，十堰全域为确保"一泓清水永续北上"，在2400余条大小河流营造形成了人人当好"守井人"的氛围。在南水北调中线工程迎来通水十周年之际，记者走进十堰南部三县，探寻这片土地绿色低碳发展的密码，感受大山里的转型脉搏。

大山里热闹超乎想象

向北是百万人口的十堰市主城区，往南是有"野人传说"的神农架。夹在中间的十堰市南三县，位于鄂渝陕三省交界，多不为外人所知。这里曾是中国年代最早、规模最大、历史最长久的流放地之一，加之过去一直是国家级深度贫困县，人们更觉得这里偏远。

然而当记者真正涉足此地，扑面而来的，是超乎想象的热闹。

从十堰城区驱车抵达竹溪时，已是夜幕降临。这座群山环绕中的县城，街道并不宽阔，但灯火通明、人头攒动，记者跟着人流来到了武陵不夜城的舞台前。

身着京剧式戏服，却用方言唱戏。演员一招一式间，讲述了在竹溪西关街长大的舞阳和九伶，两个年轻人被黄州会馆传来的戏曲吸引，心生向往并努力加入剧团学艺的故事。"剧名叫《粉墨伊始》，是戏曲情景剧《武陵梨园情》中的一个主题，主角学艺追梦的故事，与竹溪山二黄诞生的故事异曲同工。"竹溪县文旅局局长喻泉源说，"竹溪山二黄是由楚调与鄂西北方言语音、民间音乐逐渐结合流变而形成的戏曲剧种，距今已有200多年的历史，是国家级非物质文化遗产。"

在这条沉浸式文旅街区，步行数十步，就能从哀感顽艳的古装戏，穿越到活力四射的说唱乐中，更是杂糅了国粹快闪、戏曲大武术、川剧吐火变脸、杂技、秦腔等各种传统与现代相结合的表演节目。不同剧种的轮番加持，让游客每次来都能有截然不同的视觉和情感体验。

游客梁军趁着周末带着一家人从陕西安康过来玩，他将3岁的女儿扛在肩上。"开车过来只要一个小时左右，跨省旅游也是说走就走。"他说，"老人喜欢看戏，孩子喜欢跳舞，来这里都能满足。"

正是充分考虑到不同群体的喜爱，武陵不夜城的持续创新设计，赢得众多周边省市游客的青睐。来自西安、重庆、宁夏等地的106家商户也纷纷入驻街区，共享"朝秦暮楚"之地的"夜繁荣"。

大约晚上9时30分，最后一台剧落幕，街区关掉了音响，迅速安静下来。这时记者抬头一看，才发现附近不乏高层居民楼。"为了不影响居民休息，我们严格控制戏曲表演时间。"竹溪县委书记许庆一说，"有的居民家有学童或患者需要早睡，我们提供免费的周转房，至今无一人投诉。"

"不过分"的热闹，成就了双向的奔赴，一座城的人共同呵护着这一方精彩。许庆一介绍，常有志愿者义务帮忙维护街区秩序，还自发开展公益相亲、免费修眉、家庭收纳等志愿服务，为不夜城增添了一份温情。

从竹溪一路向东，许多人相信，陶渊明《桃花源记》中记载的"武陵"，就在竹山县。象征和睦美好的桃花，给武陵留下了古老的"乌托邦"，也点亮了竹山桃花源街区。

堵河边的景观桃花树被灯光照得粉红，引得散步的人们停步拍照打卡。以前，竹山这个街区主打绿松石交易，如今部分闲置的商铺被贴上了"桃花源"文化标签，生长出桃花集市、桃花茶馆、桃源文创体验馆等商业体，焕发新生命。

盛世繁华，并未磨灭中国人的"桃源"理想。近五年，有62批次探险团队先后到此，接续着"南阳刘子骥"的未竟事业。竹山县顺势而为，由县委书记汪正义带头寻访，打造"桃花源"文旅新业态。"多家文旅公司在这驻扎开发，我们正努力让《桃花源记》从书本走到现实。"临行时，汪正义与记者一行约定，明年春暖花开，一起再访桃花源。

这两年竹山、竹溪的不夜城热闹不凡，但真正先火起来的还属房县西关印象老街。青石板路穿过西关老街，飞檐翘角和青砖黑瓦间吹来的凉风，夹杂着阵阵黄酒香。会馆、戏楼、亭台等古建筑，与热闹的游人擦肩而过。

"东方发白兮，上山岗兮，砍砍伐檀兮，日暮而归兮"……古老的《诗经》诗歌混搭着当地方言口语，在房县一级民歌师陈远翠等《诗经》民歌非遗代表性传承人的表演中，得以传承不辍。房县古称房陵，这里是《诗经》主要收集者尹吉甫的故乡。几年前，部分西关老街被改造成艺术街区，汇聚了一群来自天南海北创造力和影响力兼具的艺术家人才，依靠优质人才的引进与孵化，形成了当地丰富多彩的文化综合业态和IP集群。

每到夜间，霓虹灯勾勒出老街古建筑的轮廓，伴随着秦腔楚调，数千年的浪漫在此具象化。秦巴山区的热闹，也让埋藏千年的历史注脚和笔墨风骚，再度闪耀于世人眼前。

好生态催生好业态

清晨登临圣水湖畔，远处群山朦胧在水汽中，眼前花团勾勒着湖岸线，让人仿佛置身画卷中。

位于竹山县的上庸古镇，始建于约3600年前，是春秋战国时期古庸国之都。这里是深河、官渡河、泗河、苦桃河，四水归池汇入堵河之地，后因修建潘口水电站,形成圣水湖淹没区,旧址后靠建了上庸新镇。

厚重历史和生态美景在这里交融,观光旅游、康养度假、研学写生、垂钓竞技等多种旅游业态露出尖尖角。据统计,仅今年一个国庆假期,上庸镇累计接待游客达 20.41 万人次,镇内直接消费总收入超 285 万元。

沿着圣水湖堤拾级而上,不一会就来到一座"王"字形院落——三盛院,相传清嘉庆末年王氏三兄弟白手起家开创商号"王三盛",成为富甲一方的商贾后大兴土木建起此院落。如今,古时大户人家的盛景已难再现,剪纸、泥塑、根艺、龙灯、龙舟等民间传统文化在此集中展陈、活化相传。

在秦巴民俗博物馆,匾牌对联、古典家具、票证钱币等民俗展品,无不在默默呈现古上庸的繁华。"这里有 4 万余件文物,其中国家级文物数十件。"随着讲解员的介绍,一件件文物仿佛诉说着历史上昙花一现的庸国传奇。

在竹溪县和陕西省平利县交界处,马鞍形状的山脉被一条古道切断。春秋战国时期,秦楚两国以山为界,留下了关垭长城。如今,历经千年风霜的夯土城墙一旁,竹溪县蒋家堰镇开发的旅游小镇已是生机勃勃。

表演开始前半小时,校场上的舞台就已围满了观众。来自重庆的小伙危勇,走南闯北后在这里扎下了根,带着一帮年轻人创作演绎秦楚故事《芈月大婚》。"除了让大家了解那一段历史,也能将两千年前的婚俗挖掘呈现。"危勇说,昔日朝秦暮楚之地,现在成了鄂渝陕文旅融合之地。

路边的车位几无虚席。58 岁的居民危金萍将保温箱和烘烤设备摆在家门口,有时一天能卖出 70 多根烤玉米。"丈夫是陕西人,我是湖北人,三十多年一直住在这条街上。"她说,"这些年陕西的游客来得多,来了就是一家人。"

记者从十堰市文旅局等部门获悉,南部三县通过开通口子县、口子镇跨省免费公交,吸引周边地区群众来湖北消费购物,西关印象、桃花源等夜游街区 70%以上游客来自陕西、重庆等地。

地处南水北调中线工程核心水源区,十堰最大的优势是生态,最大的潜力也在生态,如何将生态优势转化为发展优势,需要在"两山"转化间寻找"最优解",让"美丽颜值"变为"经济产值"。

竹溪县黄花沟村村委会挂着一块 LED 屏,上面实时记录着村里所有经营项目的收入,还同步测算出村集体、村民、系统运维企业的利益分配。其中,村民应得收入占了分成的一半以上。好风景变好钱景,有了大数据平台,"亲兄弟明算账"变得一目了然。

黄花沟村背靠黄花沟旅游景区。听这里的人说，过去村里环境一般，留客能力不足，许多人从景区出来就径直上车离开。没有外来客，村里的房子住不满，二楼大多空置着。村民一合计，共同将每户二楼打造成独立外带楼梯的精品民宿，由村集体统一管理、分红。

据统计，2023年，村民入股分红收入20多万元，全村农民人均收入达到18000余元。"预计今年村集体资产总值将达3000余万元，集体经济收入可达30余万元。"黄花沟村党支部书记杨昌付说。

发展旅游不是只做"盆景"，更有"多点开花"，这是记者驾车沿三县国道行驶的直接感受。一路小而精、小而美的景点串珠成线，令人目不暇接。在竹溪县水坪镇的仙暇小镇，闲置多年的成林苗木基地被打造成森林乐园，当地搭建了树屋、萌宠乐园、帐篷酒店等游乐设施，成了亲子游的好去处；鄂坪水库上游选址开发出沙滩并种上椰子树，打造集婚纱摄影、沙滩游乐、水上娱乐一体的旅游基地，被当地人称为"小三亚"……

记者在行进采访中还发现，当地通过分层级、分领域推进绿色低碳发展场景示范，全域创建"文明河流"，库区重点区域实施"五无乡镇"（无垃圾、无化肥、无塑料、无污染、无公害）建设，提档升级农村养老、托幼、垃圾分类、农厕改造、污水处理和农村公路建设，加快新能源公交车、充电桩、寄递物流网点进村全覆盖，让和美乡村更加可感可及。

"没有偏远的地方，只有偏远的思想"

"大儿子在温州办厂，儿媳妇开卫浴网店，女儿在郑州卖卫浴产品……"湖北卡兰达阀门洁具科技制造有限公司负责人王国亮一家都是"卫浴人"。2020年，他来到竹山县宝丰卫浴产业园投资建厂，一口气拿下9000平方米。"沿海用工紧张，国外的订单减少，我们现在更注重国内需求，搬到竹山这边向内陆地区供货更方便。"

王国亮是20多年的"卫浴老兵"，2000年初在河南郑州卖了一年卫浴产品，摸清行业规律后前往温州建厂生产。20多年来，他在全国积累了数百家稳定客户，每年能达到数千万元产值。来竹山后，他将温州的工厂交给大儿子王欣打理，自己重新"开疆扩土"。

"这边政策好，我投了 4000 万元，达到了规模以上企业标准。"王国亮说，他在竹山培养了近 150 名熟练工人，产量、质量、销量逐渐稳定。如今，他的小儿子也跟了过来，在园区开了卫浴配件厂，生意也蒸蒸日上。"这边的厂越做越大，我们在逐渐减少温州的厂房面积和产量。"王国亮说，"期待有一天，一家人在竹山团聚。"

跟王国亮一批入驻宝丰卫浴产业园的，还有来自浙江的张陈铸，大家习惯喊他"张书记"。

原来，湖北丰泉铜业有限公司总经理张陈铸在浙江台州玉环市的老家，当了 12 年的村党支部书记。在产业转移浪潮下，他带着 1.5 亿元资金来到竹山开办工厂，如今成了十堰市卫浴协会会长兼任宝丰卫浴产业园区党支部书记。

"我是子承父业，我们家 90 年代初就开始做卫浴这一行。"张陈铸说，他在浙江见到了竹山县的招商专班，被来自大山的诚意打动，果断辞去村里的职务。如今，他的企业年产值达 6 亿元，产品除了直接供应园区企业，还卖回浙江老家。

截至目前，宝丰卫浴产业园投产企业涉及从原材料、熔炼、组装等多个卫浴产业链生产环节，产品售往甘肃、贵州等多个中西部省份。园区面积达到 1197 亩，解决就业 1820 人，有 88 家企业入驻。

"偏远"山区为何能把工业做起来？如果只看湖北省地图，十堰南三县位于偏僻的鄂西北。一旦放眼全国，这里就成了"雄鸡"的"心脏"地带。这些年，乘着"国内大循环"的东风，一批沿海企业家将家底搬到十堰南三县，开启新一段奋斗历程。

在传统理念里，中部山区没有区位优势，谋发展只能从一三产业找路子。十堰南三县各工业园区里的绿色 GDP 刷新了记者对大山里的印象，更觉堵河深处有桃源。

竹溪仁合智航科技（武汉）有限公司的生产基地刚刚建成，各种型号无人机订单纷至沓来，公司正急着让政府帮忙招工；竹山多家航空培训机构和运输机构入驻竹山通用机场，应急救援、航空护林、空中摄影等业务如火如荼，低空经济产业集群呼之欲出；房县循环经济产业园中，各种废旧小家电被拆解"变废为宝"，园区去年实现产值 240 亿元，年节约矿产资源 300 万吨，减少废物排放 500 万吨……

在十堰人心中，身边的每一滴水，都可能流向北方。无论与丹江口水库隔着多少重山，绿色低碳是整个十堰市转型发展的第一选择。

当记者把看到的南三县文旅火、产业活、人气旺的景象观感与十堰市委主要负责人交流时，他给出了这样一句答案："没有偏远的地方，只有偏远的思想。我们体会到，思路决定出路，观念之变带来行动之变、发展之变。"

记者行走中深切地感受到，活力来自干群同心、守正创新，来自主动转型、笃行实干。在以新发展理念构建新发展格局中，县域经济大有可为，潜力无限！

（惠小勇　李伟　宋立崑　新华社　2024年12月9日）

南水北调东中线一期工程沿线城市观察

一江清水永续北上　十年书写民生工程

12月12日是南水北调东中线一期工程全面通水10周年。10年来，一路向北，它让"水往高处流"成为令人惊叹的事实，为山东省构建起"T"字形输水大动脉和骨干水网体系。在北京城区内，每10杯水里约有8杯来自"南水"，而天津主城区供水几乎全部为"南水"。

一滴南来之水，需要穿过高山、通过隧道，穿越近千条大小河流，历经千余座工程建筑的重重考验，才能北上，润泽沿线45座大中城市，为超过1.85亿人带来甘甜。

2024年12月12日是南水北调东中线一期工程全面通水10周年。10年来，它已累计调水超760亿立方米，成为优化水资源配置、保障群众饮水安全、复苏河湖生态环境、畅通南北经济循环的生命线。

在河北省泊头市，越来越多人告别氟斑牙，南水北调工程让这里饮用水的含氟量显著降低。作为跨流域跨区域配置水资源的骨干工程，南水北调分东、中、西3条线路，连通长江、黄河、淮河和海河四大流域，构成我国"四横三纵、南北调配、东西互济"的国家水网主骨架、大动脉。

"目前中线后续引江补汉工程进展顺利，东线后续工程、西线工程前期工作正在抓紧推进。"中国南水北调集团有限公司相关负责人说。未来，南水北调这个单论证就历经50年的超级工程，将持续深化其综合效益，书写新的壮丽篇章。

近日，中青报·中青网记者探寻"南水"北上的壮阔足迹，走过了江苏、山东、河北、天津等省市。工程受水区群众的获得感、幸福感和安全感，真切见证着国家水网这幅世纪宏图正逐步从蓝图构想变为触手可及的生动现实。

2024年10月，南水北调中线陶岔渠首（受访者供图）

织密智慧水网　保一江清水永续北上

"水往高处流"在南水北调东线一期工程（以下简称"东线"）中成为令人惊叹的事实。

在江苏省扬州市境内，江都水利枢纽入口处一座镌刻着"源头"字样的石碑，吸引了不少游客驻足留影。枢纽区内碧波荡漾，站闸相连，绿树成荫，景色宜人，这幅人与自然和谐共生的美丽画卷，无愧于其"江淮明珠"的美誉。

它不仅是我国规模最大的电力排灌工程、亚洲最大的泵站枢纽，还是东线的起点。长江水自此出发，13级泵站牵引其翻越十几层楼的高度，逆流北上，连通洪泽湖、骆马湖、南四湖、东平湖，北至鲁北，东抵胶东半岛。

千里奔流,"南水"展现的是智慧与实力。江都水利枢纽水质自动监测设备数据显示,自东线输水开始,水质均达到和优于Ⅲ类地表水标准。南水北调工程的建设攻克了低扬程大流量泵站、超大型渡槽、新老混凝土结合、膨胀土施工等一系列世界级技术难关,创造了多项世界之最。

在历年更新改造中,江都水利枢纽大力引进新技术、新设备、新材料,提高工程设备科技含量和运行管理水平,不仅实现了远程监控、视频监控、优化调度等功能,还推动了实体泵站与数字孪生泵站运行管理的深度融合。

"最早时调水,一个班组要55个人同时在岗,现在技术条件好了,4个人一班。"江都水利枢纽变电所原所长陈威提到,现在规模最大的第四抽水站,抽水能力可以达到一站、二站、三站的总和。

同样位于扬州市的宝应泵站工程,近年也在积极打造"数实融合第一站"。作为东线首个开工完工、发挥工程效益的泵站,它以"大型水泵液压调节关键技术"为基础,依托自动化系统和工程感知,不仅能做到水量调节高效精准,还实现了新型调节结构国产化。

亲历了宝应站从初次开机排涝到如今远程集控、少人值守的变化后,在该站工作了近20年的陈娅感叹,随着水利工程逐步向科学化、自动化、智能

11月15日,天津水务集团曹庄泵站管理所工作人员现场开展水环境整治等工作(中青报·中青网记者 魏婉 摄)

化管理转型，从业人员的岗位职责和能力素质也被时代赋予了新的挑战与要求。

"我们的值班人员配置已经从每班12人精减到6人。"陈娅说，现场工作人员的角色正在发生转变，如今的她已成为站里的"多面手"，工作重点日益集中在紧急维护、维修及抢修等关键任务上。

南水北调宝应泵站站长刘钊指出，站里值守人数虽然少了，但设备维护保养成效却显著提升，全站调水综合成本也大幅下降，与江都水利枢纽共同发挥着第一梯级的调水作用，保障着省内外的用水需求。

织密绿色水网　开拓沿线繁荣新路径

南水奔涌，一路向北。东线为山东省构建起"T"字形输水大动脉和骨干水网体系，规划每年可为该省增加13.53亿立方米的净供水能力。济南聚源水务有限公司副总经理焦方龙提到，"泉城"济南就因东线补水而焕发青春，泉水四季喷涌、百泉成湖。

在南水北调配套工程建设以前，位于济南市的玉符河，干旱时期常出现断流情况。附近寨而头村的村民陈晓莉回忆，当时河水浑浊，周边植被遭到不同程度的破坏。"两岸交通也十分不便，附近只有一座小桥能通行，村民去对岸种地都得绕很远的路。"

焦方龙介绍，随着2014年南水北调贾庄线工程顺利完工，将长江水千里迢迢引入玉符河，并通过玉符河渗漏带补充了泉域地下水，提高了济南市区地下水位，一定程度上保证了泉水水位的稳定上涨，加上同步开展的生态修复、绿化建设等系列工程，玉符河发生了翻天覆地的变化。

"玉符河现在被网友称为'济南小桂林'，尤其是春夏季节，许多市民来河边避暑纳凉、亲水露营，已然成了济南市民的'后花园'。"焦方龙提到，以前附近没什么鸟类，而现在水生植物生长茂盛，河中小岛也成了鸟儿的栖息地，常能看到白鹭齐飞的景象。

记者在河两岸看到，附近不少村民有的摆摊卖饮品，有的办起了"农家乐""露营地"，但无一例外，经历过"臭水沟"时期的他们都很珍惜现在清澈见底、美如"玉带"的玉符河。"现在附近村民都自发组织清理河道，帮忙处理垃圾。"陈晓莉透露，有村民改建了自家闲置的房屋并设置了停车场，生意很不错。

据评估，东中线一期工程建设期间，超 1000 家单位参建，高峰期每天近 10 万名建设者现场作业，加之相关行业带动，每年新增数 10 万个就业岗位。陈晓莉就是受益者之一，她于 2016 年成为济南聚源水务有限公司的生产运行管理员，往返村子也方便。

东线是关系着千家万户的民生工程，确保水质是关键。东湖水库管理处主任裴亮提到，作为济南东部重要的饮用水来源，该水库通过"放鱼养水"显著提升了水体的自净能力，有效控制了藻类过度生长和水质恶化，增添了水域生态的活力。

通过河道整治，东线还让千年古运河重焕生机。京杭大运河济宁段主航道由 4 级标准提高到 3 级标准，新增港口吞吐能力 1350 万吨，成为中国仅次于长江的第二条"黄金水道"，进一步畅通南北经济循环。如今，一条 2000 吨的集装箱船从济宁市梁山港出发可以直抵浙江杭州。

调水、治污举措并行，倒逼经济转型和产业升级。在山东调水沿线，高污染的草浆造纸企业减少 65%，取而代之的是更加环保的新技术，纸产量不降反增，达到原来的 3.5 倍，利税是原来的 4 倍，充分展现环保与经济发展的双赢局面。

2024 年 10 月，南水北调中线水源工程丹江口水库千岛生态画廊（陶德斌 摄）

织密安全水网　让这片土地"氟"去福来

在"南水"到来前的那些年，大大小小的牙齿美容诊所，遍布泊头市的大街小巷，成为那段苦涩岁月的特殊印记。

泊头市地处河北省沧州市南部，属海河流域的黑龙港地区，历史上浅层水苦咸、深层水含氟高，属高氟区和地下水严重超采区。"长时间饮用高氟水，居民易患氟斑牙和骨质疏松病，牙齿会变黄甚至变黑，严重时会牙齿畸形、关节僵硬、骨骼变形，甚至出现瘫痪等症状。"泊头市惠泊农村供水公司经理贾清尧说。

根据我国饮用水标准，每升水含氟量应不超过1.0毫克，而泊头市地下水远高于国家标准。虽然采取了降氟设备等措施进行水质改善，但因成本高等原因，始终不能从根本上解决问题。

"以前的水特别难吃，味道发苦、发涩。"泊头市洼里王镇前八尺高村党支部书记冯如祥无奈地说，就连这样的水不"抢"都喝不到。为了能舀到一桶稍显清澈的水，村民们天不亮就得赶去土井，稍有耽搁，井水就没了。"村里不少孩子因为喝不上好水，被迫送往外地生活。"

资料显示，从1965年南运河断流到1997年水厂正式供水的30年间，包括泊头人在内的沧州市居民长期饮用高氟地下水，该时期出生的孩子患有氟斑牙，这一时期的成年人患有不同程度的氟骨病。

直到2017年，泊头市依托沧州市南水北调中线（以下简称"中线"）配套工程，组织实施了"江水村村通工程"和以东辛阁地表水厂、大树闫地表水厂、市区地表水厂为主的生活水源江水置换项目，切换地下水源为地上水源，这一困境才得到根本性改变。

截至今年9月30日，泊头市累计引调江水1.02亿立方米，受益人口达67.6万人。如今，全市居民都饮用上了安全的长江水，且实现了24小时供水，水质、水量、供水保障率、用水方便程度4项均达标。

贾清尧说，目前泊头市饮用水每升氟含量为0.55毫克，远低于国家饮用水标准。冯如祥表示，新一代的小朋友没有了氟斑牙的困扰，骨质疏松患者也在逐渐减少。

从"有水吃"到"吃好水"，东线让人民的获得感、幸福感、安全感更加

11月15日，天津水务集团曹庄泵站管理所工作人员正在现场开展水环境整治等工作（中青报·中青网记者 魏婉 摄）

充实、更有保障、更可持续。据统计，通水后，京津冀受水区水质都有明显改善。比如，天津部分高氟水地区的群众喝上了"南水"，而北京自来水硬度也由过去的每升380毫克降至每升120毫克。

织密生命水网　让生活更加美好

京津地区是中线的终点所在地。10年来，"南水"已由原来规划的补充水源成为多个大中城市的重要水源：在北京城区内，每10杯水里约有8杯来自"南水"，而天津主城区供水几乎全部为"南水"。

最新数据显示，中线已累计向北京输送超过106亿立方米的水资源，相当于731个西湖的总蓄水量，有效缓解了其水资源紧缺形势，直接受益人口超过1600万。

"南水"进京后，代替了大量的地表水和地下水，使得北京地下水位自2015年起连续回升。全市平原区地下水位累计回升13.68米、增加储量70亿立方米；根据北京市2021年汛期泉水摸排基本情况，全市共有80眼泉水表现出复涌迹象。

北京市的母亲河永定河已连续4年实现全线水流贯通，初步实现"流动的河、绿色的河、清洁的河、安全的河"目标，成为河湖生态复苏的典型。

"永定河断流期间，河道里只剩卵石和泥，只几年时间，生态补水后的水量，就恢复了40年前的样子！"门头沟区妙峰山镇陈家庄村党支部书记陈小年曾这样感叹。

北京也因此迎来"生态蝶变"，河湖生态环境和生物多样性有了极大的丰富与改善。近乎绝迹的野生红鳍鲌，首次出现在团城湖调节池；素有"水中熊猫"之称的桃花水母，频现亦庄调节池、怀柔水库；消失70年的濒危物种栗斑腹鹀，现身密云水库。

在"南水"助力下，天津市海河等重点河道水环境面貌也得到显著改善。2014年12月，中线天津干线和天津市内配套工程实现同步通水，成为继引滦入津工程之后，天津的又一条城市供水"生命线"。

"我们普遍感觉引江水水质清澈、口感甘甜。"中国南水北调集团中线公司天津管理处副处长原亮说，截至今年9月9日，中线工程已累计向天津市供水超100亿立方米。从水源水质检测数据上看，长江水水质基本保持在地表水环境质量标准Ⅱ类以上。

千里调水，来之不易。为了最大程度发挥引江水效益，天津不少供水企业开始提升改造。比如杨柳青水厂原为设计规模5万吨/日的加压泵站，随着区域供水服务人口数量逐年增加，水厂难以满足辖区居民和企业用水需求。2021年，该水厂改扩建工程启动，2023年11月，水厂正式通水，产水规模10万吨/日。

天津作为资源型缺水的特大城市，长期以来，城市供水单一性、脆弱性矛盾突出，严重制约全市经济社会高质量发展。坐落于西青区杨柳青工业园的天津鑫宝龙电梯集团有限公司，自投产以来，受水量、水压不足之困，未能释放出最大产能。该公司行政部部长周培表示，杨柳青水厂扩建增产后，企业的生产用水以及员工生活用水都得到了显著改善。

（魏婉 《中国青年报》 2024年12月10日）

确保"一泓清水永续北上"

2014年12月12日南水北调中线一期工程正式通水。习近平总书记作出重要指示，要求加强运行管理，深化水质保护，使之不断造福民族、造福人民。

今年8月13日，习近平总书记在给湖北十堰丹江口库区环保志愿者的回信中强调，南水北调工程事关战略全局、长远发展和人民福祉，保护好水源地生态环境，确保"一泓清水永续北上"，需要人人尽责、久久为功。

多年来，作为南水北调中线工程核心水源地的湖北省十堰市，将守水护水当作头等大事，建成空、天、地智慧监管体系，建立健全长效护水机制，带动更多人自觉守水护水节水，形成了高水平保护和高质量发展的良性互动。

丹江口大坝（11月30日拍摄，无人机照片）
（新华社记者 伍志尊 摄）

环境治理，水清山绿环境更美

【"库区水更清了、山更绿了、环境更美了，我很欣慰。"——习近平】

十堰市生态环境局张湾分局副局长赵勇每天晚上睡前必做的一件事，就是打开手机，查阅当日地表水分析报告。"下雨冲刷、管网破损、仪器故障都会影响监测结果。"他说，"一旦收到异常反馈，我们必须在最短时间查清处置。"

丹江口水库六成以上水域面积和七成以上库岸线都位于十堰市境内。穿城而过的犟河，全长50.2公里，包含赵勇的责任河段。

漫步犟河边新整修的游人步道，听着潺潺流水声，感受着清新湿润的微风，不禁心旷神怡。人们很难想象，眼下这条"公园河"，多年前还是一条"臭水沟"。

山城十堰曾是东风汽车总部所在地，属于"先有厂、后有城"，不同年代的职工楼、农村自建房挤在犟河两岸。多年来，自建房没有管网、老职工楼的管道被泥沙掩埋堵塞，住得久了，大家只觉犟河水体愈发黑臭。

南水北调中线工程通水前三年，是十堰市"不让一滴污水进入河库"目标的集中攻坚期，雨污分流势在必行。"许多建筑的图纸早已遗失，可以说是两眼一抹黑。"赵勇说，大家想到一个办法：在明渠里投放乒乓球，再到河道里等"球"顺水流出，就可得知水流的起点和终点。遇到放不进乒乓球的狭窄口子，就换用红墨水或小泡沫。

在十堰市，类似犟河汇入汉江最后到达丹江口水库的大小河流，共有189条。基层干部们硬是"手脚并用"，绘出了全市流域管网图，基本摸清现状底数、污染源头，形成用地布局图、产业布局图、绿色基础设施图，以"小河清"保障"大河净"。

10月30日，丹江口市水库水质安全保障指挥中心工作人员在进行视频巡查（新华社记者 伍志尊 摄）

近年来，每当收到水质预警，赵勇都会第一时间带队，在大大小小的涵洞、支沟里，一边弯腰扒开灌木杂草，一边找污染源。

"这一条是雨水管道，直接通河道。那一条是污水管道，通往下游的污水处理厂。"赵勇指着穿过河床的两条管道说，"小河净，大库才能清，雨污分流是清水北送的保障。"

现在，智慧护水的"天罗地网"成了赵勇的帮手。依托丹江口水库水质保障数字平台，2000公里给排水管网、30多万个涉水城市部件全部上图，环保、农业、水利、城管等部门实现信息互联互通，发现情况第一时间预警，通知相关部门第一时间处置。"现在巡检更精准省心了。"他说。

守水护水收获喜人成绩：据统计，今年以来，丹江口水库水质稳定达到Ⅱ类及以上标准，109项水质监测指标中有106项达到Ⅰ类标准，全域水质达到历史最好水平，"天然水质检测员"桃花水母频频现身。

志愿服务，自觉守水护水节水

【"带动更多人自觉守水护水节水，携手打造青山常在、绿水长流、空气常新的美丽中国，为推进人与自然和谐共生的现代化贡献力量。"——习近平】

"现在出来清漂不用带水，用瓶子往船下一舀，就可以喝。"清漂船迎风出航，水面泛起阵阵涟漪。55岁的"小水滴"清漂志愿者张绪春不时用工具捞起水面枯枝。"在我负责的10公里库岸线上，巡检一趟得两个小时，漂浮物主要是一些枯枝败叶。"他说。

家住丹江口市均县镇关门岩村的张绪春原本是汉江上的渔民，靠在水库网箱养鱼为生。南水北调中线工程通水后，张绪春等库区渔民响应号召交船退渔。后来，他成为一名库区清漂员，并加入了丹江口市"小水滴"志愿服务联合会。

走进"小水滴"志愿服务联合会展厅，志愿者照片挂满整整一面墙，张绪春的照片也在其中。据统计，"小水滴"注册志愿者有近20万人。而近些年，十堰相继孕育了250个社会志愿服务团体参与"文明河流"建设，带动广大群众开展垃圾捡拾、水面漂浮物清理等各类守水护水志愿服务活动。

"收到习近平总书记的回信，我们感到非常振奋。报名志愿服务的人更多了。"张绪春说，"还有很多北方的志愿者，不远千里来加入我们哩。"他口中的北方志愿者，指的是京堰节水爱水护水志愿服务联盟，包含69支志愿者服务队伍、7800多名志愿者。

10月28日，清漂志愿者在丹江口水库进行清漂作业

（新华社记者　伍志尊　摄）

今年 66 岁的北京市延庆区张山营镇小河屯村村民贺玉凤，就是该联盟成员之一。近一年来，贺玉凤先后 4 次到十堰开展护水活动。"在这里我真切感受到，守护这库清水有多不容易。"她说，"这是我们每天喝的水，更应该好好保护。"

绿色发展，解决生态环境问题

【"要加快推动发展方式绿色低碳转型，坚持把绿色低碳发展作为解决生态环境问题的治本之策，加快形成绿色生产方式和生活方式，厚植高质量发展的绿色底色。"——习近平】

"环境保护和资源循环利用是一体两面的关系。"湖北鑫资再生资源集团董事长赵津龙说起"行业经"，滔滔不绝。

在十堰市房县循环经济产业园 16 家企业中，鑫资集团旗下企业占了 14 家。"来房县前，我琢磨循环产业已经有几年了，从国家出台的一系列政策中，能够看到国家绿色低碳发展转型的决心。"赵津龙说。

在鑫资集团旗下一家子公司的拆解车间里，复印机、打印机、微波炉等废旧小家电堆积如山，等待被拆解、分流、提炼，最终变废为宝。"我们在全国主要大中城市设立了 5317 个回收点，每天约有 1500 吨废旧小家电被送到这里。"赵津龙表示，循环产业上游稳定、成本可控。以此为依托，制铜、制铝、塑料产业蓬勃发展。

12月5日，在房县循环经济产业园，工人正在制铝车间作业
（新华社记者 宋立崑 摄）

在鑫资集团下属铜业科技有限公司生产车间，赵津龙指着环保设备介绍，炼铜产生的烟气通过管道，先进入5米深的沉降池，把烟气中的金属颗粒留在水中用于二次冶炼。余下的气体通过二次燃烧、脱硝脱硫，将资源"吃干榨净"，剩下的水蒸气经环保检测后排放。

"我们的生产设备一般只占总设备的三分之一，其他都是循环和环保检测设备。这样做，不仅减少了固体废物的产生和处理成本，还提高了铜的产出率。"他说。

房县循环经济产业园开建前，房县还是一个深度贫困的农业县。"肩负守水护水的使命任务，决定了全县致富不能有任何'门槛低、见效快'的念头，必须扎实走绿色低碳发展的道路。"房县县委书记谢晓鸣表示，截至11月，园区已实现260亿元产值，预计创造年税收20亿元。同时，园区每年节约矿产资源约300万吨，减少废物排放约500万吨。

为服务南水北调中线工程建设，十堰市先后拒批高能耗、高污染的重大项目100多个，淘汰燃煤锅炉392台；关闭迁建企业561家，淘汰水泥、钢铁、纸浆等产能300多万吨；每年永久性减少税收22亿元。

"总书记的回信和系列重要讲话精神为我们指明了方向。"十堰市委主要负责同志说，丹江口库区肩负着守好首都及北方1.08亿人民饮水安全、生态安全的重要使命，"我们将坚持保护就是发展，确保'一泓清水永续北上'"。

（惠小勇　李伟　宋立崑　新华社　2024年12月11日）

一泓清水润万家

今天（12月12日）上午，国务院新闻办公室举行新闻发布会：南水北调东中线一期工程全面通水十周年，截至今天，工程已累计调水超767亿立方米。南水北调工程是党中央、国务院针对我国水资源匮乏，且时空分配不均而审时度势作出的重大决策。党的十八大以来，随着南水北调东中线一期工程陆续正式通水，广大的受水区在优化水资源配置、保障群众饮水安全、复苏河湖生态系统和畅通南北经济循环等方面都令人耳目一新。

伴着震耳的轰鸣，2014年12月12日14时32分，位于河南省淅川县的陶岔渠首枢纽工程闸口开启，一条玉带随之向北延伸，就此，南水北调中线一期工程正式通水。

早于中线一期工程，2013年11月15日，南水北调东线一期工程正式通水。

南水北调工程专家委员会副主任汪易森："东线一期工程全长1467公里，起点是江苏省扬州市附近的江都水利枢纽，通过13个梯级泵站，一路到胶东半岛，一路到河北、天津。"

对这项跨越了长江、黄河、淮河、海河四大流域的调水工程，习近平总书记多次指出，南水北调是国之大事、世纪工程、民心工程。截至2024年12月12日，南水北调东中线一期工程累计调水超767亿立方米。

汪易森："我们国家的黄河、淮河、海河流域地区占有的水资源总量是全国总量的7%左右，但是它要承载的是全国人口的32%、耕地的39%、国内生产总值（GDP）的35%，所以就出现了水资源的占有量和社会经济发展严重不对应的局面。这种情况怎么解决呢？就必须要有跨流域调水工程。"

河南许昌曾是全国 40 个严重缺水城市之一。20 世纪 80 年代，许昌水资源人均占有量不及河南省人均占有量的一半，仅为全国人均占有量的十分之一。

河水不够便只能依靠地下水，而长期超采地下水又带来水位下降、水质变差等问题。

而在 2014 年 12 月 12 日南水北调中线一期工程正式通水之后，许昌年分配水量达 2.26 亿立方米，饱受缺水困扰的许昌人从此告别了吃水难。

如今的许昌已由一座干渴之城变身碧波荡漾的水润之城。

与此同时，南水北调东中线一期工程自南向北，已将洁净的水源辐射至京津冀豫苏鲁皖 7 省市。

河北省阜城县建桥乡铁匠村的张力行今年 59 岁，由于从小就喝含氟超标的地下水，牙齿早早地就变成了氟斑牙。

患上氟斑牙，不但牙齿受损，有的村民外出，也难免会被人取笑。

随着阜城县南水北调配套工程的运行，铁匠村的村民告别了高氟水。张力行在村上的小学上班，每当看到孩子们洁白的牙齿，他既兴奋，又欣慰。

如今，南水北调东中线一期工程正在为沿线 45 座大中城市、超一亿八千五百万人口提供稳定优质的水源。南水北调供水占北京城区供水近 80%，天津主城区供水基本为南水北调水，然而这些稳定优质的水源是靠大量人力与财力的投入得来的。

河南南水北调渠首生态环境监测应急中心工程师严聘桢负责丹江口水库的水质监测工作，他的同事来自各地，而他是一名本地人，一名丹江口水库的库区移民。

丹江口水库的移民人数达 34.5 万人，这里曾发生过许多动人的故事。十三年前，淅川县一位名叫王品兰的老师给学生上了离别前的最后一课，满怀不舍，作别故土。而今天，在数百公里之外新的讲台，每当给学生讲述自己的经历，她却无悔当初的离别。

胡晓萌离开家乡时只有九岁，现在已是一名大学生。让她感到兴奋的是南水北调水已通到她上学的南阳市，她又喝到了家乡水。

胡晓萌的新家位于河南新乡的辉县，这里的人们不但喝上了南水北调的水，而且还目睹了干枯多年之后，百泉复涌的奇特景观。

与辉县相邻的河南卫辉，以往收割完小麦，农户们都会种植用水量较少的玉米，而随着地下水位的升高，部分旱地变成水田，一些农户从此种起了水稻。

这是位于河北邯郸的一家钢铁企业，每年超 200 万吨南水北调水输入厂区，而企业输出的则是近百万吨的优质产品。

南水北调东中线一期工程通水以来，作为畅通南北经济循环的生命线，其促进水源区与受水区对口协作、推动南北地区共同富裕的作用也得到充分发挥。

水利部南水北调司副司长袁其田："南水北调工程历经五十年的规划论证，十多年的工程建设，初步构筑起我国南北调配、东西互助的水网格局，成为优化水资源配置、保障群众饮水安全、复苏河湖生态环境、畅通南北经济循环的生命线。"

目前，中线引江补汉工程正在加紧施工，建成后，三峡水库将和丹江口水库连通，南水北调中心水源更有保障，同时，东线后续工程和西线一期工程的前期工作也在推进之中。最终，南水北调工程将形成分别从长江下游、中游和上游调水的东、中、西三条调水线路，初步构筑起我国"四横三纵、南北调配、东西互济"的国家水网总体格局。

（央视网《焦点访谈》 2024 年 12 月 12 日）

南水北调东中线一期工程全面通水 10 年来，累计调水超 765 亿立方米，直接受益人口达 1.85 亿人——

千里水脉润北国

初冬，江南仍泛着绿意。江苏扬州江都水利枢纽站旁，绿树掩映中，一块刻有"源头"字样的石碑静静矗立，不远处，即是缓缓流淌的运河。从江都水利枢纽出发，扬州境内的长江水踏上"水往高处流"的征程，沿京杭大运河及平行河道经泵站逐级提水北送至黄淮海平原。

湖北十堰与河南南阳交界处，丹江口水库浩渺如海、水碧如玉。自丹江口水库，清澈的南水出南阳陶岔渠首后过垭口、飞渡槽、钻暗涵，向北穿行

图为江都水利枢纽（资料图片）

河南省南阳市淅川县清漂队工作人员在丹江口水库
宋岗码头附近进行清漂作业（新华社发）

1432公里，润泽京津冀豫。

一路东线、一路中线，编织出一个世纪工程——南水北调！

12月12日，南水北调东中线一期工程迎来全面通水10周年的重要节点。10年来，工程累计调水超765亿立方米，惠及沿线45个大中型城市，直接受益人口达1.85亿人。一路北上的一泓南水，滋润了北方大地，泽被亿万群众，优化了我国水资源配置格局，修复了区域生态环境，推动了受水区经济

·115·

社会高质量发展，发挥了显著的综合效益。

正如习近平总书记所言：南水北调工程功在当代，利在千秋。

一条优化水资源配置格局的供水线

"俺们这儿历史上就缺水！老早前，为了从村上的土井里'抢'上一桶水，早上四五点就得起身。不仅缺水，水质还不好，含氟量高，苦咸！"在河北省沧州泊头市洼里王镇前八尺高村，村党支部书记冯如祥向记者讲述喝上南水前后的生活变化，"因为以前喝的都是高氟水，大伙儿都是一口黄牙，笑都不敢笑。为了不让下一代受这苦，村里的很多孩子都被送到外地生活了。现在俺们村因为南水北调工程喝上的长江水不仅干净，还甜！口感好！"说话间，冯如祥往玻璃杯里倒了一杯热水，水透亮、不见碱。

采访中，记者了解到，2020年底，沧州市全部实现农村生活水源置换，成为河北首个全市江水村村通的设区市，彻底结束了沧州人民世世代代饮用高氟水、苦咸水的历史。

吃水更容易了、水质更好了，是南水北调供水沿线居民最大的感受。

这样的感受，得益于南水北调带来的供水格局优化。中国南水北调集团有关负责人告诉记者，南水到来后，东线各受水城市的生活和工业供水保证率从80%提高到97%以上；中线各受水城市的生活供水保证率从75%提高到95%以上，工业供水保证率达90%以上。

看东线——山东干线工程及其配套工程构成了山东省"T"字形调水大水网，实现了长江水、黄河水和本地水的联合调度与优化配置，胶东半岛实现南水全覆盖；江苏50个区县4500多万亩农田的灌溉保证率得到提高。

看中线——北京已建成接纳"南水"的水厂15座，形成长约107公里的地下输水环路，目前南水占北京主城区供水近八成，全市年人均水资源量由100立方米提高到150立方米左右；天津实现引江、引滦双水源保障，主城区全部用上南水；河南省10余个省辖市用上南水，其中郑州中心城区90%以上居民用上南水；河北省10个省辖市通了南水；雄安新建城区供水全部为南水……

纵贯南北、承接东西，生生不息的南水北调东中线工程在我国水资源版图刻下一条输水大动脉，初步构筑起我国"四横三纵、南北调配、东西互济"

的水网总体格局。

一条扮靓沿线河湖风景的生态线

河北省安新县摄影家协会会长张学农的家就在白洋淀深处。"很幸运，在白洋淀拍到了青头潜鸭'带娃'在水中畅游的照片。"张学农告诉记者，"青头潜鸭是生态环境质量'环评师'，它们在此安家落户反映出白洋淀水环境不断好转。"自小在淀边长大的他，曾在清澈的水中扎过猛子，也曾闻过被污染的白洋淀散发出的臭味、曾因白洋淀的"萎缩"而心痛。

今天，白洋淀重现"明珠"风采，离不开强力的治污举措，也离不开南水的无声滋润。

一路北上的南水，不只让北方居民喝到，受水区的河湖和大地也"喝"得美！

10年前，海河流域"有水皆污，有河皆干"，华北地区是全世界最大的地下漏斗区。"东中线一期工程通过水源置换、生态补水等措施，有效保障了工程沿线的河湖生态安全，并为华北地区地下水超采综合治理提供助力。"水利部南水北调工程管理司司长李勇介绍，工程累计向北方50余条河流生态补水118亿立方米，推动了瀑河、滹沱河、白洋淀等一大批河湖重现生机，河湖生态环境得以显著改善。昔日被称为"酱油湖"的南四湖已跻身全国水质优良湖泊的行列，枯竭近三十年的河北邢台百泉实现泉水复涌。

与此同时，华北地区的地下水水位下降趋势得到有效遏制，浅层地下水水位开始连续回升，初步实现地下水采补平衡，地下水超采综合治理取得明显成效。2023年底，北京浅层回升0.90米，与2015年同期相比浅层回升11.01米。

永定河实现全线通水，京杭大运河实现百年来全线水流贯通，济南再现四季泉水喷涌景象，沧州借助大运河打造沧州园博园等文化旅游地标……南水北调工程，让河湖重现生机，留下了更多生态画卷。

一条畅通经济循环的发展线

"南水北调东线持续调水，抬升了梁济运河水位，改善了航运条件，促进了港口互通。"济宁港航梁山港有限公司党委副书记王广文介绍，得益于东线调水，京杭大运河全年通航里程877公里，2000吨级运输船从梁山港直达长江。今年9月底，梁山港集港量、疏港量均突破150万吨。

这只是南水畅通经济循环的一个缩影。跨越山川、跨越河湖的南水，串联了40多个大中型城市，滋养了广袤乡村，折射出高质量发展的生动图景。

按照2023年万元GDP用水46.9立方米计算，工程累计超765亿立方米调水量相当于有力支撑了北方地区超16万亿元GDP的增长。京杭大运河的航运条件得到改善，成为仅次于长江的第二条"黄金水道"，山东济宁段航道实现了内河航运通江达海，江苏运河货运量明显提升。

南水北调东中线一期工程还提高了黄淮海平原50个区县共计4500多万亩农田灌溉保证率，农作物生产效益大大提高，让仓廪更加丰实。与此同时，沿线地区以水定产，不断提升水资源节约集约利用水平，凸显高质量发展底色。

伴随着南水北上，反哺供水区的资源也在南下。根据《丹江口库区及上游地区对口协作工作方案》，北京市和天津市与河南、湖北、陕西建立多方面协作支持机制。据了解，10年来，北京市共安排资金50亿元，实施项目1177个，形成了南北共建、互利共赢的发展格局。

高质量发展的脚步还未停歇——日前，南水北调中线引江补汉工程正式进入首台硬岩掘进机（TBM）掘进施工新阶段。作为南水北调后续工程首个开工重大项目，引江补汉工程从长江三峡库区引水入汉江，将不断提升南水北调中线工程的供水效益，进一步打通南北输水通道，筑牢国家水网主骨架、大动脉。

奔流不息的南来之水，在广袤的中华大地蜿蜒铺展，勾勒出气势恢宏的水网蓝图，为经济社会高质量发展注入源源不断的澎湃动力。

（陈晨 《光明日报》 2024年12月12日）

用好每滴南水是最好的感谢

超765亿立方米水——这是南水北调中东线工程全面通水后给沿线受水

区"搬"来的"礼物"。

这份"礼物"是什么概念？如果以蓄水量约 1400 万立方米的西湖作为计量单位，相当于"搬"来了 5400 多个西湖；如果以黄河多年平均径流量 535 亿立方米来估算，相当于"调"来了约一条半的黄河。

这就是世界上规模最大、距离最长、受益人口最多、受益范围最广的调水工程。十年来，它不舍昼夜地将汩汩南水运往北方，悄无声息地润泽着北方大地，滋养着北方居民。今天，受水区的人们或许早已习惯南水的甘甜，忘记了高氟水的苦咸味道；或许早已习惯河畅水清的宜人风景，忘记了河道沙石裸露、荒草丛生的场景。随着时间流逝，当我们对南水带来的变化习以为常，有件事一定不能忘却，那就是南水北调的难！

难！50 年论证，数万名建设者十余年间接续奋斗。在中线，由于要加大蓄水量，需要对丹江口大坝加高 14.6 米。在一座服役近 40 年的老坝上重新浇筑"新坝"，难度不亚于甚至超过新修一座大坝，历时 8 年，这一壮举终于完成；面对黄河河底复杂特殊地质条件带来的挑战，建设者们攻坚克难，终于建成两条长达 4250 米的穿黄隧洞，让长江水与黄河成功"握手"；没有现成的水道可利用，就修出一条跨越南北、长 1432 公里的输水线！而东线虽然有京杭大运河等现成通道，有洪泽湖、南四湖等调蓄水库，但南水北上意味着让"水往高处流"，这又谈何容易？于是，世界最大的泵站群拔地而起——东线一期工程沿线建有 34 处站点、159 台水泵，共计 13 级泵站，将长江水逐级提升 40 米。

难！南水北调，成败在水质。东线共建设 400 多个治污工程，江苏关停沿线化工企业 800 多家，山东 700 多家造纸厂减少到 10 多家；在中线，地处丹江口水库上游，位于汉江流域的陕西汉中市、安康市、商洛市累计治理小流域 400 多条，核心水源地湖北十堰调水前实现"管网全覆盖、污水全收集、收集全处理、处理全达标"治污目标，丹江口库区此前延续多年的网箱养鱼产业被忍痛取缔，河南南阳累计关闭重污染企业 800 多家，关停转迁污染企业 460 多家……

难！丹江口库区 34.5 万移民和中线干线 9 万征迁群众，带着对故乡的无限眷恋，告别祖祖辈辈生活的土地，踏上搬迁之路，融入新的家园，开启新的生活。

如此巨大的牺牲和努力，只为一泓清水永续北上。

如此来之不易的南水，更当倍加珍惜！

在受水区沿线，我们看到：各地先后建立水资源刚性约束制度，拧紧"水龙头"——北京16个市辖区全部建成节水型区，天津出台全国第一部地方节水条例，山东严格实行用水总量和强度双控制度，河南郑州实行区域总量控制、微观定额管理的用水管理模式……

节水，怎么强调都不为过。尽管已取得一定成效，但受水区各地仍要继续加快补齐节水短板，大力宣传节水理念，推广更多节水工具和技能，促进节水意识真正转化为千家万户的实际行动。

人间筑天河，此水最含情。只有精打细算用好每一滴南水，才能不辜负每一个不计得失、为让南水北上作出贡献的人们，才是对所有付出表达感谢的最好最真诚的方式。

(陈晨 《光明日报》 2024年12月12日)

南水北调改变了我们的生活

近日，记者行走南水北调中线工程沿线，随着一泓蜿蜒北上的碧水，感受着南水北调给沿线群众生活带来的深刻变化。

镜头一：红嘴鸥

立冬后，陕西汉中天汉湿地公园成了候鸟的天堂。鸬鹚、秋沙鸭、红嘴鸥……嘎哇叫着，好不热闹。

候鸟志愿者、73岁的赵宏杰开始忙碌起来。看着头顶盘旋嬉闹的红嘴鸥，他心里欢喜，吹一口哨，红嘴鸥便停在他的肩膀上，吞下递过来的小鱼虾。十多年的追踪爱护，让老赵和红嘴鸥成了"一家人"。他记录下每年红嘴鸥的数量，从一开始的十来只，到现在的4000多只，"候鸟很聪明，哪儿生态好落哪儿。以前这儿江面满是采砂船，现在是我们的幸福园"。

生态好了，水质自然优良。工程通水十年，汉江汉中段出境水质稳定达到或优于地表水Ⅱ类。不仅如此，"越靠近丹江口库区，水质越优良。为什么？沿江城市守水护水，一层一层'筛'，汉江水怎能不清澈透亮。"汉中市一江两岸办公室副主任闫晓明说。

镜头二：清漂队

汩汩汉江水，汇入丹江口水库。青山之间，万顷碧水，南水北调中线工程以此为起点，蜿蜒北上。

一大早，库区清漂队就开动了。不过8点，他们已"巡"遍100多公里的管理段。

驾船的王照兵是行里手，和水打了半辈子交道，50多岁了还活跃在水上。他原是丹江口渔民，工程开建后，收了渔排、驳船，转身成了丹江口库区的环保志愿者。太阳把脸晒得红黑，手上都是厚厚的茧。值得吗？"看着水库很清很亮，所有付出都是值得的。"淡淡一句，收兵而去。

在湖北丹江口，环保志愿者都有一个共同的名字：小水滴。现在，"小水滴"已经超过20万名。"越来越多的人加入守水护水的队伍，库区环境一定会越来越好。"王照兵说。

的确！数据显示，今年以来，丹江口水库水质稳定达到Ⅱ类及以上标准，109项水质检测指标中有106项达到Ⅰ类标准，全域水质达到历史最好水平。

镜头三：移民新村

会议室内，河南淅川九重镇邹庄村村支书邹玉新滔滔说着3年来村里的变化：353个温室大棚，种植猕猴桃、草莓；成立旅游公司，改造农家乐；村民有活干、有钱赚，村集体收益连年增长，村民人均年收入较5年前翻了两番，较搬迁前翻了五六倍……会议室外，邹庄移民新村的变化更加具象，粉墙红瓦、花草环绕，新铺的柏油路直通各家小楼……

当年，为了沿线人民能够喝上南水，40多万人舍小家为大家，搬出库区原来的家。十几年过去，他们的日子过得好不好？一份调查报告这样写道：移民外迁后，居住环境极大改善，生产生活水平得到恢复和提高，逐渐融入当地社会，对未来充满信心，基本实现了"搬得出、稳得住、能发展、可致富"的发展目标。

镜头四：超级工厂

因为有了南水滋润，河南郑州航空港急速生长着。也因为有了水，比亚迪超级工厂，在一年内矗立起了万亩的厂区，5万人在这座超级工厂工作，不到1分钟，就生产一辆新能源汽车。"2021年9月选择在这里落户，水资源保障正是考量的重要一方面。"比亚迪郑州工厂相关负责人介绍，2022年工厂用水量200万吨，2023年攀升至410万吨，随着产能扩张，今年还将继续增加。

南水北调，缓解北"渴"。长河泱泱，利泽万方。"南水北调东中线工程促进了南方地区的水资源优势转化为北方地区的经济优势，助力受水区经济结构优化调整，畅通了南北经济循环。"水利部南水北调司副司长袁其田说。

镜头五：百泉复涌

环邢皆泉也！太行山下的河北邢台曾有"泉城"的美誉。泉水主要来源于地下水。由于超采，自20世纪80年代起，邢台的泉水逐渐断流。

如今，"水涌百穴，甘露争溢"胜景再现。用心的邢台人，修亭子、盖公园，把一口口泉眼小心地保护起来。邻近的七里河，如今已是"流动的河"，再不是当初干沙床子的模样。

这一切，南水北调功莫大焉。越来越多的南水代替地下水，水源置换，还水于河湖。生态补水，助力生态修复，华北地区干涸的洼、淀、河、渠、湿地重现生机。

镜头六：桃花水母

一滴南水，要跋涉15天，走中原，穿黄河，依太行，终于到达目的地——首都北京。此后，南水兵分两路，一路自南向北，沿西四环暗涵到达位于海淀区的团城湖明渠；另一路通向南干渠工程和东干渠工程，覆盖北京城区南部与东部地区。10年来，超106亿立方米南水奔涌入京。

奔流上千公里，入京南水水质怎么样？桃花水母告诉你：今年8月，亦庄、黄松峪水库、怀柔水库发现桃花水母。桃花水母对水质、水生态环境要求极度严苛，出现桃花水母，是北京水质和生态环境持续向好的佐证。也几乎同时，丹江口水库数次出现桃花水母的身影。

—泓清水永续北上——

"水好了，甜！南水北调改变了我们的生活。"这是工程沿线许多人的心声。

（吴晓杰 《光明日报》 2024年12月12日）

水利部：南水北调后续工程规划建设重点抓好五方面工作

国务院新闻办12日举行新闻发布会，介绍南水北调东中线一期工程全面通水十周年有关情况。水利部规划计划司司长张祥伟在会上介绍南水北调后续工程规划建设的进展情况，以及下一阶段的考虑。

张祥伟表示，南水北调东中线一期工程全面通水十年来，发挥了巨大的效益。近年来，按照党中央、国务院的决策部署和《国家水网建设规划纲要》的总体安排，水利部会同有关部门、地方和南水北调集团，全力推进后续工程的规划建设。

张祥伟介绍，在建设方面，2022年7月，南水北调后续工程高质量发展的首个重大项目——中线引江补汉工程开工建设，这个工程全长195公里，采用隧洞输水，连通三峡水库和丹江口水库，这两个是我国重要的战略水资源水库，建成之后，将中线的年调水量从95亿立方米提升到115亿立方米，工程地质条件复杂，施工难度大。两年多来，南水北调集团联合国内技术力量强的设计、施工单位、装备制造企业和高校、科研院所，加强智能掘进设备研制、超前地质预报、深埋隧洞灌浆等关键技术攻关，着力解决施工中的技术难题，提升工程建设的科技水平，保障工程建设质量和生产安全。截至目前，引江补汉工程主隧洞掘进已超过3.3公里，沿线21条支洞掘进总计超13.9公里，累计完成工程投资65.4亿元。在规划和前期工作方面，这几年正在深入推进东线后续工程的前期工作，以及西线工程的论证，以及南水北调工程总体规划的修编工作。

下一步，重点抓好五方面的工作：一是做好东中线一期工程的竣工验收。二是继续高质量推进引江补汉工程建设，确保工程质量、安全和进度。三是针对中线沿线交叉河道较多的情况，全力推进中线沿线防洪安全保障工程建设，确保中线工程的安全。四是加快构建数字孪生南水北调工程，提升工程调配运管的数字化、网络化、智能化水平，科学精准调度和管理工程。五是准确把握东线、中线、西线三条线路的各自特点，坚持遵循规律，研判和把握水资源长远供求趋势、区域分布、结构特征，处理好开源和节流、存量和增量、时间和空间的关系，进一步完善南水北调工程规划，优化战略安排，持续深化后续重大工程的前期论证工作，加快形成国家水网的主骨架和大动脉。

（中国新闻网　2024年12月12日）

全面通水10周年！南水北调工程累计调水超767亿立方米

南水北调东中线一期工程12月12日迎来全面通水10周年。10年来，工程累计调水超过767亿立方米，惠及45座大中城市，受益人口超过1.85亿。

水利部副部长王道席当日在国务院新闻办举行的新闻发布会上说，作为国家水网的主骨架和大动脉，南水北调工程从战略上、全局上优化了我国水资源配置格局，有力改善了北方地区特别是黄淮海地区水资源条件和水资源承载能力。

"通水以来，工程年调水量从20多亿立方米持续攀升至100亿立方米。南水北调已成为北京、天津等北方许多城市的供水生命线，北京城区供水近八成是南水，天津主城区和雄安新建城区供水全部是南水；东线工程在齐鲁大地上形成了T字形的供水'大动脉'。"王道席说。

随着南水北调东中线一期工程供水区域不断延伸，受水区配套工程不断完善，受益范围由大中城市向农村拓展。在河北，黑龙港流域500多万人因南水到来，告别了祖祖辈辈喝高氟水、苦咸水的历史。

10年来，南水北调东线一期工程水质持续稳定达到地表水Ⅲ类、中线一期工程保持在Ⅱ类及以上。通过水源置换和河湖生态补水等措施，华北地区地下水水位总体回升，永定河等众多河湖重现生机。

根据《南水北调工程总体规划》，南水北调工程分东、中、西三条线路，分别从长江下、中、上游向北方地区调水，连通长江、淮河、黄河、海河，构成我国"四横三纵、南北调配、东西互济"的水资源配置格局。

王道席说，目前，《南水北调工程总体规划》修编取得积极进展，中线引江补汉工程已进入全面实施阶段，正积极推进南水北调后续工程前期工作，做好东中线一期工程竣工验收准备工作。

中国南水北调集团有限公司副总经理黄爱国表示，南水北调工程是重大战略性基础设施。南水北调集团和沿线工程运行管护单位加强工程运行管理和维护，不断健全完善安全管理体系，提升工程运行管护能力和水平，确保工程安全、供水安全、水质安全，确保"一泓清水永续北上"。

（刘诗平　新华社　2024年12月12日）

寻访汉江源，遇见南水北调中线工程"第一滴水"

冬日山间的凉风，吹拂过深邃的秦巴山谷，汉江水滚滚流淌。

发源于陕西省汉中市的汉江，又名汉水，是长江的最大支流，历史上与长江、淮河、黄河并称为"江淮河汉"。

2014年12月，南水北调中线工程通水。汉江及其支流被赋予新的历史使命，成为南水北调中线工程的主要水源汇集区和供给地。

坐落在汉中市宁强县的汉水源村，是汉江的源头所在地，南水北调中线工程的"第一滴水"就从这里流出。

迎着山间的薄雾，记者驱车沿公路盘山而上，来到掩映在青山绿水间的汉水源村。

"我们村可是块宝地。汉江源头的水，从这里淌出。"谈起水，汉水源村党支部书记王光俊的眼神流露着自信和骄傲，用他的话讲，"守护好这片清水很不容易，全村人实打实下了功夫。"

为了保护汉江水质，汉水源村2010年开始禁伐禁牧、关停养殖场、改造旱厕、禁止污染企业落户，持续实施退耕还林……

如何守绿生金，成为汉水源村的一道难题。近年来，汉水源村流转上千亩土地，种植茶叶和中药材，发展生态产业。村民邓启严去年通过种植银杏、淫羊藿等药材以及茶叶，家里6亩地一年下来获得3万多元收入。

不仅如此，一些村民在政府支持下将自家房子改成民宿，发展乡村旅游。如今，汉水源村的颜值更加秀美，家家户户门前都通了硬化路，一座座有着浓郁陕南风情的民居在山间拔地而起，乡村旅游蒸蒸日上，已有10多家民宿开门营业。

"一下子转变生活方式确实很难，但现在回过头来看，我们走出了一条新路，也享受了生态红利。很多外地人大老远专程来这里体验'世外桃源'，有的游客在村里一住就是两三个月。"邓启严说。

看准乡村旅游的前景，今年初，邓启严花了10多万元把家里的小院改造成民宿，起名"栖迟小院"。小院正好位于游览汉江源头的景观步道旁，爬山归来的游客在此歇脚，一边喝茶一边赏景，好不惬意。

"汉江源头这块金字招牌加上优质的生态环境，现如今成了村子打造生态旅游的'流量密码'。"在邓启严的指引下，记者踏上步道，拾级而上，寻访汉江源。

步道长约2公里，沿途只见蜿蜒曲折的溪水顺着山势，从山崖倾泻而下，汇为平静的潭水，形成"三瀑""三潭"的奇观。越往深处走，葳蕤的树林越显曲径通幽之感，恰似一幅水墨画卷。

爬山途中，记者碰见下山而来的村民王显忠。老人精神矍铄，是一名巡河员，主要负责河段垃圾清理、水源保护等工作。"我们村有12名巡河员、护林员，两人一组每天轮流巡河打扫卫生。"王显忠说，"捡了一上午垃圾，也没捡到多少，村民、游客的环保意识越来越强了。"

守护汉江水的行动持续开展。2017年，汉中市全面推行河长制，2500余名河湖长牵手众多志愿者、巡河员，筑起了一道守护汉江的绿色长城；累计

寻访汉江源途中遇见的潭水、瀑布（新华社记者 王泽昊 摄）

投入数亿元，以柔性治水方式系统治理汉江源头，新建堤防、治理河道、绿化河岸等，守护河湖安澜。数据显示，南水北调中线工程通水10年来，汉江出陕西省断面水质始终稳定在地表水水质Ⅱ类及以上。

11月29日在陕西省汉中市宁强县拍摄的汉江源
（新华社记者 王泽昊 摄）

"前面就是汉江的源头了。"顺着随行人员的声音，记者看到，镌刻在崖壁上的"汉江源"三个大字格外醒目。

　　崖壁一侧挂着一股澄澈的小瀑布。一泓清水如玉带般泻下，在崖壁前聚成一汪潭水。微风吹皱如镜的潭面，潺潺之水奔向远方，翻越崇山峻岭，流入京津等地千家万户。

　　"思路一变天地宽，守护好了汉江源头，就守住了金山银山。"王光俊告诉记者，汉水源村村民的人均年收入已从6年前的7632元增长到目前的19000多元。

　　太阳升起，山谷间云雾散去，空气格外清新，潭面波光粼粼。扎根在这里的人们，为了一泓清水永续北上，坚守着大山深处的使命。

（张京品　王泽昊　新华社　2024年12月12日）

全面通水10周年！南水北调工程塑造我国水资源分配新格局

　　东线泵站提水，中线巨槽输水。总长2899公里的南水北调东中线一期工程，犹如两条巨龙，跨越长江、淮河、黄河、海河四大流域，穿过京、津、冀、豫、苏、鲁、皖7个省（直辖市），将南水送达北方。

　　南水北调是国之大事、世纪工程、民心工程。习近平总书记多次深入南水北调工程现场实地考察，亲自主持召开推进南水北调后续工程高质量发展座谈会并发表重要讲话，在关键节点多次作出重要指示批示，强调"南水北调工程事关战略全局、事关长远发展、事关人民福祉。""南水北调工程是重大战略性基础设施，功在当代，利在千秋。"

　　12月12日，南水北调东中线一期工程迎来全面通水10周年。10年来，这个世界最大的调水工程，正在成为优化水资源配置、保障群众饮水安全、复苏河湖生态环境、畅通南北经济循环的生命线。

优化水资源配置：调水超767亿立方米

　　冬日，鄂西群山深处，一片繁忙。

南水北调后续工程首个开工项目——引江补汉工程21个工作面正在加紧施工，首台硬岩掘进机"江汉先锋号"投入掘进。工程建成后，南水北调中线水源将更有保障。

夏汛冬枯、北缺南丰，是我国基本水情。为缓解我国北方水资源严重短缺状况，早在20世纪50年代，南水北调工程就被提上日程。

位于京冀交界处的南水北调中线工程总干渠（2024年11月14日摄，无人机照片）（新华社记者 陈钟昊 摄）

2002年12月，经过半个世纪研究和论证，国务院批复《南水北调工程总体规划》并动工实施。

根据规划，南水北调工程分东、中、西三条线路，分别从长江下、中、上游向北方地区调水，连通长江、淮河、黄河、海河，构成我国"四横三纵、南北调配、东西互济"的水资源配置格局。

经过数十万建设者10余载奋战，南水北调东中线一期工程于2014年12月全面通水。东线从扬州出发，13级泵站提升长江水，北至鲁北，东抵胶东半岛。中线从丹江口水库引水，全程自流流经豫冀京津。

"以南水北调东中线一期工程为主骨架和大动脉，每年数十亿立方米水资源从南方调往北方，助力我国水资源配置格局实现全局性优化，水资源分配与经济社会发展的适配性更强。"水利部南水北调工程管理司司长李勇说。

一渠清水向北流。统计显示，10年来，南水北调东中线一期工程累计调水超过767亿立方米。受水区内一座座水厂、一条条管网与南水北调干线交织，广大城乡直接受益。

丹江口大坝（2024年11月30日摄，无人机照片）
（新华社记者　伍志尊　摄）

北京形成南水、密云水库水、地下水三水联调格局；天津实现引江、引滦双水源保障；中线与河北省内4条大型输水干渠构建"一纵四横"供水网络体系；东线与山东本地水共同构建起山东"T"字形骨干水网……南水北调东中线一期工程深刻改变了我国北方地区的供水格局，从战略上、全局上优化了我国水资源配置格局。

保障群众饮水安全：受益人口超1.85亿

拧开水龙头，看着清洌的自来水汩汩流出，河北沧州泊头市洼里王镇前八尺高村党支部书记冯如祥感慨万分："以前，我们这儿水的味道发苦、发涩，如今大家再也不用为难吃的水发愁了。"

历史上，前八尺高村的地下水含氟量高、又苦又咸。2020年底，前八尺高村家家户户喝上了南水，水质指标与大城市持平。

前八尺高村村民饮水的变迁，是河北黑龙港流域乡村饮水条件改善的缩影。南水北调中线一期工程通水，让黑龙港流域500多万人告别了祖祖辈辈饮用高氟水、苦咸水的历史。

奔流不息的南水，不时成为沿线受水区城乡居民的"救急水"。

湖北丹江口市清漂队队长杨力（左）和清漂队队员在丹江口水库进行清漂作业（2024年10月28日摄）(新华社记者 伍志尊 摄)

2017年、2018年山东大旱期间，东线成为确保青岛、烟台等城市供水安全的主力军；2023年，中线实施大流量输水，缓解北方地区夏季持续高温干旱不利局面，保障工程沿线生产、生活和生态用水需求。

奔流不息的南水，流进城市乡村，流进千家万户，让更多受水区的人们从"有水喝"转变为"喝好水"。

在丹江口库区河南淅川县鹳河流域城区段，南阳市生态环境局淅川分局工作人员记录采样水质情况（2024年11月28日摄）

（新华社记者 郝源 摄）

"10年前，烧水壶底有一层厚厚的水垢。现在用上了南水，壶底水垢少了，泡的茶更好喝了。"谈起饮用水变化，北京市丰台区居民李先生深有感触。

丰台区郭公庄水厂技术人员告诉记者，南水进京后，自来水硬度由以前每升300毫克降至每升120至130毫克，自来水的水质变得更好了。

目前，北京主城区近80%、天津主城区供水全部为南水，河南省14个省辖市、河北省10个省辖市通了南水。

南水北调东中线一期工程供水区域不断延伸，受水区配套工程不断完善，受益范围正由大中城市向农村拓展，受益人口超过1.85亿。

修复河湖生态环境：永定河等大批河湖重现生机

清晨，丹江口水库湖面如镜。库区一角，丹江口市新港经济开发管理处新港社区63岁居民蒋德新，开着机械化清漂船清理着漂浮在水面上的枯枝败叶。

作为南水北调中线工程水源地，丹江口库区水质常年保持在Ⅱ类及以上标准。

河北省石家庄市滹沱河沿岸景色（2024年11月4日摄，无人机照片）（新华社记者 牟宇 摄）

10年来，伴随着南水北调东中线一期工程建设，北方地区长期被城市生产生活挤占的生态用水、农业用水得到有效退还，带动了沿线治污、河道整治、生态修复等工作。

在中线，通过汛期洪水资源化利用，助力北方地区50多条河流生态复苏。永定河、潮白河、滹沱河等一大批断流多年的河流恢复全线通水，再现流动之美。世界上最大、最深的"漏斗区"华北地区地下水位实现总体回升。"华北明珠"白洋淀淀区面积扩大到近300平方公里，再现"荷塘苇海、鸟类天堂"胜景。

这是南四湖（微山湖、昭阳湖、独山湖和南阳湖）之一的山东济宁市微山湖二级坝湿地公园景色（2024年8月13日摄，无人机照片）
（新华社记者 郭绪雷 摄）

在东线，江苏、山东大力推进工程沿线水污染治理和河湖生态修复，多条干支线河道成为秀美的城市景观。曾经的"酱油湖"南四湖跻身全国水质优良湖泊行列。

中国南水北调集团相关负责人表示，东线工程实施了426个治污项目，目前东线水质稳定达到地表水Ⅲ类标准；中线工程建立健全水质监测体系，沿线设有13个水质监测站，目前中线水质稳定达到或优于地表水Ⅱ类标准。

畅通南北经济循环：全面支撑高质量发展

治水安邦，兴水利民。

10年来，南水北调东中线一期工程为畅通南北经济循环发挥重要作用，如今，更为构建全国统一大市场和形成畅通的国内大循环提供有力支撑。

游客在河北雄安新区白洋淀内游览（2024年5月8日摄，无人机照片）（新华社记者 牟宇 摄）

南水北上，浇灌出沿线粮食的丰收——

2020年春，苏北1000多万亩稻田因干旱插不上秧，江苏省统筹南水北调东线一期工程和江水北调工程联合应急调水抗旱，保证了水稻丰产。

2024年春夏之交，南水北调东中线一期工程调引抗旱应急水量，缓解了河南、河北、山东、江苏、安徽等地出现的旱情。

南水北调东中线一期工程提高了黄淮海平原50个区县共计4500多万亩农田灌溉保证率，农作物生产效益大大提高。

南水北上，促进了工业的提质增效——

"早年，企业生产全靠抽取地下水。现在，南水是企业发展的命脉。"河北邯郸市永洋特钢动力厂厂长江彦军说，当地地下水硬度高，是南水的5至6

游船在河北沧州市区境内的京杭大运河上行驶（2024年5月16日摄，无人机照片）（新华社记者 牟宇 摄）

倍，对设备换热效率影响较大，南水的钙镁离子含量低，对提高特钢产品质量起到重要作用。

10年前，在南水北调工程治污倒逼机制下，东线山东段高污染的草浆造纸企业减少了65%。如今，更加环保的新技术让当地纸产量达到原来的3.5倍，利税是原来的4倍。

位于江苏省扬州市江都区的南水北调东线一期工程运盐闸、邵仙套闸、邵仙闸洞（2024年3月19日摄，无人机照片）（新华社发 任飞 摄）

南水北上，提升了航运的便利性——

南水北调东线显著改善了京杭大运河的航运条件，大运河山东济宁段内河航运通江达海，大运河江苏段货运量明显提升。

"南北经济循环有效畅通，南水北调工程将南方地区的水资源优势转化为北方地区的经济优势，促进了受水区经济结构优化调整，有力支撑了国家重大战略实施。"李勇说，按照2023年万元GDP用水46.9立方米计算，工程累计超过767亿立方米的调水量相当于支撑了北方地区超过16万亿元GDP的增长。

在位于京杭大运河上的山东省济宁港航龙拱港，货船在装运集装箱
（2024年8月3日摄，无人机照片）（新华社记者 郭绪雷 摄）

民生为上，治水为要。

新时代新征程，作为国家水网的主骨架和大动脉，南水北调正在科学推进东中线一期工程运行管护和后续工程规划建设，完善南水北调工程总体布局，确保"一泓清水永续北上"，为中国式现代化建设提供坚实有力的水资源支撑和水安全保障。

（刘诗平 李思远 田中全 新华社 2024年12月12日）

南水北调工程生态效益日益显著

南水北调东中线一期工程全面通水十年来，华北地区地下水位持续回升、湖泊河流生态环境改善、人居景观提升，生态效益日益显现。

冬日的"华北之肾"白洋淀，水面还未完全封冻。舟行水上，枯黄的芦苇分出一条条纵横交错的水道，水鸟不时从中惊飞，掠过天空又消失在远处。

"潜水的是骨顶鸡，飞着的是白鹭。"从河北安新县赵北口镇李庄子村出发，船工李小卯一边指着，一边绘声绘色地讲起白洋淀近年的变化：从水面一度不足200平方公里，到如今扩大到近300平方公里，重新成为鸟类天堂，白洋淀可谓是经历了惊险的一跃。

河北雄安新区白洋淀内的村庄（新华社记者　牟宇　摄）

为了适应人口增长和经济快速发展，华北地区长期大规模超采地下水，形成了全世界最大的地下水漏斗区。一时间"有河皆干、有水皆污"，水资源衰减、湿地干涸、水污染和生物多样性减少等一系列生态环境问题涌现。

转变得益于南水北调工程。

水利部副部长王道席介绍，南水北调东中线一期工程全面通水以来，生态效益日益显著。通过水源置换、生态补水，有效保障沿线河湖生态用水，累计向北方地区 50 多条河流生态补水 118 亿立方米。

通过南水置换当地生产生活主要用水，华北地区地下水超采局面得到缓解，总体达到采补平衡，地下水水位持续多年下降后实现连续回升，部分地区地下水漏斗正在消失。

数据显示，与 2018 年相比，京津冀治理区浅层地下水回升和稳定面积占比达 92%，水位平均回升 2.25 米；深层承压水回升和稳定面积占比达 97%，水位平均回升 6.72 米。

华北地区多地"枯萎"的泉水再次喷涌，是地下水位回升的直观证据之一。北京市 81 处泉眼干涸多年后实现复涌，济南"泉城"再现四季泉水喷涌景象，20 世纪 80 年代断流的河北邢台百泉持续复涌，形成水域面积 790 亩……

同时，南水到来后，有条件腾出更多水资源为河流湖泊进行生态补水，带动了沿线治污、河道整治、生态修复等一系列工作，华北地区干涸的洼、淀、河、渠、湿地重现生机。

河北省石家庄市滹沱河沿岸景色（新华社记者　牟宇　摄）

近 10 年海河流域河湖生态环境复苏成效评估结果显示，海河流域河湖正加快复苏，河流断流现象全面好转，湖泊水域面积稳定恢复，地下水超采治理成效明显，流域重现生机。

在山东省曾经的"酱油湖"南四湖及其支流白马河中，绝迹多年的小银鱼、毛刀鱼和被称为"水中大熊猫"的桃花水母再现，国家一级保护鸟类、全球极危物种青头潜鸭也频频"露面"。

守护着河北正定古城的滹沱河一度断流 40 多年，2 公里宽的河床没有水，只有狂风大作时漫天昏黄的沙尘。如今滹沱河全域复流，夕阳照着宽阔的河面，映着成片的芦苇，重现文天祥笔下"横流数仞绝滹沱"的景象。

不只是滹沱河，1996 年断流的北京母亲河永定河首次实现全年全线流动，天津市区海河水位升高、水质改善，"干渴"的京杭大运河实现全线水流贯通。华北地区的白河、淇河、安阳河、滏阳河、七里河等 50 多条河流实现生态复苏。

南水北调通水以来，初步形成了河畅、水清、岸绿、景美的靓丽风景线，营造了优美的人居景观。

河南省焦作市区南水北调干渠及两岸风景（新华社记者　伍志尊　摄）

碧空如洗，从高处俯瞰，南水北调中线干渠像一条蓝色丝带贯穿河南焦作这座百年煤城。焦作火车站就在干渠不远处，以前附近是环境脏乱差的棚户区，如今干渠两旁新建了"天河公园"，沿岸10公里长的绿道分布着300多种树木，前来散步、跑步的市民络绎不绝。邢台名泉黑龙潭复涌后，一串串水泡从5米多深的水底汩汩涌出，形成百亩大小的水面，吸引游客纷纷前来打卡。

十年来，一渠清水缓缓北上，润泽北方大地，生态效益日益显现。

（李鹏翔　李思远　张阳　新华网　2024年12月12日）

南水北调东中线10年调水超765亿立方米、惠及1.85亿人

"南水"十载润北方

习近平总书记强调："南水北调工程是重大战略性基础设施，功在当代，利在千秋""要审时度势、科学布局，准确把握东线、中线、西线三条线路的各自特点，加强顶层设计，优化战略安排，统筹指导和推进后续工程建设"。

2014年12月12日，南水北调东中线一期工程全面通水。10年来，护工程、延管网、保水质，工程累计调水超765亿立方米，综合效益充分释放，成为造福亿万群众的世纪工程和民心工程。

从南水北调看国家水网

初步构筑起"四横三纵、南北调配、东西互济"水网总体格局

习近平总书记指出："水网建设起来，会是中华民族在治水历程中又一个世纪画卷，会载入千秋史册。"

一道水资源不等式，折射"夏汛冬枯、北缺南丰"的基本水情。黄淮海流域的水资源总量仅占全国的7.2%，水资源与人口、经济、耕地等资源和经济布局极不匹配。

"南方水多，北方水少，如有可能，借点水来也是可以的。"70多年前，毛泽东同志提出宏伟构想。一代代人接续奋斗，50多种规划方案比对，6000人次专家集思广益；数十万建设者十多载攻坚，挖填土石方25.5亿立方米，研发63项新材料新工艺、110项国家专利……浪漫畅想成为神州大地上的大国奇迹。

一张水网铺展沃野，汩汩清水润泽万家。越天堑、跨江河、过铁路，南水北调东中线沟通长江、淮河、黄河、海河，翻越群山，襟江带湖，纵横干渠与蜿蜒水系，畅通大动脉，筑牢主骨架，织密国家水网。

10年调水超765亿立方米，见证一张安全水网。

"'南水'泡茶，汤色浓、滋味好。"家住河南平顶山市鲁山县后营社区的樊雪说起喝水的变化，过去井要打到几百米才能见水，遇上天旱，定时供水，大家要排队打水。

平顶山是喝上第一口"南水"的城市。2014年夏旱，居民"大水缸"白龟山水库见底，百万群众用水告急，尚未正式通水的南水北调中线应急调水，长江水400里驰援。一渠水与一座城，紧紧相连，南水北调中线已累计向平顶山市生活供水7.14亿立方米。

10年来，从应急调水到常规调水，从补充性水源到重要水源……以干渠为脉，纵横延展的引水线，揽入越来越多的城乡，1.85亿人喝上"南水"，夯实供水安全。

3000多个日夜安全稳定运行，见证一张韧性水网。

正值冬日，天寒地冻。拦冰索、排冰闸、融冰设备……依次排开。"时刻监测气温和流量，一旦遇到结冰，立即启动预案。"对中国南水北调集团中线有限公司北京分公司总经理槐先锋来说，冰期亦大考。

人防加技防，护"南水"长流。南水北调中线经受多次极端寒潮天气。在中线，完善冰期输水调度方案，布设除冰设备，建立抢险队伍。在东线，精准施策，紧盯胶东、鲁北干线，滚动分析研判。

数字孪生技术迭代升级，见证一张现代水网。

1.26万个视频摄像头、13座水质监测自动站……源源不断汇集数据，在南水北调中线总调度中心，工况一目了然。"点击鼠标，远程调控，中线570余孔闸门精准配合，确保按量供水。"中国南水北调集团中线有限公司总调度中心副主任李景刚介绍。

在中线，深化人工智能、大数据、北斗等新技术集成应用，数字孪生南水北调中线由 1.0 升级迭代为 2.0。在东线，大型泵站水泵声纹人工智能监测系统示范应用。南水北调东中线初步构建起具有预报、预警、预演、预案"四预"功能的数字孪生南水北调工程体系。

从南水北调看民生为上
成为 40 多座大中城市重要水源

习近平总书记指出："民生为上、治水为要""南水北调，我很关心。这是国之大事、世纪工程、民心工程"。

一渠清水源源北上，写就一份沉甸甸的民生答卷。南水北调东中线工程优化水资源配置，复苏河湖生态环境，有效促进了水资源与人口资源环境相均衡，为千家万户送来了"优质水"，成为 40 多座大中城市重要水源。

引来"放心水"，群众饮水安全有保障。

一口井，有民生之盼，见证饮水之变。

河南范县甜水井村，过去喝的是苦井水。"井越挖越深，味道却越来越苦。"村民苗静静回忆。南水北调中线一期工程配套工程从范县穿过，引管道、建水厂，甜水井村接上大水网。"井里存的是甘甜'南水'，装的智能水表，自动放水、手机缴费，吃水不愁。"苗静静感慨。

优质"南水"远道而来，城乡共饮一渠水。"南水"占北京城区供水近 80%，天津市主城区供水全部为"南水"，河南 10 多个地市用上"南水"，河北黑龙港流域 500 多万人告别高氟水、苦咸水，东线引一泓清水入鲁 71.40 亿立方米。南水北调东中线受惠范围延伸至河南、河北、北京、天津、江苏、安徽、山东 7 省（直辖市）。

引来"生态水"，河湖生态环境逐步复苏。

在河北邢台，七里河波光粼粼，泉群复涌。"就拿这眼华庄泉来说，南水北调工程充分利用汛期雨洪资源，相机补水，枯涸泉眼又活了。"河北省邢台市水务局副局长王平说。

重庆市城口县是南水北调中线水源区之一，任河蜿蜒汇入汉江。"2023年，全县 316 名河长巡河上万次，发现整治问题 122 个。"城口县河长办公室负责人介绍。

良好生态环境是最公平的公共产品,是最普惠的民生福祉。海河流域河湖正加快复苏,湖泊水域面积稳定恢复。华北地区自20世纪70年代以来地下水水位逐年下降的趋势得到根本扭转。

为护送一渠清水,绿色发展理念落地生根。山东济宁累计培育市级绿色工厂106家,江苏宿迁大力发展光伏新能源等产业集群,河南焦作探索资源型城市绿色转型。截至目前,南水北调中线水质稳定达Ⅱ类及以上、东线水质稳定达Ⅲ类。

引来"发展水",沿线经济社会发展迈向高质量。

"'南水'入城,企业吃下'定心丸'。"河北德龙钢铁有限公司设备工程部水资源科科长王维科介绍,"炼钢'一水三用',污水处理系统层层处理,好水用在刀刃上,每年可节水350万立方米。"

先节水后调水,用水方式倒逼发展方式之变。河北深入推进绿色制造体系建设,天津对用水量有超额迹象的用水户提前预警。沿线地区以水定城、以水定地、以水定人、以水定产,改造提升传统产业,培育壮大新兴产业,布局建设未来产业,加快经济社会发展全面绿色转型。

水利部南水北调司副司长、一级巡视员袁其田介绍,水是经济社会发展的基础性、先导性、控制性要素,南水北调工程优化水资源配置,提高经济社会发展布局与水资源条件的适配性,实现经济效益、社会效益、生态效益最大化。

从南水北调看协调发展
畅通南北经济循环,助力乡村全面振兴、区域协调发展

习近平总书记指出:"进入新发展阶段、贯彻新发展理念、构建新发展格局,形成全国统一大市场和畅通的国内大循环,促进南北方协调发展,需要水资源的有力支撑。"

水资源格局连着发展格局。盈盈一水通南北,水流带动物流、人流、信息流互通有无,释放北方潜在优势资源要素生产能力,助力乡村全面振兴、区域协调发展,为经济社会高质量发展注入源源动力。

畅通南北经济循环。

汽笛声中,货船驶离山东济宁龙拱港,顺着大运河,经徐州、宿迁,入

长江。常年跑船的"船三代"杨永军感叹：一寸水深一寸金，水深好走船，载重从过去不到100吨增加到2000吨。

南水北调东线调水，抬高水位，京杭大运河北端的梁济运河提升至二级航道标准，京杭大运河全年通航里程877公里，2000吨级运输船从梁山港直达长江。

南与北，"手"越牵越紧。南水北调工程以水资源要素激活北方地区优势资源和经济发展潜力，推动优势互补、发展共赢，促进南北方协调发展。

推动城乡、区域协调发展。

从老家河南淅川县黄桥村迁入许昌市襄城县移民新村，黄建伟拾起老手艺，做起卤肉。"村子铺了沥青路，建了小广场，发展温室大棚等集体经济，生活好多了。"

吃水不忘挖井人，40多万移民告别故土。一条调水线也是一条"合作线"。南水北调中线受水区北京市与水源区河南省持续推进京豫对口协作，2014年以来共实施550余个对口协作项目，使用北京市对口协作资金25亿元。

南水北调东中线是促进区域协调发展的动力引擎。源源"南水"为京津冀协同发展、雄安新区建设、黄河流域生态保护和高质量发展等国家重大战略实施提供了强有力的水资源支撑和水安全保障。

全力推动南水北调后续工程高质量发展，是新征程上的光荣使命。

12月2日，南水北调中线引江补汉工程首台硬岩掘进机"江汉先锋号"始发，隧洞掘进和管片拼装同步进行，每月平均掘进225米。工程将连通三峡水库和丹江口水库，中线水源更有保障。

着眼大局，立足长远，统筹推进后续工程规划建设。水利部规划计划司有关负责人介绍，当前，东线后续工程、西线工程前期工作正抓紧推进，中线引江补汉工程进展顺利。接下来，将加快推进中线总干渠挖潜扩能研究和沿线调蓄工程规划建设，加快构建国家水网主骨架和大动脉。

（王浩 《人民日报》 2024年12月12日）

中央媒体报道 NEWS

南水北调东中线一期工程全面通水十周年，
累计调水超七百六十五亿立方米

事关战略全局、长远发展和人民福祉

南水北调东中线大事记

2024年3月18日
南水北调东中线累计调水突破
700亿立方米

2022年8月25日
南水北调东中线一期工程
155个
设计单元工程全部通过完工验收

2022年7月7日
南水北调后续工程首个项目
引江补汉工程开工建设

2021年10月10日
南水北调中线水源地丹江口水库
首次实现**170米**满蓄

2019年12月12日
南水北调东中线全面通水5年
调水近**300**立方米

2017年10月3日
南水北调中线供水达
100亿立方米

2014年12月12日
南水北调东中线全面通水

2002年12月27日
南水北调工程正式开工

2002年12月23日
《南水北调总体规划》正式批复

南水北调东中线工程效益

优化水资源配置
东中线一期工程总投资
3082亿元

10年来工程累计调水
超**765亿立方米**

保障群众饮水安全
40多座大中城市
1.85亿人喝上"南水"

河北黑龙港流域**500**多万人告别长期饮用高氟水、苦咸水

复苏河湖生态环境
中线水质稳定达Ⅱ类及以上
东线水质稳定达Ⅲ类

华北地区自20世纪70年代以来地下水水位逐年下降趋势得到根本扭转

助力沿线**50**多条河流生态复苏

畅通南北经济循环
京杭大运河全年通航里程
877公里
2000吨级运输船从梁山港直达长江

·145·

习近平总书记强调，"南水北调工程事关战略全局、长远发展和人民福祉""继续科学推进实施调水工程，要在全面加强节水、强化水资源刚性约束的前提下，统筹加强需求和供给管理"。

2024年12月12日，南水北调东中线一期工程全面通水10周年。南水北调东线以江苏扬州为起点，牵引长江水翻越十几层楼高度，润泽苏鲁皖；南水北调中线从陶岔渠首北上，依太行、穿黄河，为豫冀京津送来优质水。两条调水线，以渠为脉，联网织网，沟通长江、淮河、黄河、海河四大流域，我国"四横三纵、南北调配、东西互济"的水网总体格局初步构筑。

从调水线与江湖交汇处，看大国工程的科技含量。

看中线，干渠北上，在河南平顶山遇到沙河，渡槽飞架在上，"南水"从9米高的渡槽里流过，沙河渡槽创造众多世界第一；在河南荥阳，遇到奔涌向东的黄河，"南水"通过隧洞，从黄河地下23米至32米处穿过，穿黄工程成为中线"咽喉"；在河北石家庄，遇上滹沱河，"U"形倒虹吸工程让渠从河下过。中线工程越过700多条河道、1300多条道路，近60次横穿铁路。

看东线，向北地势逐级抬升，由江都水利枢纽组成的泵站群，抽引长江水入骆马湖，江苏解台站和山东万年闸泵站相互配合，提"南水"从骆马湖注入南四湖。全线13级大型泵站组成世界最大泵站群，让水往高处流。

东中线工程破解新老混凝土结合等世界级技术难题，调水线是条攻坚克难、自主创新的"科技线"。

从调水线与江河交汇处，看大国工程的民生温度。

在中线，"南水"从沙河渡槽调水入白龟山水库，平顶山的"大水缸"更丰盈。穿漳工程引"南水"过漳河，为河北邢台、邯郸等地送来"优质水"。"南水"穿过北拒马河，经惠南庄泵站加压提水入北京。在东线，"南水"经过高邮湖、洪泽湖、骆马湖、南四湖，泵站逐级提水，北至天津，东抵胶东半岛。

10年来，工程累计调水超765亿立方米，40多座大中城市受益，1.85亿人喝上"南水"。天津1300多万人受益，北京年人均水资源量由100立方米提高到150立方米左右，河南郑州中心城区供水90%为南水北调水，河北黑龙港流域500多万人告别长期饮用高氟水、苦咸水的历史，喝上放心水、优质水。

从调水线与江河交汇处，看大国工程的绿色底色。

护水守水，一泓清水永续北上。南水北调中线水质稳定达Ⅱ类及以上，东线水质稳定达Ⅲ类。置换水源，还水于河湖，生态在复苏。一座座枢纽利用雨洪资源相机补水，曾经干涸的河床再现波光粼粼。"南水"成为受水区生活用水重要水源，置换被挤压的生态用水。华北地区自20世纪70年代以来地下水水位逐年下降趋势得到根本扭转，初步实现地下水采补平衡，华北地区干涸的洼、淀、河、渠、湿地重现生机。

加快中线总干渠挖潜扩能研究，有序开展东线后续工程前期工作，推进西线一期工程前期工作和立项建设……南水北调后续工程高质量发展扎实推进，国家水网铺展沃野，经济、社会和生态效益将更充分释放。

（数据来源：水利部　中国南水北调集团有限公司）

（王浩　《人民日报》　2024年12月12日）

全面通水10周年，调水超765亿立方米，无数人默默坚守，
为工程安全、供水安全、水质安全筑起"钢铁长城"

守护南水北调"生命线"

12月12日是南水北调东中线一期工程全面通水10周年。10年来，工程累计向北方调水超765亿立方米，为沿线1.85亿人提供稳定优质水源。这背后离不开无数南水北调人默默坚守，为工程安全、供水安全、水质安全筑起"钢铁长城"。

南水北调工程是迄今为止世界上规模最大的调水工程。12月12日，南水北调东中线一期工程全面通水10周年。10年来，工程累计向北方调水超765亿立方米，为沿线7省市45座大中城市、1.85亿人提供稳定优质水源，成为优化水资源配置、保障群众饮水安全、复苏河湖生态环境、畅通南北经济循环的"生命线"工程。

千里奔流，润物无声。这10年，无数南水北调人默默坚守，为工程安全、供水安全、水质安全筑起了一道"钢铁长城"，将超级工程的"大写意"一笔一笔绘成了精耕细作的"工笔画"，画里有被润泽的一条条河流、一座座

城镇、一张张笑脸……

守护"水龙头"

南水北调中线陶岔管理处水质专员康静伟已经在这个岗位上干了 10 年。

陶岔渠首枢纽工程既是南水北调中线输水总干渠的引水渠首,也是丹江口水库副坝。南水北调中线一期工程建成后,该枢纽担负着重要输水任务,是向京津冀豫送水的"水龙头"。

自 2014 年 12 月 12 日南水北调中线一期工程正式通水以来,康静伟常年奔波在渠道上,从安全监测到水质监测,一路测量记录。

2014 年刚到陶岔管理处时,康静伟负责安全监测。2021 年国庆前夕,受连续强降雨影响,丹江口水库入库流量持续增加,陶岔大坝坝前水位持续升高。康静伟放弃休息,开展大坝安全监测内观仪器和外观变形测点加密观测,对钢筋计、渗压计、测缝计等上百支传感器逐一"出诊把脉",为工程安全运行提供数据支撑。经过两个多月的坚守,坝前水位开始逐渐降低,康静伟绷紧的神经才放松下来。

2023 年 7 月,康静伟开始从事水质检测工作。每天通过自动监测系统关注渠道水体 101 项指标的变化情况,实时掌握南水北调中线入渠水质情况。

据中国南水北调集团有限公司相关负责人介绍,中线工程建立健全水质监测体系,沿线设有 13 个水质监测站,涵盖 123 项水质监测指标,中线工程水质稳定达到或优于地表水 Ⅱ 类标准。东线工程共实施 426 个治污项目,水质稳定达到地表水 Ⅲ 类标准。

"我希望自己的工作能够'默默无闻',因为这意味着工程运行平稳,没有异常情况发生。"康静伟说。

时刻准备着

11 月 25 日 16 时,南水北调东线一期工程 2024 至 2025 年度全线调水工作正式启动。

"虽然调水时间是从今年 11 月到明年 5 月,但我们泵站职工全年待命,调水期间确保平稳运行,平时做好维护保养,还要应对防汛抗旱等任务,所以我们始终绷着一根弦，时刻准备着。"42岁的宝应泵站运行维护班班长陈娅对记者说。

宝应泵站是南水北调东线一期工程中先期建设的工程，与江都水利枢纽共同组成东线第一梯级抽江泵站，承担区域调水、排涝、抗旱等重要任务。

陈娅在宝应泵站工作18年了。多年的一线工作将陈娅练成了"多面手"。日常检查、开机前设备调试准备、各类设备检养、各类档案归档、水利部标准化达标创建、泵站10S管理、水闸10S管理……她默默耕耘，扎实细致地做好每项工作。

2024年1月，在宝应站"远程集控、少人值守"功能提升项目实施过程中，陈娅主动参与设备调试，持续跟进优化方案。"两小时一次的人员抄表和巡视都被替代了，现在我们的工作偏向紧急维护，今后还可能实现无人值守。能够见证宝应站的变迁是一种缘分，也是一份重大的责任。"陈娅说。

记者了解到，东线一期工程通水前，苏北地区遭遇干旱年份或用水高峰时段，供水保障面临巨大挑战。通水后，江苏、山东、天津、河北的区域防洪、抗旱和供水能力得到迅速提升。2015年春，山东烟台、威海、青岛和潍坊4市出现资源性缺水危机，东线一期工程与胶东调水工程联合调度运行，保障了供水安全。2020年春，苏北1000多万亩稻田因干旱插不上秧，江苏省统筹东线一期工程和江水北调工程联合应急调水抗旱，保证了水稻丰收。

只有一个信念

群山环绕下的南水北调中线西黑山枢纽工程巍峨挺拔，节制闸、进口闸、排冰闸像一队队恪尽职守的士兵，坚守着渠口要地。

2016年1月下旬，华北地区遭遇30年一遇的极寒天气，西黑山管理处辖区气温骤降，天津方向的闸前、闸后结冰，致使过闸流量骤降，影响通水安全。

时任西黑山管理处处长的张忠林接到报告后，及时联系河北保定市内供热单位抢抓时间送热水上山。热水车到达现场后，张忠林和团队成员闫浩、张超伟抱起热水带冲向结冰部位，迅速充水的水带产生的巨大应力将张忠林打倒在地，滚烫的开水从闫浩头顶呼啸而过。"当时真是险到了极点，但我们只有一个信念：抓紧除冰，保障供水。"张忠林说。

此次应急处置，张忠林和他的团队在现场坚守了三个昼夜，直至险情彻底排除。

为避免事故再次发生，西黑山运行管理团队下大力气改造了各类防冰冻设施，增加了闸后保温、水下气泡扰冰、水下射流扰冰设施，改造了热管融冰设施，购置了热水枪、热水车，形成了"拦、捞、排、扰、融"等一整套冰期输水应急措施，并不断演练、完善。

如今，南水北调东中线一期工程已由规划中的补充水源成为受水区各大中城市的重要水源，确保了受水区供水安全。南水占北京主城区供水近八成，天津主城区及雄安新建城区全部为南水，河南省12个省辖市、河北省10个省辖市也通了南水。

南水北调东中线一期工程通水后，北方地区长期被城市生产生活挤占的生态用水、农业用水得到有效退还，带动了沿线治污、河道整治、生态修复等一系列工作，河湖生态环境逐步复苏，人与自然更加和谐共生。

（蒋菡 《工人日报》 2024年12月12日）

南水北调十年来如何确保"三个安全"？回应来了

国务院新闻办公室12月12日举行新闻发布会，介绍南水北调东中线一期工程全面通水十周年有关情况并答记者问。

中国南水北调集团有限公司副总经理黄爱国表示，维护工程安全、供水安全、水质安全，对于确保"一泓清水永续北上"至关重要。在水利部、国务院国资委等有关部门的指导和沿线地方政府的支持下，集团和沿线各工程运行管护单位数千名员工聚焦维护"三个安全"，采取了一系列强有力的措施，不断健全完善安全管理体系，切实提升工程运行管护能力和水平，主要在以下三个方面采取了相关措施。

在维护工程安全方面，依法划定工程保护范围和管理范围，在中线工程沿线两侧设置全封闭隔离网，安装10万余支安全监测仪器、1万多部相关监控设备，并综合运用北斗卫星、无人机、水下机器人、数字孪生工程等先进技术，结合人工巡查，实现对工程运行状态全天候监控。落实工程设备常态化巡查养护检修机制，确保工程设备保持良好的运行状态。与沿线地方协调建立防汛指挥机构和河湖长制协作机制，与应急管理部门及有关单位建立防汛应急协同机制，配备16支应急抢险队伍，确保大汛大灾和突发事件能够得到及时有效处置。

在维护供水安全方面，坚持调水、节水两手都要硬，统筹分析水源区来水和受水区用水需求，通过会商机制，动态优化调度方案，实施精准调度，精打细算用好水资源。东线工程通过沿线的河道、湖库水位流量和泵站运行等各类监测数据，优化实时调度；中线工程通过自动化调度系统，实现对全线64座节制闸、97个分水口等设施实时调控。同时加快推进有关调蓄工程建设，进一步提升供水安全保障能力。

在维护水质安全方面，建立了"监测、保护、防控、应急、科研"的水质安全保障体系。中线工程全线设有13个水质自动监测站和30个水质固定监测断面，严密监控水质情况。积极推进多元生物预警、淡水壳菜在线监测设备研发，建设全断面智能拦藻装置，研制除藻装备，有力提升藻类防控能力。开展长距离调水工程水质安全保障关键技术研究，不断提升水质安全保障能力。

（央视网　2024年12月12日）

水利部：南水北调工程全面通水10周年惠及沿线45座大中城市、1.85亿人

水利部副部长王道席在12月12日的国新办新闻发布会上介绍，截至今天（12月12日），工程已累计调水超过了767亿立方米，沿线的城市生活和工业供水保证率显著提升，有力改善了北方地区特别是黄淮海地区的水资源条件和水资源的承载能力，有效促进了水资源与人口资源环境相均衡，助力京津冀协同发展、雄安新区建设等重大国家战略的实施。

王道席表示，我们坚持以人民为中心，增强人民群众的幸福感。工程供水区域不断延伸，惠及了沿线 45 座大中城市、1.85 亿人。随着受水区配套工程的不断完善，受益范围正由大中城市向农村地区拓展，受益人口也是逐年增加。

（王晶　央广网　2024 年 12 月 12 日）

一滴"智来水"演绎供水绿色蝶变

"我年轻的时候，吃水可是家里的一件麻烦事。"在南水北调东中线一期工程全面通水十周年之际，年近七旬的天津市民朱丽英十分感慨。

"苦咸"是朱丽英等老一辈天津人对当年饮用水的集体记忆。"像现在这个季节，还要到外边挑水，天冷地滑，非常不方便。水倒进水缸，还得沉淀一阵后才能用来做饭。"朱丽英说。

在天津，吃水曾经是每家每户每天要解决的"麻烦事儿"，但现在"不是事儿"了——得益于引滦入津工程，天津市民首先告别了苦涩的饮用水，又在南水北调中线工程通水后，喝上了甘甜的长江水。

位于天津市西青区的南水北调外环河出口闸一侧
（新华社记者　徐思钰　摄）

通水十年来，南水北调中线工程累计向天津市调水超102亿立方米，供水水质稳定达到或优于地表水Ⅱ类标准。充足的水源和优良的水质背后，智慧科技的身影随处可见。

百亿立方米"南水"从丹江口水库出发，一路北上，奔流上千公里，在位于河北保定的西黑山枢纽分路，一路继续北上赴京，另一路则"钻"入地下箱涵，奔向天津。

如何让看不见的地下箱涵得到有效监控，确保输水安全？在南水北调中线天津分公司分调度中心，记者看到了南水北调中线天津干线的"数字化身"。

"沿线安装埋设了3900多个安全监测仪器，用来监测建筑物变形、渗水、应力应变等。"南水北调中线天津分公司分调度中心主任肖智和说，这套数字化管理系统，让地下输水线路也能可视化、数字化、模型化管理，确保及时发现问题、解决问题。

"我们稳步推进数字孪生南水北调中线建设，实施AI工程巡检、AI视频监控等人工智能系统的研发应用，切实维护南水北调工程安全、供水安全、水质安全。"中国南水北调集团中线有限公司天津分公司党委书记、总经理王强说。

数字技术"护送"引江水输水安全，智慧赋能让水厂充分发挥效益，提升供水效率。

走进位于天津市东丽区的津滨水厂中控室，工作人员正熟练地操作着电脑。监控大屏上，水厂状况实时显示，浊度、pH值等水质数据不断更新，24小时守护水质达标。

作为天津市首座接收南水北调中线工程原水的水厂，津滨水厂于2023年1月完成二期扩建，同步推进智慧水厂建设。目前津滨水厂峰值供水规模已提升至每日75万立方米。"这一规模接近20世纪80年代初天津全市水厂的总供水能力。"津滨水厂党支部书记、经理岳莹说。

"如果是传统水厂，面对这么大的供水规模，需要大量人力巡检、运营，很难做到24小时管控。"岳莹介绍，有了智慧化平台，产水管理实现可监控、可分析、可管控，大幅降低水厂的人力投入、提高管理效能。

"集团所属10座水厂相继实施了智慧水厂改造，水厂运行实现提质增效，更好保障用水安全。"天津水务集团党委委员、副总经理李嘉铭说。

在天津市东丽区津滨水厂的中控室里，工作人员正在通过
智慧大屏查看水厂状况（新华社记者 徐思钰 摄）

自 2019 年 6 月起，天津水务集团启动更换智能水表工程，在全市范围内免费更换智能水表。现如今，用上物联网智能水表的居民用户足不出户，就能完成线上缴费。

"换表以后，都是子女在网上帮忙缴费，根本不用我们老人操心。"朱丽英感叹，"现在不但能吃上甘甜的长江水，用水也更方便了。"

（徐思钰 黄江林 新华网 2024 年 12 月 13 日）

算算南水北调工程"生态账"

南水北调东中线一期工程全面通水十年来，华北地区地下水位持续回升、湖泊河流生态环境改善、人居景观提升，生态效益日益显现。

冬日的"华北之肾"白洋淀，水面还未完全封冻。舟行水上，枯黄的芦苇分出一条条纵横交错的水道，水鸟不时从中惊飞，掠过天空又消失在远处。

"潜水的是骨顶鸡，飞着的是白鹭。"从河北安新县赵北口镇李庄子村出发，船工李小卯一边指着，一边绘声绘色地讲起白洋淀近年的变化：从水面一度不足 200 平方公里，到如今扩大到近 300 平方公里，重新成为鸟类天堂，白洋淀可谓是经历了惊险的一跃。

为了适应人口增长和经济快速发展，华北地区长期大规模超采地下水，形成了全世界最大的地下水漏斗区。一时间"有河皆干、有水皆污"，水资源衰减、湿地干涸、水污染和生物多样性减少等一系列生态环境问题涌现。

转变得益于南水北调工程。

水利部副部长王道席介绍，南水北调东中线一期工程全面通水以来，生态效益日益显著。通过水源置换、生态补水，有效保障沿线河湖生态用水，累计向北方地区 50 多条河流生态补水 118 亿立方米。

通过南水置换当地生产生活主要用水，华北地区地下水超采局面得到缓解，总体达到采补平衡，地下水水位持续多年下降后实现连续回升，部分地区地下水漏斗正在消失。

数据显示，与 2018 年相比，京津冀治理区浅层地下水回升和稳定面积占比达 92%，水位平均回升 2.25 米；深层承压水回升和稳定面积占比达 97%，水位平均回升 6.72 米。

华北地区多地"枯萎"的泉水再次喷涌，是地下水位回升的直观证据之一。北京市 81 处泉眼干涸多年后实现复涌，济南"泉城"再现四季泉水喷涌景象，20 世纪 80 年代断流的河北邢台百泉持续复涌，形成水域面积 790 亩……

同时，南水到来后，有条件腾出更多水资源为河流湖泊进行生态补水，带动了沿线治污、河道整治、生态修复等一系列工作，华北地区干涸的洼、淀、河、渠、湿地重现生机。

近 10 年海河流域河湖生态环境复苏成效评估结果显示，海河流域河湖正加快复苏，河流断流现象全面好转，湖泊水域面积稳定恢复，地下水超采治理成效明显，流域重现生机。

在山东省曾经的"酱油湖"南四湖及其支流白马河中，绝迹多年的小银鱼、毛刀鱼和被称为"水中大熊猫"的桃花水母再现，国家一级保护鸟类、全球极危物种青头潜鸭也频频"露面"。

守护着河北正定古城的滹沱河一度断流 40 多年，2 公里宽的河床没有水，只有狂风大作时漫天昏黄的沙尘。如今滹沱河全域复流，夕阳照着宽阔的河面，映着成片的芦苇，重现文天祥笔下"横流数仞绝滹沱"的景象。

不只是滹沱河，1996年断流的北京母亲河永定河首次实现全年全线流动，天津市区海河水位升高、水质改善，"干渴"的京杭大运河实现全线水流贯通。华北地区的白河、淇河、安阳河、滏阳河、七里河等50多条河流实现生态复苏。

南水北调通水以来，初步形成了河畅、水清、岸绿、景美的靓丽风景线，营造了优美的人居景观。

碧空如洗，从高处俯瞰，南水北调中线干渠像一条蓝色丝带贯穿河南焦作这座百年煤城。焦作火车站就在干渠不远处，以前附近是环境脏乱差的棚户区，如今干渠两旁新建了"天河公园"，沿岸10公里长的绿道分布着300多种树木，前来散步、跑步的市民络绎不绝。邢台名泉黑龙潭复涌后，一串串水泡从5米多深的水底汩汩涌出，形成百亩大小的水面，吸引游客纷纷前来打卡。

十年来，一渠清水缓缓北上，润泽北方大地，生态效益日益显现。

（李鹏翔　李思远　张阳　《新华每日电讯》 2024年12月13日）

全面通水10周年，东中线一期工程累计向
北方地区调水超767亿立方米

扎实推动南水北调工程发挥更大效益

12月12日上午，国务院新闻办举行新闻发布会，介绍南水北调东中线一期工程全面通水10周年有关情况。

南水北调是国之大事、世纪工程、民心工程。水利部副部长王道席介绍，水利部统筹发展和安全，不断优化水资源配置格局，加强科学调度，稳步提升工程综合效益，加快构建国家水网主骨架和大动脉。

综合效益充分发挥

截至12月12日，南水北调东中线一期工程累计向北方地区调水超过767

亿立方米，惠及工程沿线总共45座大中城市、1.85亿人。"通水以来，工程运行安全平稳，经济效益、社会效益、生态效益日益显著。"王道席说。

优化水资源配置。通水以来，工程年调水量从20多亿立方米持续攀升至100亿立方米。南水北调已经成为北京、天津等北方许多城市的供水生命线；东线工程在齐鲁大地上形成了"T"字形的供水大动脉。

保障群众饮水安全。东线一期工程输水干线水质稳定在地表水水质Ⅲ类；丹江口水库和中线干线供水水质稳定在地表水水质Ⅱ类及以上。"受水区城市供水保障率得到大幅提升。"水利部南水北调工程管理司司长李勇说。

复苏河湖生态环境。工程初步实现地下水采补平衡，利用汛前富余水量累计向北方50多条河流实施生态补水，生态补水量累计超118亿立方米。

畅通南北经济循环。南水北调有力支撑了北方地区超过16万亿元的GDP增长。北方重要经济发展区、粮食主产区、能源基地生产的产品通过交通网、电网输送到全国各地，促进了各类生产要素在我国南北方的优化配置。

坚持调水、节水两手都要硬。"去年，受水区7个省市的万元GDP用水量是35.7立方米，万元工业增加值的用水量是30.6立方米，和2014年相比，分别下降了41.3％、36.2％。"王道席说。

全力推进国家水网建设

近年来，水利部根据《国家水网建设规划纲要》总体部署，以联网、补网、强链为重点，全力推进国家水网建设。

加快完善国家水网大动脉和骨干输排水通道。沟通长江和淮河的引江济淮、连通汉江和渭河的引汉济渭、珠江三角洲水资源配置等一批跨流域的重大引调水工程建成通水。同时，环北部湾水资源配置、吉林水网骨干工程、淮河入海水道二期等工程正积极推进。

积极推进国家水网重要结点工程建设。近年来，西江大藤峡、江西花桥、内蒙古东台子、西藏湘河等一批大型水利枢纽建成，在防洪、供水、改善生态等方面效益显著。"江西大坳、广西下六甲、安徽怀洪新河等一批大型灌区加快实施，将夯实国家粮食安全水利基础。"水利部规划计划司司长张祥伟说。

统筹推进省市县级水网建设。重庆渝西水资源配置、海南昌化江水资源配置等一批省级水网骨干工程正在加快建设。同时，辽东半岛水资源配置一期、四川引大济岷等一批省级水网骨干工程正在加快前期工作。

推进南水北调后续工程高质量发展

水利部加快《南水北调工程总体规划》修编工作，积极推进南水北调后续工程前期工作，做好东中线一期工程竣工验收各项准备，中线后续引江补汉工程进入全面实施阶段。

高标准高质量推进引江补汉工程建设。截至目前，引江补汉工程主隧洞掘进已超过 3.3 公里，沿线 21 条支洞掘进总计超 13.9 公里，累计完成工程投资 65.4 亿元。近年来，南水北调集团联合相关单位，加强智能掘进设备研制、超前地质预报、深埋隧洞灌浆等关键技术攻关，着力解决施工中的技术难题。

中国南水北调集团有限公司副总经理黄爱国表示，将持续发挥科技创新的战略支撑作用，加大数字孪生技术推广应用，聚焦南水北调后续工程建设运营关键技术及薄弱环节加强科技攻关，推进工程建设运营标准化建设。

加强工程规划论证。张祥伟表示，下一步，需要准确把握东线、中线、西线三条线路的各自特点，坚持遵循规律，研判和把握水资源长远供求趋势、区域分布、结构特征，进一步完善南水北调工程规划，优化战略安排，持续深化后续重大工程的前期论证工作。

（邓剑洋 《人民日报》 2024 年 12 月 13 日）

通水十载，南水北调改变了什么

12 月 12 日，南水北调东中线一期工程全面通水十周年。在国新办 12 日举行的新闻发布会上，水利部副部长王道席介绍，作为国家水网的主骨架和大动脉，南水北调工程从战略上、全局上优化了我国的水资源配置格局。截至 12 日，工程累计调水超 767 亿立方米，沿线城市的生活和工业供水保证率显著提升，有力改善了北方地区特别是黄淮海地区的水资源条件和水资源承载能力，助力京津冀协同发展、雄安新区建设等重大国家战略的实施。

惠及 1.85 亿人　综合效益凸显

南水北调东中线一期工程惠及沿线 45 座大中城市、1.85 亿人。通水以来，工程运行安全平稳，经济效益、社会效益、生态效益日益显著，王道席从四方面进行了说明。

在优化水资源配置方面，南水北调已成为北京、天津等北方许多城市的供水生命线，北京城区供水近八成是南水，天津主城区和雄安新建城区供水全部是南水，东线工程在齐鲁大地形成"T"字形的供水"大动脉"。随着东线北延应急供水工程供水进入常态化，天津、河北等地的水安全保障能力进一步增强。

在保障群众饮水安全方面，通过实施一系列综合水质保护措施，东线一期工程输水干线水质稳定在地表水水质Ⅲ类，中线丹江口水库和中线干线供水水质稳定在地表水水质Ⅱ类及以上。北京市自来水的硬度由过去的 380 毫克/升降到了现在的 120 毫克/升，河北省黑龙港流域 500 多万人告别了世世代代喝高氟水、苦咸水的历史。

在复苏河湖生态环境方面，通过水源置换、生态补水等综合措施，工程有效保障了沿线河湖的生态用水，初步实现地下水的采补平衡，利用汛前富余水量累计向北方 50 多条河流实施生态补水，生态补水量累计超 118 亿立方米。其中，北京市的母亲河永定河于 1996 年断流后，在 2021 年 8 月实现 865 公里河道首次全线通水，近三年保持全年全线有水。东线沿线湖泊生态环境持续向好。东线北延工程连续三年助力京杭大运河全线水流贯通。

在畅通南北经济循环方面，工程将南方地区的水资源优势转化为北方地区的发展优势，北方重要经济发展区、粮食主产区、能源基地生产的商品、粮食、能源等产品通过交通网、电网输送到全国各地，促进了各类生产要素在我国南北方的优化配置。南水北调累计调水 767 亿立方米，支撑了北方地区超过 16 万亿元的 GDP 增长。

维护"三个安全"　确保一泓清水永续北上

维护工程安全、供水安全、水质安全，对于确保一泓清水永续北上至关重要。中国南水北调集团有限公司副总经理黄爱国介绍，维护工程安全方面，中线工程沿线两侧设置全封闭隔离网，安装10万余支安全监测仪器、1万多部相关监控设备，并综合运用北斗卫星、无人机、水下机器人等技术，结合人工巡查，实现工程运行状态全天候监控。配备16支应急抢险队伍，确保大汛大灾和突发事件能得到及时有效处置。

维护供水安全方面，坚持调水、节水两手都要硬，统筹分析水源区来水和受水区用水需求，实施精准调度。东线工程通过沿线的河道、湖库水位流量和泵站运行等各类监测数据优化实时调度；中线工程通过自动化调度系统，实现对全线64座节制闸、97个分水口等设施实时调控。

维护水质安全方面，中线工程全线设有13个水质自动监测站和30个水质固定监测断面。水利部南水北调工程管理司司长李勇介绍，目前丹江口水库的16条主要入库河流全部设立了水质自动监测站，库区有关地方建立水质安全保障智能监管系统。同时，对汉江干流及有关主要支流共15个主要断面设置了生态流量保障目标，将入库河流水质达标情况和水源地安全评估结果纳入实行最严格水资源管理制度考核。

加快推进后续工程规划建设

2022年7月，南水北调后续工程高质量发展的首个重大项目——中线引江补汉工程开工建设，该工程全长195公里，采用隧洞输水，连通三峡水库和丹江口水库，建成后将把中线的年调水量从95亿立方米提升到115亿立方米。"截至目前，引江补汉工程主隧洞掘进已超过3.3公里，沿线21条支洞掘进总计超13.9公里，累计完成工程投资65.4亿元。"水利部规划计划司司长张祥伟谈到南水北调后续工程规划建设情况时表示，这几年正深入推进东线后续工程的前期工作，以及西线工程的论证、南水北调工程总体规划的修编工作。

"下一步将重点抓好五方面工作：一是做好东中线一期工程的竣工验收；二是继续高质量推进引江补汉工程建设，确保工程质量、安全和进度；三是针对中线沿线交叉河道较多的情况，全力推进中线沿线防洪安全保障工程建设，确保中线工程的安全；四是加快构建数字孪生南水北调工程，提升工程调配运管的数字化、网络化、智能化水平，科学精准调度和管理工程；五是准确把握东线、中线、西线三条线路的各自特点，坚持遵循规律，研判和把握水资源长远供求趋势、区域分布、结构特征，处理好开源和节流、存量和增量、时间和空间的关系，进一步完善南水北调工程规划，优化战略安排，持续深化后续重大工程的前期论证工作，加快形成国家水网的主骨架和大动脉。"张祥伟说。

（陈晨 《光明日报》 2024年12月13日）

南水北调工程效益日益显著

作为南水北调中线工程的重要水源地，丹江口水库水质总体优良，长期稳定在地表水 Ⅱ 类及以上标准。图为丹江口大坝
（新华社记者 伍志尊 摄）

12月12日，南水北调东中线一期工程迎来全面通水十周年。当日，国务院新闻办举行新闻发布会，邀请水利部等相关部门负责人介绍有关情况。水利部副部长王道席在会上表示，截至12月12日，南水北调工程已累计调水超过767亿立方米，沿线城市生活和工业供水保证率显著提升，有力改善了北方地区特别是黄淮海地区的水资源条件和水资源的承载能力，有效促进

了水资源与人口资源环境相均衡，助力京津冀协同发展、雄安新区建设等重大国家战略的实施。

工程运行安全平稳

南水北调东中线一期工程通水两条线路惠及工程沿线共45座大中城市、1.85亿人……南水北调工程通水以来，工程运行安全平稳，经济效益、社会效益、生态效益日益显著。

优化水资源配置方面，通水以来，南水北调工程年调水量从20多亿立方米持续攀升至100亿立方米。王道席介绍，南水北调已成为北京、天津等北方许多城市的供水生命线，北京城区供水近八成是南水，天津主城区和雄安新建城区供水全部是南水。随着东线北延应急供水工程供水进入常态化，天津、河北等地的水安全保障能力得到进一步增强。

保障群众饮水安全方面，通过实施一系列综合水质保护措施，工程水质长期持续稳定达标。据介绍，地表水水质Ⅲ类及以上满足饮用水水源要求。在南水北调东线，一期工程输水干线水质稳定在地表水水质Ⅲ类；再看中线，丹江口水库和中线干线供水水质稳定在地表水水质Ⅱ类及以上。

复苏河湖生态环境方面，通过水源置换、生态补水等综合措施，工程有效保障了沿线河湖的生态用水，初步实现了地下水的采补平衡，利用汛前富余水量累计向北方50多条河流实施了生态补水，生态补水量累计超过了118亿立方米。

畅通南北经济循环方面，工程将南方地区的水资源优势转化为北方地区的发展优势，北方重要经济发展区、粮食主产区、能源基地生产的商品、粮食、能源等产品通过交通网、电网输送到全国各地，促进了各类生产要素在中国南北方的优化配置。南水北调累计调水767亿立方米，支撑了北方地区超过16万亿元的GDP增长。

全力推进国家水网建设

南水北调工程是国家水网的主骨架和大动脉。水利部规划计划司司长张祥伟介绍，近年来，水利部根据《国家水网建设规划纲要》总体部署，以联网、补网、强链为重点，全力推进国家水网建设。

国家水网大动脉和骨干输排水通道加快完善。"从国家水网大动脉来讲，南水北调中线引江补汉工程正在加快推进。"张祥伟说。从国家水网骨干输排水通道来看，沟通长江和淮河的引江济淮、联通汉江和渭河的引汉济渭、珠江三角洲水资源配置等一批跨流域的重大引调水工程建成通水。同时，环北部湾水资源配置、吉林水网骨干工程、淮河入海水道二期已开工建设。这些工程的建设将为国家重大战略实施提供有力的水安全保障。

国家水网重要结点工程建设积极推进。近年来，西江大藤峡、江西花桥、内蒙古东台子、西藏湘河等一批大型水利枢纽建成，发挥了防洪、供水、改善生态的显著效益。同时，黑龙江林海、重庆向阳、云南桃源、贵州花滩子、安徽凤凰山等一批大型水库建设进度加快，这些工程将在国家、区域和省级水网中发挥重要的调蓄作用。

省市县级水网建设统筹推进。张祥伟介绍，省级水网方面，重庆渝西水资源配置、海南昌化江水资源配置等一批省级水网骨干工程正在加快建设。同时，辽东半岛水资源配置一期、四川引大济岷等一批省级水网骨干工程正加快前期工作，争取尽早开工建设。此外，将积极完善农村供水网络，加快构建城乡一体、互联互通的水网体系。

进一步完善工程规划

南水北调东中线一期工程全面通水十年来，发挥了巨大效益。与此同时，南水北调后续工程规划建设也在稳步推进。

2022年7月，南水北调后续工程高质量发展的首个重大项目——中线引江补汉工程开工建设。据介绍，该工程全长195公里，采用隧洞输水，连通国内两大重要战略水资源水库——三峡水库和丹江口水库。项目建成后，将中线的年调水量从95亿立方米提升至115亿立方米。

"我们正深入推进东线后续工程的前期工作以及西线工程的论证，还有南水北调工程总体规划的修编工作。"张祥伟说。下一步，将做好东中线一期工程的竣工验收；继续高质量推进引江补汉工程建设，确保工程质量、安全和进度；针对中线沿线交叉河道较多的情况，全力推进中线沿线防洪安全保障工程建设，确保中线工程的安全；加快构建数字孪生南水北调工程，提升工程调配运管的数字化、网络化、智能化水平,科学精准调度和管理工程;准确把握东线、中线、西线三条线路的各自特点,坚持遵循规律,研判和把握水资源长远供求趋势、区域分布、结构特征,处理好开源和节流、存量和增量、时间和空间的关系,进一步完善南水北调工程规划,优化战略安排,持续深化后续重大工程的前期论证工作,加快形成国家水网的主骨架和大动脉。

(廖睿灵 《人民日报·海外版》 2024年12月13日)

千里奔流 "南水"润北国
—— 写在南水北调东中线一期工程通水十周年之际

天南与地北,共饮一江水。

2014年12月12日,南水北调东中线一期工程正式通水。

南水北调工程是国家水网的主骨架和大动脉。东线从江苏扬州出发,13级泵站"托举"长江水攀越十几层楼的高度,让"水往高处流"成为现实,北至天津,东抵胶东半岛。中线以鄂豫交界的丹江口水库为起点,依太行、穿黄河,润泽华北平原。两条清水长廊,沟通长江、淮河、黄河、海河四大流域,润泽沿线45座大中城市,受益人口超过1.85亿。

数据显示,截至12月12日,南水北调东中线一期工程通水十周年来,已累计调水超过767亿立方米,相当于调出5000多个西湖水量,沿线城市生活和工业供水保证率显著提升,支撑了北方地区超过16万亿元的GDP增长。

一条生命线:超1.85亿人喝上"南水"

"30年前,为了孩子的健康,村里人不得不忍痛把孩子送到外地生活。"河北省沧州市泊头市洼里王镇前八尺高村村民张福禄回忆说。沧州是河北典型的高氟水地区,自20世纪70年代起,当地居民长期饮用高氟水、苦咸水,不仅长氟斑牙,还患上了不同程度的氟骨病。

民生为上、治水为要。面对"夏汛冬枯、北缺南丰"的基本水情,历经半个世纪论证、数十万建设者十多载奋战、3000多个日夜精心管护，世界上规模最大的调水工程——南水北调工程建成。

这背后离不开科技的有力支撑。"南水北调工程建设攻克了低扬程大流量泵站、超大型渡槽、大口径输水隧洞、膨胀土施工等一系列世界级技术难题，创造了多个世界之最。"中国南水北调集团有限公司副总经理黄爱国说。

南水北调工程的建成极为不易。为了实现"远水解近渴"，40多万移民背井离乡；为破解膨胀土"工程癌症"难题，技术攻关者历经十余年尝试；为打通"咽喉要道"穿黄工程，建设者6年里使用的掘进刀具损伤无数。

2020年底，前八尺高村家家户户通上了"南水"，村民们的日子"甜"了起来。不仅是前八尺高村，南水北调东中线一期工程让黑龙港流域500多万人彻底告别了长期饮用高氟水、苦咸水的历史，工程沿线人民群众实现了从"有水吃"到"吃好水"的转变。

千里奔流，润物无声。如今，汩汩而来的"南水"已成为优化水资源配置、保障群众饮水安全、复苏河湖生态环境、畅通南北经济循环的生命线。目前，北京城区供水近八成为"南水"，天津市主城区及雄安新建城区全部为"南水"，山东省形成了以南水北调工程为构架的"T"字形水网。

一条经济线：畅通南北经济循环

汽笛声中，货船驶离山东济宁龙拱港，顺着大运河，经徐州、宿迁，入长江。常年跑船的"船三代"杨永军感叹：一寸水深一寸金，水深好走船，载重从过去不到100吨增加到2000吨。

南水北调东线调水，抬高水位，京杭大运河北端的梁济运河提升至二级航道标准，京杭大运河全年通航里程877公里，2000吨级运输船从梁山港直达长江。

南与北，"手"越牵越紧。南水北调工程以水资源要素激活北方地区优势资源和经济发展潜力，推动优势互补、发展共赢，促进南北方协调发展。

"早年，企业生产全靠抽取地下水。现在，'南水'是企业发展的命脉。"河北省邯郸市永洋特钢动力厂厂长江彦军介绍，企业升级污水回收处理系统，每吨"南水"至少循环利用三遍，再生水用于厂区环境卫生和景观绿化，1吨"南水"的综合利用成本比原来降低约1元，而且还不会对设备造成损伤。

绿水青山就是金山银山。在12月12日国新办举行的新闻发布会上，水利部副部长王道席介绍，通过水源置换、生态补水等综合措施，南水北调工程有效保障了沿线河湖的生态用水，初步实现了地下水的采补平衡，利用汛前富余水量累计向北方50多条河流实施生态补水，生态补水量累计超过了118亿立方米。在"南水"的润泽下，2021年，断流40多年的滹沱河全域复流，北京永定河865公里河道首次全线通水，"鸟中大熊猫"青头潜鸭重返南四湖，千年古运河重新焕发生机。

"南水北调工程将南方地区的水资源优势转化为北方地区的发展优势，支撑了北方地区超过16万亿元的GDP增长。"王道席同时表示，水利部将继续深入实施《国家水网建设规划纲要》，加快构建国家水网主骨架和大动脉，尽快完善南水北调工程总体布局，确保"一泓清水永续北上"。

（付丽丽 《科技日报》 2024年12月13日）

全面通水10年来惠及沿线45座大中城市——

南水北调工程综合效益显著

12月12日，南水北调东中线一期工程迎来全面通水10周年。作为国家水网的主骨架和大动脉，南水北调工程从战略上、全局上优化了我国的水资源配置格局。10年来，东中线一期工程累计调水超过767亿立方米，惠及沿线45座大中城市，有力改善了北方地区特别是黄淮海地区水资源条件和承载能力，助力京津冀协同发展、雄安新区建设等重大国家战略实施。

受益范围持续扩增

奔流不息的南水，流进城市乡村，流进千家万户，让更多受水区的群众实现了从"有水吃"到"吃好水"的转变。

在中线，丹江口水库和干线供水水质稳定在地表水水质Ⅱ类及以上。北京市接纳南水的水厂达15座，城区供水近80%都是南水，自来水的硬度由过去每升380毫克降至每升120毫克；天津市主城区供水全部为南水；河南省14个省辖市、河北省10个省辖市都用上了南水。

在东线，输水干线水质稳定在地表水水质Ⅲ类标准。干线工程及其配套工程与当地水共同构建起山东省"T"字形供水大动脉，实现长江水、黄河水和本地水的联合调度与优化配置，胶东半岛实现南水全覆盖。随着东线北延应急供水工程供水进入常态化，天津、河北等地的水安全保障能力进一步增强。

"通水以来，工程年调水量从20多亿立方米攀升至100亿立方米。南水北调已成为北京、天津等北方城市的供水生命线。"水利部副部长王道席介绍，当前，随着南水北调东中线一期工程供水区域不断延伸，受水区配套工程不断完善，受益范围正由大中城市向农村地区拓展，受益人口超过1.85亿。

千里调水，水质是关键。中国南水北调集团有限公司副总经理黄爱国说，为维护水质安全，工程建立了"监测、保护、防控、应急、科研"的水质安全保障体系。东线工程实施了426个治污项目，中线工程全线设有13个水质自动监测站和30个水质固定监测断面，严密监控水质情况。同时，开展长距离调水工程水质安全保障关键技术研究，不断提升水质安全保障能力。

河湖生态明显改善

近10年海河流域河湖生态环境复苏成效评估结果显示，海河流域河湖正加快复苏，河流断流现象全面好转，湖泊水域面积稳定恢复，地下水超采治理成效明显，流域重现生机。

"东中线一期工程通过水源置换、生态补水等措施，有效保障了工程沿线的河湖生态安全，并为华北地区地下水超采综合治理提供助力。"水利部南水北调工程管理司司长李勇介绍，工程累计向北方50多条河流生态补水118亿立方米，推动了永定河、滹沱河、白洋淀等一大批断流多年的河流恢复全线通水。世界上最大、最深的"漏斗区"华北地区地下水位总体回升。"华北明珠"白洋淀淀区面积扩大到近300平方公里。东线北延工程连续3年助力京杭大运河全线水流贯通，千年古运河重新焕发生机。

受水区有了充足的水源后，城市长期占用的农业用水得到退还，水资源节约集约利用水平大幅提升。

"去年，受水区7个省市的万元地区生产总值用水量是35.7立方米，万元工业增加值的用水量是30.6立方米，和2014年相比，分别下降了41.3%、36.2%。"王道席说，目前，南水北调东中线工程受水区全面节水指导意见已制定印发，受水区也逐步建立了省市县三级用水总量和强度双控指标体系。

后续工程全力推进

南水北调工程分东、中、西3条线路，分别从长江下、中、上游向北方地区调水，连通长江、淮河、黄河、海河，构成"四横三纵、南北调配、东西互济"的水资源配置格局。

王道席介绍，《南水北调工程总体规划》修编取得积极进展，中线引江补汉工程已进入全面实施阶段，正积极推进南水北调后续工程前期工作，做好东中线一期工程竣工验收准备工作。截至目前，引江补汉工程主隧洞掘进已超过3.3公里，沿线21条支洞掘进总计超13.9公里，累计完成工程投资65.4亿元。

目前，东中线一期工程运行管护和后续工程规划建设正在有序推进。黄爱国介绍，中国南水北调集团将持续发挥科技创新的战略支撑作用，加大数字孪生技术推广应用，聚焦南水北调后续工程建设运营关键技术及薄弱环节加强科技攻关，推进工程建设运营标准化建设，确保工程安全、供水安全、水质安全。

水利部规划计划司司长张祥伟表示，下一步，要准确把握东、中、西3条线路特点，研判和把握水资源长远供求趋势、区域分布、结构特征，进一步完善南水北调工程规划，优化战略安排，持续深化后续重大工程的前期论证工作。

(吉蕾蕾 《经济日报》 2024年12月15日)

河南省淅川县多措并举守护南水北调中线水源地

十年，守好一库碧水

丹江口水库淅川境内一景（王洪连 摄 人民视觉）

今年是南水北调东中线一期工程全面通水10周年。中线工程水源地丹江口水库肩负着"一库清水永续北送"的重任。河南淅川县开展生态修复，治理群众生活污水，促进丹江口库区生态保护修复；统筹保护与发展，大力发展绿色产业，推动生态富民。

河南省南阳市淅川县，群山之间，南水北调中线工程水源地丹江口水库的水在冬日暖阳下波光粼粼。这库碧水将蜿蜒北上，纵贯千里，润泽沿线百姓。

丹江口水库在淅川县境内的水域面积达506平方公里，占库区总面积的49%。为保障"一库清水永续北送"，淅川县必须管理好境内绵延1100余公里的库岸线、大大小小150余条河流和环库10余万群众的生产生活。

做足"加法"，荒山变林海，村中有"湿地"

22平方公里的太子山林场地处丹江口水库出水口。1975年，一群热血青年来到满是荒坡的太子山，成立造林队。近50年来，林场森林覆盖率从不足30%提升到92%，活立木蓄积量从2.5万立方米增长到10万立方米以上，为水源区筑起了8000米的环湖生态屏障。

集山区、库区于一体的淅川县是典型的喀斯特地貌，境内石漠化面积达125万亩，其中55万亩是重度石漠化。"我们肩扛车拉、多级提灌、客土造林，10年来累计造林超60万亩。"淅川县县长王兴勇说。

水土保持靠林地，库区群众生活污水怎么办？何金明的老家在丹江口水库边的香花镇何家沟村，近几年，他发现村小学后面多了一片湿地，面积不断扩大。"我们通过污水处理设施和人工湿地，最大限度地收集、处理、净化周边区域产生的生活污水，阻止污水形成径流流入丹江口水库，成效显著，后期管护成本也较低，还为周边村民创造了一个可以游玩的好去处。"南阳市生态环境局淅川分局局长王君说。据悉，淅川县已累计投资12.5亿元，建成人工小湿地20余个、农村小型污水处理设施175个、污水处理厂14个。

做好"减法"，拆除违建污染企业，取缔网箱养殖

"国家需要，咱就拆。"谈起10年前的"壮举"，原丰源化工公司总经理王运斌说得斩钉截铁。南水北调中线通水前，他的化肥厂年生产能力达6500吨合成氨，产值约2.5亿元，但生产过程中产生的废水严重污染了水源。由于保护水质需要，王运斌忍痛关闭工厂谋求转型，带领员工创办了一家汽车减震器公司。

"2003年以来，淅川县先后关停涉污企业380余家，取缔库区养鱼网箱5.17万箱，关停养殖场613家，否定73个大中型项目选址方案。"王兴勇说。淅川县一方面以壮士断腕的魄力治理点源污染，另一方面以保姆式的服务推广生物有机肥和配方施肥，减少面源污染。

"我们不单是库区生态的守护者，更是受益人。"淅川县金河镇龚井村富硒黄金梨产业基地负责人崔国平告诉记者。他的500多亩基地全部使用农家肥，采用水肥一体化灌溉，既减少了氮磷钾等化肥用量，还能防止土壤板结。"种出来的黄金梨品质更好，带动周边农户人均年增收5000元。"崔国平说。

善用"乘法"，发挥绿色乘数效应，村民年收入翻番

关停只是开始，如何在水质保护与县域发展之间实现双赢？

自幼生活在丹江口水库边的张小伟给出了自己的答案。他打小就跟着父

辈捕鱼，后来搞起渔家乐。中线工程通水前夕，淅川县取缔库区水上餐饮船只及养鱼网箱，张小伟不得不另谋生路。为了生计，2014—2020年间，他和妻子在每年禁渔期结束后，利用自家闲置渔船在水库边上做贩鱼生意。2021年1月1日起，长江流域重点水域开始实行10年禁渔，张小伟再次面临转行。

"县里早为我们的生计做了打算，2020年夏天我就主动上交了渔船渔具。"张小伟告诉记者。县里组织上岸的个体户参加农家乐培训班，去乡村旅游发展比较好的地方学习取经，还请餐饮、房务、导游讲解等各方面老师来讲课。

现在，张小伟在丹江口水库边上开了一家农家乐，主打土鸡和新鲜时令蔬菜，一年收入近20万元，和贩鱼时比收入翻番。

近年来，淅川县统筹生态建设和特色产业发展，大力实施"文旅兴县"战略，依托优质的生态资源，不断丰富业态，建成国家4A级景区3个、省级乡村旅游特色村12个，打造精品民宿16家、农家乐700余家，3万名群众吃上"旅游饭"。

用好"除法"，统筹"最大公约数"，联合执法

近日，淅川县河长制办公室工作人员李刚在丹江口水库马蹬河段巡查时，发现有疑似侵占丹江口库容的痕迹。河长办第一时间下发交办通知，要求淅川县库区执法支队调查处理。

"为了守好一库碧水这一'最大公约数'，淅川县统筹林业、环保等7个职能部门、144项行政处罚权和行政强制权，成立库区综合行政执法支队，统筹协调库区综合执法及水质保护工作。"淅川县政府党组成员、库区综合行政执法支队政委赵红伟说，过去库区管理事项多、涉及部门多，存在管理事项交叉或互相踢皮球的情况。为解决此类问题，淅川县启动"河长＋检察长"联动工作机制，依托河湖长制，加强与鄂、陕邻省县区的合作，定期开展联合执法行动。

中线工程通水10年来，丹江口水库库区及总干渠水质持续保持Ⅱ类及以上，地表水责任断面水质达标率100％，2023年丹江口水库Ⅰ类水质天数335天。淅川成功建成国家生态文明建设示范区，被评为全国绿化模范单位。

"绿色是淅川的底色,更是淅川发展的底气。"南阳市副市长、淅川县委书记张志强说,10年来,淅川树牢绿水青山就是金山银山的理念,既扛稳护水治污之责,又大力发展绿色产业,探索出一条生态富民的绿色之路。

(朱佩娴 《人民日报》 2024年12月19日)

> 行业媒体报道

南水北调首个水利部标准化管理调水工程引江济汉工程通过调水工程标准化管理水利部技术评价

引江济汉工程日前通过水利部调水工程标准化管理评价，成为湖北省率先通过标准化管理水利部评价的调水工程，也是南水北调系统首个水利部标准化管理调水工程。

评价工作中，专家组听取了关于引江济汉工程基本情况及标准化管理省级初评情况的汇报，复核了引江济汉工程全部8个单项工程的参评条件，抽查了进口泵站工程、渠道工程沙洋段、拾桥河上游泄洪闸工程、高石碑出水闸工程等4个单项工程，查看了档案资料室、信息化系统演示、工程现场、相关管理设施及工程调度管理情况，查阅了相关资料并进行了现场质询，最终同意引江济汉工程通过调水工程标准化管理水利部技术评价。

湖北省引江济汉工程管理局于2017年启动管理标准化建设，经过7年探索实践，已形成了一整套完善的标准化管理体系。2023年，引江济汉工程管理局正式启动调水工程标准化创建工作，并通过了省级初评，是湖北省第一批标准化管理调水工程之一。

据了解，引江济汉工程是南水北调中线一期汉江中下游四项治理工程之一，主要任务是从长江荆江河段引水至汉江高石碑镇兴隆河段，向兴隆以下河段（含东荆河）补充因南水北调中线调水而减少的水量，同时改善该河段的生态、灌溉、供水和航运用水条件。截至目前，工程累计调水329.02亿立方米，在优化区域水资源配置、助力区域防汛抗旱等方面发挥了重要作用。

（柯启龙　金秋　《中国水利报》　2024年1月21日）

深入推进南水北调工程高质量发展

南水北调工程管理工作将持续聚焦高质量发展主题，着眼建设"四条生命线"和世界一流工程，按照2024年全国水利工作会议安排部署，深化推进以下工作。

一是全力守牢工程"三个安全"底线。坚持问题导向、预防为主，树牢底线思维、极限思维，完善安全风险防御体系，全力确保在汛前完成南水北调中线工程水毁修复，加快实施南水北调防洪影响处理工程建设，进一步深化南水北调河湖长制协作机制，做好冰期及汛期安全运行工作，落实落细丹江口库区及其上游流域水质安全保障有关工作方案。二是持续提升南水北调工程综合效益。加强科学管理，完善动态调度管理机制，深化有关改革，精确精准实施东、中线一期工程年度水量调度，全面完成年度调水任务。继续实施华北地下水超采综合治理生态补水，助力永定河全年全线有水、京杭运河水流全线贯通。三是加快推进南水北调后续工程高质量发展。积极配合总体规划修编和西线先期实施工程等前期工作，推动中线引江补汉工程高质量建设。做好启动东、中线一期工程竣工验收准备工作。积极推进南水北调科技创新，加强科技成果总结凝练和推广应用。四是深化南水北调数字孪生建设应用。加强数字孪生南水北调已建成果的实际运用和持续迭代优化，全力推进数字孪生水网南水北调中线、东线先行项目建设及中线测雨雷达试点。五是全面推动南水北调品牌文化建设。围绕东、中线一期工程全面通水十周年等组织做好宣传工作，大力弘扬南水北调精神，讲好南水北调故事，提升南水北调整体影响力和品牌形象。

（作者系水利部南水北调工程管理司司长）

（李勇 《中国水利报》 2024年1月30日）

南水北调工程累计调水量突破700亿立方米

3月18日，南水北调东、中线一期工程累计调水量突破700亿立方米

（含生态补水超 108 亿立方米）。其中，中线工程调水 625.93 亿立方米，东线工程调水 67.77 亿立方米，东线北延应急供水工程调水 6.30 亿立方米，惠及沿线 7 省市 40 多座大中城市，受益人口超 1.76 亿。

东、中线一期工程全面通水 9 年多来，水利部认真贯彻落实习近平总书记关于治水的重要论述和关于南水北调工程重要讲话指示批示精神，加强工程调度管理，强化运行监管，全力保障工程安全、供水安全、水质安全。工程经受了郑州"7·20"特大暴雨、海河"23·7"流域性特大洪水等严峻考验，有效应对了低温雨雪冰冻灾害，工程运行安全平稳，已经成为优化水资源配置、保障群众饮水安全、复苏河湖生态环境、畅通南北经济循环的生命线工程。

（陈文艳　陈帅　《中国水利报》　2024 年 3 月 19 日）

数字赋能南水北调中线工程高质量发展

从祖国高空俯瞰，南水北调中线一期工程如一条"长龙"，穿山越河，迤逦而来。

如今，数字孪生建设为这条"长龙"增添新的保障，南水北调工程安全、供水安全、水质安全综合保障能力得到大幅度提升。

中国南水北调集团有限公司加快建设数字孪生南水北调中线 1.0 版，实现在数字世界中感知、模拟和预测中线工程的运行状态，目前已在多个典型业务场景中发挥实效，并入选水利部评选的数字孪生水利建设十大样板。

运行更安全

南水北调中线一期工程沿线布设了 10 万余支（套）监测感知设备和 1 万余台安防摄像头。这些监测设备形成了海量的基础数据、监测数据和业务管理数据。

"安全监测业务应用集成了基于数据驱动的数理统计预警预测模型和基于机理驱动的结构仿真分析模型，彻底盘活了数据。"南水北调集团中线公司科技管理部工作人员郝泽嘉说。

借助这两套模型，工作人员可以在千里之外可视化分析全线重点建筑物安全风险变化过程，预警异常安全监测点，并对关键监控指标进行模拟计算和结构安全性评估。

"安全监测业务应用提升了工程安全分析预警水平，能够精准服务安全运管业务。"郝泽嘉说。在南水北调中线一期工程55公里的示范段，中线公司运用三维可视化孪生引擎，更直观地掌握建筑物的运行状况。工程安全模型还能有效支撑输水调度、应急退水以及交叉建筑物洪水过流安全影响的多项复核分析。

通过接入国家气候中心和水利部信息中心的降雨、河道水势等水文数据，中线公司以产流汇流模型和河道水动力学模型等为引擎，构建了洪水预报模型、洪水演进模型，实现了"降雨—产流—汇流—演进"全链条应用，进一步提高"四预"（预报、预警、预演、预案）能力。

调 度 更 科 学

"中线工程运行管理以来，我们不断优化输水调度方案，初步构建了一套自动化输水调度系统。"中线公司总调度中心工作人员靳燕国说。

随着中线工程供水目标增加，针对输水调度重点和难点，中线公司研发了智能调度业务应用，集成水情数据智能清洗、自主学习训练、一维水动力快速精准仿真等3个模型，初步具备自主生成目标方案、输水状态的仿真预演和水力效果的调控模拟等能力，不仅能根据实测数据进行自主水情数据的智能清洗、稳态识别，还可对重要水力参数甚至模型结构进行自动反演。

"过去，中线工程各类调度方案凭借经验计算、全面把握中线输水特点完成。现在，智能调度业务应用平台随时对中线工程渠道输水能力进行评估，只要输入预设的输水工况和计算区间，便能自动计算区间内各断面的流量和水位，根据水位位置对调度方案进行动态调整。"靳燕国说。

数字孪生中线冰期输水业务应用集成了统计学、预报和精细模拟等模型，在水温和冰情预测预报上相互验证，可以预测预报未来多个时间段的各渠段水温、冰情，也可以在达到临界值时及时预警，模拟不同输水工况下的气温、水温和冰情，探索无冰输水的边界条件。

监测更智能

南水北调中线工程水质安全关乎超1.08亿群众，水质监测尤为重要。

水质保护业务应用基于已建的水质监测—预警—调控决策支持综合管理平台，动态掌握中线水质状况及未来发展趋势，实现污染物扩散模拟和应急调控举措在数字化场景中的仿真再现，集成了水质预测、污染物扩散模拟及退水等模型。

"有了这个应用平台，我们可实时查看中线13个水质监测自动站、30个固定监测断面以及和丹江口库区共享的7个水质自动监测站的监测数据，还能预测未来7天的水质变化情况。水质监测数据和预测数据一旦超过临界值，将自动预警。"中线公司水质与环保中心工作人员刘信勇说。

"过去，一旦发生水质污染突发事件，现场人员需要找专家、查资料、协调退水闸等，形成处置方案需要花费大量时间。"刘信勇说，"现在，业务应用平台会对现场应急物资仓库、退水线路等作出最佳选择，自动推送应急处置方案，拿到处置方案最快只需3分钟。"

数字孪生南水北调建设任重道远。南水北调集团将继续加快推进数字孪生南水北调建设和迭代升级，努力实现高端化、智能化、绿色化发展，全面助力南水北调工程安全、供水安全、水质安全，确保工程发挥更大的社会效益、经济效益、生态效益和安全效益，全面提升国家水网大动脉的安全保障能力。

（许安强 《中国水利报》 2024年3月19日）

水利部召开南水北调工程管理工作会

3月20日至21日，水利部在湖北省十堰市召开南水北调工程管理工作会，深入贯彻落实党中央、国务院决策部署，认真落实2024年全国水利工作会议精神，总结2023年南水北调工程管理工作，分析面临的形势任务，部署

2024年重点工作。水利部副部长王道席出席会议并讲话，湖北省副省长彭勇出席会议并致辞，中国南水北调集团有限公司总经理汪安南出席会议并讲话，水利部总工程师仲志余作总结讲话。

会议指出，2023年，南水北调工程管理各项工作取得积极进展和成效，"三个安全"底线进一步守牢，工程综合效益持续提升，数字孪生南水北调建设取得积极进展，后续工程高质量发展加快推进，为加快构建国家水网主骨架大动脉奠定了坚实基础。

会议强调，要深刻把握南水北调工作的新形势新任务新机遇，深入学习领会、认真贯彻落实习近平总书记重要讲话和指示批示精神，深入落实党中央、国务院决策部署，准确把握南水北调工程在推进中国式现代化进程中的职责定位，切实增强使命感责任感紧迫感，加快推进南水北调工程高质量发展。

会议要求，要深入贯彻落实习近平新时代中国特色社会主义思想和习近平总书记关于治水重要论述精神、关于南水北调工程重要讲话指示批示精神，围绕南水北调工程高质量发展目标要求，切实维护南水北调"三个安全"，持续提升南水北调工程综合效益，高质量推进引江补汉工程建设，深化南水北调东中线数字孪生建设应用，全力推进东中线一期工程竣工验收，加快推进后续工程前期工作，强化科技支撑和保障能力建设。

会上，水利部规划计划司应邀介绍了南水北调后续工程前期工作进展情况，部分单位作交流发言。与会代表现场考察了丹江口库区及其上游流域水质保护情况、中线后续引江补汉工程建设情况。部机关有关司局、部直属有关单位、有关流域管理机构、工程沿线省（直辖市）水利（水务）厅（局）以及南水北调集团、工程运行管理单位负责人参加会议。

（陈文艳　陈帅　《中国水利报》　2024年3月26日）

为科学调度水量及严格用水管理提供法治保障

南水北调工程事关战略全局、事关长远发展、事关人民福祉，是"优化水资源配置、保障群众饮水安全、复苏河湖生态环境、畅通南北经济循环"的生命线。《南水北调工程供用水管理条例》（以下简称《条例》）颁布实施十年来，水量调度制度及受水区水资源统筹调配、节约用水、地下水压采等用水管理制度等都得到了有效执行和全面落实，对确保南水北调工程安全、供水安全、水质安全，充分发挥工程的经济、社会和生态效益提供了法治保障。

建立健全配套法规制度

《条例》的实施有力推进了配套法规制度建设。在《条例》基础上，国家有关部门先后制定出台了一系列配套的法规制度：水利部及时制定《南水北调东线一期工程水量调度方案（试行）》《南水北调中线一期工程水量调度方案（试行）》，使水量调度更加科学规范；国家发展改革委印发了《关于南水北调东线一期主体工程运行初期供水价格政策的通知》等，明确规定了一期工程运行初期水价和生态补水水价。这些都为南水北调东中线一期工程水量科学调度、严格用水管理提供了基本遵循。

南水北调工程沿线各地，也结合实际不断完善相关规章制度，相继出台了《北京市南水北调工程保护办法》《南水北调天津市配套工程管理办法》《河北省南水北调配套工程供用水管理规定》《山东省南水北调条例》《河南省南水北调配套工程供用水和设施保护管理办法》《湖北省南水北调工程保护办法》等，为规范辖区内配套工程运行提供了制度保障。

科学调水严格管水

水利部积极落实《条例》规定，每年组织编制年度水量调度计划，并持续强化实施情况监督检查。沿线各省市主动配合，工程管理单位加强运行管理，合力保障工程调度的顺利实施和年度用水计划的全面完成。通过长江水、淮河水、黄河水和海河水的联合优化调度，受水区的水资源承载力和水环境承载力显著提升，综合效益显著。

实现高质量发展任重道远

《条例》颁布施行已有十年，随着新形势、新要求、新问题、新挑战的出现，亟待完善水量调度、用水管理等方面配套制度，以保障南水北调工程及其受水区经济社会高质量发展。

加快推进《条例》修订。要将习近平总书记"节水优先、空间均衡、系统治理、两手发力"治水思路及南水北调后续工程高质量发展、全面推行河湖长制、实施最严格水资源管理制度等要求全面落实到《条例》中；强化受水区非常规水源配置利用有关规定；增加生态补水、农业用水水价补贴政策等内容；进一步完善水价形成机制，统筹考虑南水北调工程供水价格与当地地表水、地下水等各种水源的水资源费（税）和供水价格；进一步完善水费缴纳机制、水费使用范围，保障工程良性运行；结合东线一期北延应急供水工程、中线引江补汉工程等实际情况，调整《条例》适用范围。

完善配套法规制度。按照《条例》规定，组织编制南水北调工程水量调度应急预案；会同生态环境部门及时建立水量水质信息共享机制，并定期向社会公布；研究制定南水北调工程生态补水管理办法、南水北调工程省际水权转让和水量交易管理办法；依据"还贷、保本、微利"水价制定原则和"准许成本加合理收益"方法，进一步完善南水北调东中线一期主体工程供水价格政策。

〔段红东（南水北调工程建设委员会专家委员会委员）
《中国水利报》 2024年4月2日〕

社论：全力推进南水北调后续工程高质量发展

千里水脉通南北，世纪工程利千秋。2021年5月14日，习近平总书记主持召开推进南水北调后续工程高质量发展座谈会并发表重要讲话，为推进南水北调后续工程高质量发展指明了前进方向、提供了根本遵循。三年来，水利系统将习近平总书记重要讲话精神转化为工作实践，锚定全面提升国家水安全保障能力的目标，以高度的政治自觉、强烈的使命担当，坚定不移加快推进南水北调后续工程高质量发展，各项工作取得积极进展和成效，为加快构建国家水网主骨架大动脉奠定了坚实基础。

南水北调工程是党中央决策建设的重大战略性基础设施，是优化水资源配置、保障群众饮水安全、复苏河湖生态环境、畅通南北经济循环的生命线和大动脉，是国家水网之"纲"。对南水北调工程这一"国之重器"，习近平总书记十分重视，先后多次视察，作出一系列重要指示批示。三年来，水利系统深刻领会习近平总书记重要讲话蕴含的丰富内涵、精神实质、实践要求，按照党中央明确的"东线一干多支扩面、中线增源挖潜扩能、东中成网协同互济"的思路，扎实推进南水北调后续工程高质量发展各项工作。三年来，引江补汉工程开工，南水北调后续工程建设启幕；总体规划修编取得新成效，后续规划方案逐渐明朗；中东线后续工程取得新进展，完成中线沿线调蓄体系研究，东线北延巩固提升可研编制基本完成；西线工程取得历史性突破，完成重大专题研究，前期工作加快推进。实践证明，南水北调工程持续优化了北方地区供水格局，推动复苏受水区河湖生态环境，不断为沿线经济社会高质量发展注入澎湃动能，发挥了巨大的经济、社会和生态效益，人民群众的获得感、幸福感、安全感不断增强。

全力推进南水北调后续工程高质量发展，加快构建国家水网，是时代的呼唤，是人民的重托。进入新时代，以中国式现代化全面推进强国建设、民族复兴伟业，要求加快构建国家水网，解决水资源时空分布极不均衡问题，全面提升水安全保障能力。全力推进南水北调后续工程高质量发展，是加快构建国家水网主骨架和大动脉的重要一环，是完善我国水资源配置战略格局、促进南北方协调发展的重要支撑，对保障经济社会高质量发展、实现中国式现代化具有十分重要的意义。我们要更加准确把握南水北调工程在推进中国式现代化进程中的定位，从讲政治、谋全局、顾长远的战略高度深刻认识南水北调工程的重大意义，进一步强化责任担当，加快推进后续工程前期工作，科学推进工程规划建设，加快构建国家水网主骨架和大动脉。要把保证工程安全、供水安全和水质安全作为根本前提，完善风险防范长效机制。要加快数字孪生南水北调建设，提升数字化、网络化、智能化水平。要坚持把节水作为受水区的根本出路，长期深入做好节水工作。要深化建设、运营、水价、投融资等体制机制改革，促进南水北调后续工程高质量发展。

守护清水北上，夯实国家水网。让我们从守护生命线的高度，奋力续写南水北调后续工程高质量发展新篇章，高质量推进国家水网建设，为全面建设社会主义现代化国家、全面推进中华民族伟大复兴提供更加坚实的水安全保障。

(《中国水利报》 2024 年 5 月 14 日)

碧水长渠向未来

——写在习近平总书记"5·14"重要讲话发表三周年之际

这是事关战略全局、长远发展、人民福祉的擘画引领——

三年前,南水北调中线工程渠首,习近平总书记站在党和国家事业战略全局和长远发展的高度,为推进南水北调后续工程高质量发展指明了方向、提供了根本遵循,为新时代治水擘画了宏伟蓝图。

这是立足全国一盘棋、锚定高质量发展的变革推动——

三年来,全国广大水利干部职工心怀"国之大者",深刻领会习近平总书记重要讲话中蕴含的战略思维、科学方法、实践要求,以高度的政治自觉、强烈的使命担当,推进南水北调后续工程高质量发展工作取得新成效。

这是检验政治责任感、历史使命感的具体实践——

南水北调,缓解了北"渴"。这座世界上规模最大的调水工程,让长江之水源源不断汇入淮河、黄河和海河流域,在中国版图上勾画出南北调配、东西互济的水网主骨架。截至目前,南水北调东、中线一期工程累计调水超 720 亿立方米,惠及沿线 7 省(直辖市)40 多座大中城市,受益人口超 1.76 亿人。

碧水长渠,扬波千重;长河泱泱,利泽万方。南水北调工程正在中国式现代化的新征程上书写新的历史。

牢记"三个事关"　不负殷殷嘱托

我国是世界上水情最复杂、江河治理难度最大、治水任务最繁重的国家之一,基本水情是夏汛冬枯、北缺南丰,水资源时空分布极不均衡。

作为国家水网主骨架、大动脉,南水北调工程事关战略全局、事关长远发展、事关人民福祉。建设南水北调工程,是构建国家水网的重要任务,也是时代和历史赋予的伟大使命。

2021年，中国共产党团结带领中国人民踏上了实现第二个百年奋斗目标新的赶考之路。高质量发展是全面建设社会主义现代化国家的首要任务。

一边是实现高质量发展必须有水利作为基础性支撑，一边是进入新发展阶段，促进南北协调发展需要更有力的水资源保障。面对新形势新任务，南水北调工程后续怎么干？

2021年5月14日，河南南阳市，习近平总书记充分肯定南水北调工程的重大意义，科学分析南水北调工程面临的新形势新任务。

此前，2020年11月13日，习近平总书记在南水北调东线一期工程源头江都水利枢纽，强调要把实施南水北调工程同北方地区节约用水紧密结合起来，以水定城、以水定业，调水和节水这两手要同时抓。

从江苏到河南，从东线到中线，南水北调后续工程建设迎来了总体性、指导性意义的部署。南水北调工程在习近平总书记心中的重要性不言而喻。

三年来，水利部部长李国英多次主持召开会议、奔赴一线调查研究，深入贯彻落实习近平总书记重要指示批示精神，从讲政治、谋全局、顾长远的战略高度持续推进国家水网建设和南水北调后续工程高质量发展工作。

"要进一步提高政治站位、强化使命担当，统筹高质量发展和高水平安全，不折不扣扎实抓好南水北调后续工程高质量发展各项任务。"2024年5月13日，李国英在推进南水北调后续工程高质量发展工作领导小组会议上强调。

深入领会、吃透精神，才能精准对接、有效落实。

这三年，水利部全力推进南水北调后续工程规划和建设，加快南水北调总体规划修编，推进东线二期可研论证和西线工程规划编制，加快完善南水北调工程总体布局。

这三年，南水北调后续工程首个项目引江补汉工程进入全面施工阶段，已累计完成投资53.58亿元。南水北调与三峡工程两大"国之重器"连通步伐加快。

这三年，水利部进一步提升南水北调东、中线一期工程效益，连续启动东线一期工程北延应急供水工程年度调水，助力京杭大运河连续实现全线水流贯通。

这三年，数字孪生南水北调先行先试项目建设取得积极成果，工程管理数字化、网络化、智能化水平不断提高，水安全保障的基础不断夯实。

一渠清水添翼赋能，南水北调后续工程的高质量发展蹄疾步稳。

筑牢"四条生命线" 坚守"三个安全"

汛期不结束，巡查不停步。刚一入汛，中国南水北调集团中线有限公司河北分公司石家庄管理处巡查员段海涛就忙个不停：拉网式排查、形成问题台账、制定整改计划……

三年来，各级水利部门和中国南水北调集团有限公司加强工程调度管理，强化运行监管，从守护生命线的政治高度，维护南水北调工程安全、供水安全、水质安全。

建制度，保运行，守住工程安全底线——

暴雨！2021年，南水北调东线工程沿线有6个雨量站降雨超过有气象记录以来极值。

超警！2023年，受台风"杜苏芮"影响，南水北调中线工程全线81座河渠交叉建筑物行洪过流。

对重点建筑物落实24小时盯防，对易出险区域加密巡查，滚动掌握降雨、产汇流、洪峰洪量等过程情况……水利部、中国南水北调集团、沿线各地水利部门通力协作，严格落实预报、预警、预演、预案措施，经受住一次次考验。

2022年，守护南水北调工程安全又多了一支"生力军"——南水北调也有河长了！

水利部印发方案，明确要求南水北调中线、东线工程沿线省份充分发挥河湖长制优势，切实管护好"国之重器"。如今，一张上下联动、区域协同的"安全网"已经在工程沿线全面铺展。

强调度，稳供应，追求供水安全高线——

水利部每年综合研判水源区来水情况、可调水量及受水区各省市需水量、工况等因素，制定南水北调工程水量调度计划，沿线水利部门根据计划开展输水调度。近几年，调水管理又多了许多"智慧帮手"。

在东线工程第三梯级泵站江苏洪泽站，南水北调东线江苏水源公司科技信息中心主任莫兆祥展示数字孪生建设成果。"只需点下按钮，就能远程控制水泵启闭，原来耗时1小时的人工操作流程，如今只需1分钟。"

在中线工程沿线，自动化系统可通过900余个测站、1500余台测量控制单元，自动采集 4 万余个监测仪器的数据，管理 8 万余支监测设施的监测数据和成果。

遇冰冻期，调水难度加大。中国南水北调集团中线有限公司基于气温、水温、冰情预测，建立冰情预报预警系统，开发冰期监测和运行调度平台，让冰期输水能力逐年提升。

勤检测，重守护，筑牢水质安全防线——

在中线陶岔渠首，清漂机器人用孔径最小仅 5 毫米的过滤细网收集小漂浮物。陶岔渠首通过两道拦网阻挡体积较大的漂浮物，再用清漂机器人"查漏补缺"，守护源头"大水缸"。

在东线调蓄水库——东平湖，济南市水文中心王帅帅认真记录着各项水质指标。东线沿线累计实施 471 项治污工程，推动水质断面达标率提高到 100%，打造一条输送好水的"健康长廊"。

在北京团城湖管理处，讲解员向记者介绍，北京设置"入京、入城、入厂"三道水污染防线，并与上游建立信息共享、联动预警机制，确保"家门口"的水质安全。

……

多年来，中线工程水质一直优于Ⅱ类，东线工程水质稳定保持在Ⅲ类水标准。坚守"三个安全"，南水北调工程已经成为优化水资源配置、保障群众饮水安全、复苏河湖生态环境、畅通南北经济循环的生命线。

配置水源，优化格局——截至 2024 年 5 月 14 日，南水北调东、中线一期工程累计调水超 720 亿立方米。三年来，南水北调工程的供水地位由"辅"变"主"，全国统一大市场和畅通的国内大循环越来越离不开南水北调工程的支撑。

复苏河湖，改善生态——南来之水所到之处，干涸的河床湿地得到补充，因缺水而萎缩的水库湖泊重现生机。受益于南水北调工程的"滋养"，华北地区浅层地下水水位回升，京杭大运河连续多年全线水流贯通，永定河连续四年实现全线流动。

畅通循环，助推发展——南水北调工程逐步破解华北地区水资源要素对生产能力的束缚，助力京津冀协同发展；带动河南省工程沿线市县实施创新驱动发展战略，发展战略性新兴产业，激活中部崛起新引擎；促进京杭大运河城市竞相发展，打通运河城市群经济社会高质量发展的"大动脉"。

绘制世纪画卷　加快推进国家水网建设

推动南水北调后续工程高质量发展，谋划的不仅仅是一个工程的发展方向，更是如何透过一个工程、两条线路，看清过去、看准当下、看到未来，谋篇布局国家水网，为实现中华民族走向复兴的伟大梦想提供不可或缺的水资源基础支撑。

习近平总书记在推进南水北调后续工程高质量发展座谈会上提出坚持全国一盘棋、集中力量办大事、尊重客观规律、规划统筹引领、重视节水治污、精确精准调水等六条实施重大跨流域调水工程的宝贵经验，并对推进实施调水工程提出坚持系统观念、坚持遵循规律、坚持节水优先、坚持经济合理、加强生态环境保护、加快构建国家水网等六方面明确要求。

三年来，围绕运用好实施重大跨流域调水工程的经验、准确把握调水工程的实践要求，各地广泛深入开展实践——

广东坚持"一盘棋"思想，省政府组建专班，推进环北部湾广东水资源配置工程建设。目前工程全线隧洞累计掘进超万米，建成后将从根本上解决粤西地区水资源短缺问题。

安徽坚持规划统筹引领，兼顾区域和行业需求。引江济淮工程试通水通航，打通了长三角与中原经济区之间的水运大动脉，成为长江、淮河流域经济要素流通的关键通道。

陕西集中力量攻坚克难，形成强大工作合力。引汉济渭二期工程参建单位克服隧洞断面小、坡度大等施工难题，采取长隧短打等措施，保障隧洞施工安全高效推进。

……

实践证明，南水北调工程的高质量发展，对国家水网建设具有重要示范意义。

汇集智慧、凝聚共识，上下联动、全力攻坚。

从江河湖畔到广袤田野，从大山深处到大海之滨，三年里，一个个水利工程施工现场热火朝天，国家水网重点工程不断刷新"进度条"，跑出水利建设"加速度"。

开工！总投资约438亿元的淮河入海水道二期工程拉开建设帷幕，淮河流域亿万人民翘首以盼的民生工程、发展工程将进一步打通淮河流域洪水排泄入海通道。

完工！随着最后一台机组正式投产发电，历时9年建设的国家水网重要骨干工程大藤峡水利枢纽主体工程完工，较国家批复的建设工期提前4个月。

通水！国家172项节水供水重大水利工程广东珠三角水资源配置工程正式通水，沿线超3200万人受益，为粤港澳大湾区高质量发展提供了战略支撑。

2023年5月25日，新时代新征程上国家水网建设这张"世纪画卷"有了更清晰的模样——《国家水网建设规划纲要》正式印发——这是新中国水利发展具有重要里程碑意义的大事！

加快构建"系统完备、安全可靠，集约高效、绿色智能，循环通畅、调控有序"的国家水网，到2035年基本形成国家水网总体格局，构建与基本实现社会主义现代化相适应的国家水安全保障体系……一幅面向2035年的现代化高质量水利基础设施网络宏伟蓝图全面铺开。

面对新形势新任务新要求，水利系统上下联动，在确保工程质量和安全的前提下，再次掀起加快水利基础设施建设的热潮。

成绩单出炉！2023年，全国完成水利建设投资超1.1万亿元，在2022年首次迈上万亿元大台阶基础上，再创历史新高。

高基数之上明显增长，水利基础设施建设持续添动能！

振奋人心数字的背后，是习近平总书记作为党中央的核心、全党的核心掌舵领航，是各级水利部门学深悟透习近平总书记重要讲话精神、开拓创新勇担当的奋斗结晶。

在2023年全国落实水利建设投资中，包括地方政府专项债、金融信贷、社会资本5451亿元，占比44.5%。各地水利部门充分利用国家政策支持、社会资本广泛参与的重要利好机遇，"两手发力"激活水利建设投资的发展新动能。财政资金、金融信贷、社会资本共同发力的水利投融资格局已初步形成。

连年增长的水利投资还加快了数字孪生水网建设的步伐，为推动新阶段水利高质量发展开启了"新大门"。

各地积极探索实践，取得了一系列阶段性成果。数字孪生南水北调中线1.0入选水利部数字孪生水利建设十大样板名单（2023年），构建了工程安全结构分析、跨流域多水源多目标联合调度等智慧应用场景；浙东数字孪生水网初步实现了安全监视、调度决策、日常管理、应急处置等功能，有效提升了水网调度管理智能化水平……水网建设管理数字化、网络化、智能化水平日益提升。

时间，见证国家水网建设；实践，书写砥砺奋进答卷。以南水北调工程为代表，一个又一个国家水网标志性工程在全面促进水资源利用与国土空间布局、自然生态系统相协调上发挥着重要作用，推动现代化水利基础设施体系在更高水平上保障国家水安全。

2024年，南水北调东、中线一期工程将迎来全面通水十周年。我们坚信，在党中央的坚强领导下，在国家战略的引领下，南水北调及其后续工程必将更好地带动国家水网建设，持续发挥促进南北协调发展的巨大效益，为全面建设社会主义现代化国家提供更加有力的水安全保障！

（王鹏翔　孟京　《中国水利报》　2024年5月14日）

水利部召开推进南水北调后续工程高质量发展工作领导小组会议

5月13日，水利部召开推进南水北调后续工程高质量发展工作领导小组会议，对习近平总书记关于推进南水北调后续工程高质量发展的重要讲话再学习再领悟，对贯彻落实工作再部署再推动。水利部党组书记、部长李国英出席会议并讲话，部党组成员、副部长陈敏出席会议。

会议强调，要时刻牢记南水北调工程事关战略全局、事关长远发展、事关人民福祉，进一步提高政治站位、强化使命担当，统筹高质量发展和高水平安全，不折不扣扎实抓好南水北调后续工程高质量发展各项任务。要按照党中央、国务院部署，准确把握东线、中线、西线三条线路特点，进一步优化完善总体工程规划布局。要锚定确保工程安全、供水安全、水质安全目标，积极推进中线交叉河道防范洪水冲击，加强汉江流域水资源优化配置和调度，强化丹江口库区及其上游流域水质安全保障，坚决守牢南水北调安全底线。要持续推进数字孪生南水北调建设，提升工程调配运管的数字化、网络化、智能化水平。要坚持把节水作为受水区的根本出路，坚持不懈做好节水工作，建立健全用水权交易机制、合理水价形成机制、管理运行体制机制，促进南水北调工程高质量发展。

（刘青青　李新月　《中国水利报》　2024年5月14日）

一渠碧水润北方

碧水澄澈，青山逶迤，水天相接，绿洲点点。

5月11日，河南省淅川县丹江口水库在晨雾中显得格外静谧，水墨山水丹江铺展在眼前。

三年来，河南深入贯彻落实习近平总书记关于推进南水北调后续工程高质量发展的重要讲话精神，守好一库碧水，切实保障南水北调工程安全、供水安全、水质安全，确保"一泓清水永续北上"。

强化责任担当

立夏过后，丹江口库区绿意盎然，生机勃勃，引得前来观光打卡的游客络绎不绝。

丹江口水库面积1050平方公里，其中淅川境内506平方公里。作为南水北调中线工程的核心水源地和渠首所在地，河南承担着向华北地区提供优质水资源的重大政治责任。

"50%以上总干渠在河南境内穿越，维护工程安全、供水安全、水质安全责任重大！"河南省水利厅厅长申季维表示，"三年来，我们牢记总书记嘱托，扛牢守护'一库碧水'和'一泓清水永续北上'的政治责任，推进南水北调后续工程高质量发展，在落实国家'江河战略'中强化担当。"

《河南省南水北调饮用水水源保护条例》正式施行，实行最严格的生态环境保护制度；南水北调中线工程河南段全线推行河湖长制，设立省市县乡村5级河湖长980名，分级分段落实属地责任；建立省级河湖长联席会议和企地协作机制……三年来，一个个创新举措彰显了河南的责任与担当。

通水以来，南水北调中线工程已成为许多北方城市的供水安全生命线、经济发展保障线和生态恢复水脉线，沿线水资源保障能力不断增强。

扩大供水效益

"五一"假期过后，位于豫陕鄂三省交界处的千年古镇淅川县荆紫关镇旅游依然热度不减。

从前，淅川人民守着一库丹江水，却吃不上丹江水。"正在加紧施工的淅川县城乡供水一体化项目，将彻底改变这一现状。"淅川县中州水务有限公司董事长王龙占说，"项目建成后，70万淅川城乡人民将用上优质安全的丹江水！"

三年来，中州水务有限公司建成的南水北调中线配套工程包括新建管线1128.652公里，新建供水厂6座，新建蓄水池5座，惠及761.285万人。

"我们加快南水北调配套供水工程建设，三年来，内乡县、平顶山城区、新乡平原新区等12个供水及水厂工程建成通水，郑开同城东部、焦作孟州等12个供水工程正在加快建设，巩义市、桐柏县等8个供水工程前期工作加快推进。"省水利厅南水北调工程管理处处长石世魁说。

以南水北调总干渠为纽带，以供水线路、生态补水河道为脉络，以调蓄水库为保障，辐射水厂及配套管网、河湖库网的供配水体系加速构建，增强了南水北调来水丰枯调节能力，确保"一泓清水永续北送"。

增加移民收入

新铺的柏油路，崭新的小洋楼，连排的温室大棚……三年间，南阳市淅川县邹庄村迎来华丽蝶变。

"今天的邹庄村，人均年收入较5年前翻了两番，村集体经济收入从5年前的不足5万元发展到100余万元，村民的日子越过越红火。"村委会副主任邹会彦说。

"河南科学借鉴推广浙江'千万工程'经验，因地制宜、分类施策，加快美丽移民村建设步伐，打造了一批产业兴、环境美、乡风优、治理好的南水北调美丽移民村。"省水利厅副厅长杜晓琳说。

包括邹庄村在内，郑州市荥阳市李山村、平顶山市郏县马湾移民新村、邓州市北王营村等多个南水北调移民村获得"全国文明村镇""中国美丽休闲乡村""全国民主法治示范村（社区）"等荣誉称号。

移民要发展，产业是关键。河南积极实行扶持资金项目化、项目资产集体化、集体收益全民化的"三化"发展模式，大力发展移民产业，加大移民培训力度，举办种植、养殖、实用技术等生产技能培训班，助力移民就业创业。

"2021年以来，我们共安排后期扶持资金44.25亿元，支持南水北调库区和移民安置区经济社会快速发展。"杜晓琳说。

（谭勇　记者　李乐乐　《中国水利报》　2024年5月15日）

京津冀南水北调受水区近八成县域建成节水型社会

记者日前从水利部海河水利委员会获悉，截至2023年年底，京津冀南水北调受水区累计102个县（区）完成节水型社会达标建设，近八成县域已建成节水型社会。

海河流域是南水北调工程的主要受水区。近年来，海委持续加强京津冀南水北调受水区县域节水型社会建设跟踪指导，协同受水区各级政府，坚持先节水后调水原则，有力有序推动县域节水型社会建设。近期，海委组织开展县域节水型社会建设情况资料整编，形成建设台账，动态更新完善，做到建设情况实时掌握、全面掌握。

（薛程　王丽叶　《中国水利报》　2024年6月12日）

2024年丹江口库区及其上游流域水质安全保障水利工作会议第一次会议在北京召开

6月28日，2024年丹江口库区及其上游流域水质安全保障水利工作会议第一次会议在北京召开，水利部党组成员、副部长王道席出席会议并讲话。

会议强调，习近平总书记始终心系南水北调水源地水质保护工作，多次发表重要讲话、作出重要指示批示。要坚持"两个确立"、做到"两个维护"，心怀"国之大者"，把思想和行动统一到习近平总书记重要指示批示和党中央决策部署上来，把落实丹江口库区及其上游流域水质安全保障工作水利任务作为重要政治任务一抓到底。

会议充分肯定上半年工作，各项任务推进有序有力，成效明显。一是加强综合治理。积极落实中央资金22亿元，支持河南、湖北、重庆、四川、陕西、甘肃六省（市）实施水土流失治理等项目。二是完善监测体系。新改建4条主要入库河流水质自动监测站；全覆盖监测丹江口库区及上游流域水土流失情况；对汉江流域生态流量控制断面持续开展监测预警。三是科学调度水资源。2024年共实施南水北调中线生态补水8.95亿立方米，开展汉江中下游梯级枢纽联合生态调度；数字孪生丹江口构建了"天空地内水"一体化监测感知体系，实现水—库—坝全息实时映射与"四预"业务智能应用。四是强化体制机制与法治保障。成立汉江流域治理保护中心，组建汉江流域水政监察总队；建立河湖长动态调整和责任递补机制，公布四级河湖长名单。今年截至6月20日，中线工程已累计调水超40.89亿立方米。丹江口库区及其上游流域和中线总干渠水质状况稳定、总体为优。陶岔渠首有162天水质达到地表水Ⅰ类标准。

会议要求，要在总结前段工作经验基础上，充分发挥各项机制作用，强化协同治理，加强科技支撑和资金保障，切实推动各项水利任务落实，圆满完成2024年重点工作。

南水北调工程管理司、水资源管理司、财务司、人事司、河湖管理司、水土保持司、水文司、长江水利委员会有关负责同志，河南省、湖北省、陕西省水利厅有关负责同志在会上发言。驻部纪检监察组、各牵头司局和南水北调集团负责同志参加会议。

（水利部网站　2024年7月3日）

水利部召开南水北调东中线工程受水区节水工作推进会

6月28日，水利部在河南省郑州市召开南水北调东中线工程受水区节水工作推进会，深入贯彻习近平总书记关于推进南水北调后续工程高质量发展的重要讲话精神，落实党中央、国务院重要决策部署，进一步推进受水区打好节水优先主动战，建设国家节水高地。水利部总经济师程殿龙出席会议并讲话。

会议指出，习近平总书记发表关于推进南水北调后续工程高质量发展的重要讲话以来，水利部和南水北调东中线工程沿线省市从落实国家重大战略高度，坚持调水、节水两手都要硬，把实施南水北调东中线工程同受水区节约用水统筹起来，扎实推进受水区节水工作，取得了明显成效。

会议强调，要深刻认识做好南水北调东中线工程受水区节水工作的重大意义，准确把握发展新质生产力、推动高质量发展、进一步全面深化改革等提出的新要求新任务，对标国际先进水平，坚持问题导向、目标导向，全面推进受水区水资源节约集约利用。

会议要求，要坚定不移贯彻落实习近平总书记关于推进南水北调后续工程高质量发展的重要讲话精神，全面加强受水区节水工作，坚持把节水作为受水区的根本出路，着力提升受水区用水效率和效益。要建立健全节水制度政策，探索建立受水区节水成效与调水指标挂钩机制，强化用水总量强度双控，推进实施高耗水工业和服务业强制性用水定额，开展重点行业用水定额对标达标，实施重点节水行动，高质量开展节水型社会建设，着力发展节水产业和科技，大力推广合同节水管理，加快节水数字化智慧化建设，强化节水监督考核激励，全面提升节水宣教效能，进一步开创受水区节水工作新局面。

(葛静芳 《中国水利报》 2024年7月4日)

展智慧之翼 护清水北上

——南水北调中线水源公司推进数字孪生丹江口工程建设

碧水澄澈，青山逶迤，水天相接，绿洲点点。

作为南水北调中线工程的核心水源地，丹江口水库横跨湖北十堰和河南南阳，宛如一颗璀璨的明珠，镶嵌于山水之间，承担着护送一泓清水永续北上的重任，也是保障汉江流域防洪安全的"定海神针"。

如何管好工程、护好水源，确保南水北调工程安全、供水安全、水质安全，一直是社会关注的焦点。

当前，快速发展的云计算、大数据、人工智能为水利决策管理提供了前瞻性、科学性、精准性、安全性支持，也为数字赋能丹江口水库发展带来了新的机遇和挑战——2022年，数字孪生丹江口先行先试项目被列为水利部11个数字孪生水利工程先行先试建设项目之一。

乘数字化东风，着眼高质量发展，南水北调中线水源有限责任公司（以下简称中线水源公司）抢抓机遇、攻坚克难、聚力创新，全力推进数字孪生丹江口工程建设，用数字技术为"大国重器"插上"智慧之翼"。

2024年，数字孪生丹江口入选数字孪生水利建设十大样板名单和典型案例名录，在行业内外树立了数字孪生工程建设的标杆。

面向未来 精心绘就智慧蓝图

打开数字孪生丹江口系统界面，丹江口大坝虚拟影像伫立于蓝色的数字空间之中，各项数据动态整齐分布于大坝两侧。

大坝安全、库区安全、水质安全等模块整齐陈列于系统之中，轻轻一点，即可实时了解大坝、供水、水质、库区等现状、异常和趋势。工作人员一边操作，一边感叹着数字技术为他们工作带来的便捷。

"数字孪生丹江口工程就是在信息空间上构建丹江口大坝的虚拟影像，这是一项复杂的系统工程，必须加强组织、顶层谋划、统筹协调、协同推进。"中线水源公司总经理李飞说。

2021年年底，水利部部长李国英在推进数字孪生流域建设工作会上提出

"以数字孪生流域建设带动智慧水利建设",水利系统数字孪生流域建设拉开帷幕。水利部长江水利委员会紧跟步伐,开启数字孪生长江试点建设,建立分级负责工作机制,精心打造"长江一张图"。

在水利部、长江委的领导下,中线水源公司以数据共建共享模式为依托,调动优势资源力量集智攻关,开展数字孪生丹江口工程建设,推进丹江口水库管理向数字化转型。

2021年年底,中线水源公司对建设数字孪生丹江口作出专项部署;2022年5月,成立数字孪生建设领导小组,研究决策建设中的重大问题。中线水源公司联合其他项目承担单位组建实施组织协调领导小组,指导联合体项目机构开展建设实施工作,确保项目按节点目标顺利实施。

中线水源公司内部由技术发展部牵头,做好各业务板块建设过程中的组织协调工作;工程管理部、供水管理部、库区管理部等业务部门,负责相关业务板块的需求分析、建设进度、质量管理。

数字孪生建设在水利行业没有经验可循,要想成功建成符合丹江口水库的数字孪生系统,只能不断探索、验证、调整和完善。

项目组通过座谈交流和现场踏勘,对丹江口工程和库区管理业务进行全面调研,系统梳理了大坝安全、防洪兴利、供水调度、水质安全、库区管理、生产运营等各类水利业务流程。组织编制《"十四五"数字孪生丹江口建设方案》,明确未来5年丹江口数字孪生水利建设目标,确定分年度建设任务,为数字孪生水利建设勾勒了清晰的蓝图,规划了实施路径,确保数字孪生丹江口建设目标按期实现。

"数字孪生丹江口工程是支撑新一代水利高质量发展的复杂综合技术体系,它的应用将推动形成一个共享全方位、应用高效能的水资源多元共治发展新格局。"李飞介绍,"建设数字孪生丹江口,意义不仅在于蓄水,更重要的是'布新',为水利工程带来全新的发展方式和治理方式,为水利高质量发展打开一片数字'蓝海'"。

作为数字孪生丹江口工程牵头建设单位,中线水源公司结合自身实际,充分践行"需求牵引、应用至上、数字赋能、提升能力"的总要求,从保一库碧水永续北送,切实维护中线水源工程"三个安全"的政治高度和中线水源工程运行管理实际需求出发,加强工作组织,加快推进数字孪生丹江口中线水源工程建设,构建智慧水源管理体系,为丹江口水库管理提供前瞻性、科学性、精准性、安全性支持，推动新阶段中线水源工程高质量发展。

2023年6月20日，李国英在数字孪生水利建设现场会上对数字孪生丹江口工程建设成果给予高度评价，并称丹江口水质二维、三维污染物的输移扩散模型是"很大技术进步"。

自主研发　集思广益攻坚克难

将"未知"变成"预知"，是新时代寻求数字化自我革命的艰难探索。中线水源公司致力于实现"数字孪生丹江口赋能大国重器数字化"目标，广纳贤才、集思广益，以数据共建共享模式为依托，调动优势资源力量攻克难关，加快推进丹江口水库管理向数字化转型。

走进中线水源公司数字孪生丹江口工程集中攻关办公点，共享大屏幕上呈现着大坝和水库三维实景模型，各项相关数值有序排列，一张张办公桌上电脑屏幕闪烁，模型参数不断调整；工作人员不时就实际研发中遇到的问题交流探讨，进行头脑风暴。

什么是数字孪生？如何建设数字孪生丹江口？怎样实现"四预"（预报、预警、预演、预案）功能？在一次次专题讨论中，答案逐渐明晰，方向更加确定，认识更加统一，力量不断凝聚。

建专班、定制度、出方案，数字孪生建设布局加快构建；搭平台、抓应用、提质效，数字孪生建设任务逐步落实……

在深度分析丹江口水库特性的基础上，数字孪生专项小组立足确保"三个安全"总目标，通过持续自主研发，在水利、计算机、环境等领域实现多学科深度融合，实现技术突围。

"相较于国内其他数字孪生水利技术，我们在构建有限元结构仿真分析模型、水质污染输移扩散模型及滑坡仿真预演模型等方面已走在全国前列，攻克了行业难点。"中线水源公司技术发展部主任李全宏介绍。

现有的丹江口大坝是在初期工程老坝体的基础上培厚加高改建而成，新老混凝土结合面状态、左右岸混凝土坝与土石坝连接状况等，是各方关注的焦点，也是大坝安全关注的重点之一。

数字孪生丹江口工程通过构建有限元结构仿真分析模型，在数字世界将坝体解构为210余万个有限元单元，借助物理机制驱动、实测数据修正的全新计算模型，达到精准掌握、预判大坝在各种温度、水位等条件下各位置安全性态的目的，可以全面掌握新老坝体结合部位安全情况。

在工作人员的演示下，可以清晰地看到，外界条件和坝体运行状态的每一项指标都整齐排列在大坝安全模块页面中。一旦有指标出现异常，系统就会自动报警。

水质安全是实现供水安全的关键。由于丹江口水库水深大、水质分层特征明显，国内常规水质模型不能完全满足水库水质安全保障需求。团队首次将二、三维水动力水质模型与数字孪生水利系统有机结合，精准分析污染物入库后在不同水域、水深的扩散路径和浓度分布，对确保丹江口水库水质安全意义重大。同时，通过构建滑坡仿真三维预演模型，可在线模拟分析滑坡在不同工况下的稳定状态和变形演化趋势，从而精准预判滑坡体变形全过程，确保地质安全。

2023年8月，丹江干流突发水质超标事件，中线水源公司运用数字孪生丹江口系统对丹江荆紫关以下河段和丹江口水库污染物扩散进行演算，预测预演了15日内的污染扩散趋势和影响范围，科学准确研判事件发展趋势，为制定应急处置方案提供了技术支撑，有效减轻了突发事件造成的损失和影响。

李全宏将数字孪生丹江口比喻成丹江口水库在数字世界里的一个孪生兄弟。通过对丹江口水利枢纽全域数字化映射，形成与物理世界实时同步的数字孪生，基本实现工程安全动态综合评估、供水安全滚动保障及水质安全精准模拟，让科学处置"跑"在风险前面。

从治水走向"智"水，数字孪生丹江口充分引入卫星遥感、北斗、AI（人工智能）、5G（第五代移动通信网络）、测量机器人、物联网、卫星通信等多项新技术，开展"天空地水工"透彻监测感知网、数据底板、孪生平台、智能业务应用、信息化基础设施及网络安全建设，实现各项业务的"四预"功能，形成了10余项具有自主知识产权的可复制推广的先进技术成果。

在攻坚克难、开拓创新的进程中，中线水源公司逐渐探索出国内大型水利工程数字孪生建设的可行模式。

以"智"赋能　全力确保"三个安全"

2023年10月12日，丹江口水库库区水位再次超过170米，水库时隔两年又一次取得汉江秋汛防御与汛后水库满蓄"双胜利"。

在距离丹江口大坝不远处的中线水源公司调度指挥大厅内，工作人员轻点鼠标，水库满蓄各项关键数值和实时画面跃然屏上。短短 1 分钟，系统便能完成关于水库 170 米蓄水大坝安全的数字演算，在风险来临前预判演进过程，提出多种处置方案，指导一线决策。

此次蓄水是丹江口水库首次运用数字孪生技术保障满蓄工程安全、供水安全、水质安全的成功实践。与 2021 年相比，这一次所有的工作人员则更有底气和信心。

"过去，大坝安全性态演算需要我们耗时数月完成海量计算，基于分析结论的处置耗时费力，存在事后处置的局限。"中线水源公司工程管理部杜飞龙说，如今，大坝安全性态演算依靠自主研发的大坝性态仿真模块，不仅有效提升了大坝数字孪生映射的效率，而且通过基于局部监测样本置信区间法和有限元极限工况仿真的两级预警指标阈值设定方法，有效提升了预警准确性和规范性。

工程安全是保障流域防洪安全的底线，也是运行管理的工作核心。中线水源公司依托安全监测自动化系统，实时关注 2500 余支监测仪器的监测指标，实现了对枢纽建筑物的全覆盖监控，可及时发现并处置安全隐患。

"过去需要 7~10 天才能完成一个完整周期的大坝安全监测，现在仅需两小时完成并自动生成成果报告，紧急情况下重点监测断面可在 5 分钟内完成一次应急监测。"中线水源公司技术发展部工作人员肖文韬满是欣喜。

不仅如此，系统还可对地质灾害演进过程进行推演，预判地质灾害发生的时间、位置及产生的影响等。目前中线水源公司正在完善丹江口库区一张图项目，借助高精度实景三维技术实现对库区淹没情况亚米级预判，最大限度确保库区安全。

千里调水，水质是关键，这是南水北调的底线。数字孪生丹江口将水质安全"四预"作为重点建设任务之一，为丹江口水质管理保护提供技术支撑。

系统通过分布在库区的 11 个水质自动监测站、32 个人工监测断面以及移动监测车、监测船等监测感知体系，对库区及 16 条入库河流水质在线监测。通过卫星看、监控盯、无人机巡，实现对水库岸线和入库河流异常情况全时段、全方位、无死角巡查监控，实时掌握水质健康状态。守水护水由人力密集型向人机交互型转变，由经验判断型向数据分析型转变，由被动处置型向主动预警型转变。

"数字孪生丹江口构建了库区三维水动力水质模型，每天零点和 12 点自动推演涉及库区 1050 平方公里的氮、磷等浓度场。我们可以实时掌握库区水质安全态势，实现库区水质回溯历史、展示当下、预见未来。"中线水源公司供水管理部副主任程靖华介绍。

在推演突发水污染事件时，工作人员只需随机输入丹江口库区某入库支流站点污染物浓度数值，系统即可推演出该污染物未来 7 天输移扩散路径、在不同水域及水深的含量、对陶岔渠首输水影响等重要结论，随后自动生成应急加密监测方案并评估处置方案的实施效果。系统还可将陶岔渠首水质风险发送至数字孪生流域供水模块，支撑供水计划调整，保障应急供水安全。

在一次次实践和情景模拟中，数字孪生丹江口工程充分发挥"四预"功能，精准服务于中线水源供水水质保障智能管理，提升流域机构水行政管理能力，强力支撑南水北调后续工程高质量发展。

"中线水源公司将以强烈的责任感、使命感和危机感持续做好数字孪生丹江口迭代升级，努力建设支撑精确化预测、精准化决策、精细化管理的实用、好用、管用数字孪生丹江口系统。"谈到数字孪生丹江口下一步建设方向，李飞满怀期待。

一路披荆斩棘，一路凯歌行进。在推进中国式现代化的新征程上，数字孪生丹江口必将成为确保丹江口水库"三个安全"的关键一招和推动新时代南水北调事业蓬勃发展的必然选择。中线水源公司将牢记嘱托、挺膺担当，站在守护生命线的高度，持续推进数字孪生丹江口建设，为"一泓清水永续北上"提供"智慧能量"。

（王曼玉　马晓媛　周思懿　《中国水利报》　2024 年 9 月 25 日）

水利部　中国南水北调集团　十堰市人民政府联合举办丹江口库区及其上游流域—中线总干渠联动水质安全保障应急演练

9 月 29 日，水利部组织开展丹江口库区及其上游流域—中线总干渠联动水质安全保障应急演练，水利部副部长王道席、中国南水北调集团董事长汪安南出席，生态环境部、应急管理部及有关地方单位参加本次应急演练。

本次演练首次协同南水北调中线水源丹江口水库及中线干线，在湖北省十堰市丹江口库区和河南省南阳市南水北调中线陶岔渠首设置演练现场，采用现场实操和网上推演方式开展合成演练。

今年12月将迎来南水北调东中线一期工程全面通水10周年。截至目前，工程已累计调水超753亿立方米，水质稳定达标，经济、社会和生态等综合效益显著。水利部将认真贯彻落实习近平总书记重要指示批示精神，会同有关单位及地方切实维护南水北调工程"三个安全"，扎实做好丹江口库区及其上游流域水质安全保障，确保"一泓清水永续北上"。

（水利部网站　2024年9月29日）

南水北调东线一期工程综合效益显著
清水奔涌润北方

2020年11月13日，习近平总书记视察江都水利枢纽，强调要确保南水北调东线工程成为优化水资源配置、保障群众饮水安全、复苏河湖生态环境、畅通南北经济循环的生命线。4年来，中国南水北调集团东线有限公司认真学习贯彻习近平总书记重要讲话和指示批示精神，立足充分发挥南水北调东线一期工程综合效益，科学精准调度，统筹谋划南水北调东线工程各项工作，持续深入推进南水北调东线工程高质量发展。

优化水资源配置

南水北调东线一期工程调水主干线全长1467千米。工程建成通水以来，打通了长江干流向北方调水通道，成为支撑东线受水区的发展命脉线——完善江苏省调水工程体系，形成双线输水格局；提升苏皖两省用水保障程度，提高淮河水资源利用率；改善山东省水资源配置格局，构建T字形骨干水网；增强天津市、河北省等地水安全保障能力，完善地方水网配置。

2023—2024年度，南水北调东线一期工程首次探索实施了山东省鲁北地区生态农业供水，利用工程富余能力，向鲁北地区徒骇河、马颊河、堤上旧城河补充生态农业用水1.18亿立方米，南水北调东线一期工程水资源优化配置作用进一步凸显。

保障群众饮水安全

中国南水北调集团东线有限公司始终将保质保量完成年度调水目标、全力确保南水北调东线工程"三个安全"、充分发挥"四条生命线"作用作为首要任务，自2013年通水以来，东线一期工程累计抽引长江水约450亿立方米，年均增加供水量约21.12亿立方米，惠及沿线6800多万人口。

作为黄淮海平原东部和山东半岛补充水源，南水北调东线一期工程实现了为苏鲁皖3省21座地级市和其辖内的71个县（市、区）补充城市生活、工业和环境用水的主要目标，也兼顾了农业、航运和其他用水。自通水以来，东线一期工程安全平稳运行，各年度水量调度计划均圆满完成，有效缓解了黄淮海地区水资源短缺问题，受水区内城市的生活和工业供水保证率从最低不足80%提高到97%以上。工程建成运行后，还增加了排涝面积6800平方公里，其中包括耕地716万亩。

复苏河湖生态环境

南水北调东线一期工程经过10余年治污攻坚，治污关键点南四湖、东平湖水生态环境质量明显提升，曾经被称为"酱油湖"的南四湖，脱胎换骨成功跻身全国水质优良湖泊行列。

据统计，东线一期工程输水沿线监测断面水质持续稳定达到地表水Ⅲ类标准，区域水环境容量和承载能力大幅度提高。截至2024年9月底，南水北调东线一期工程向南四湖、东平湖生态补水3.74亿立方米，为济南市小清河补水2.45亿立方米、保泉补源1.78亿立方米；北延工程累计向黄河以北调水8.25亿立方米，向河北、天津供水6.75亿立方米，向京杭大运河补水5.71亿立方米。

工程通水以来，沿线地区绝迹多年的小银鱼、毛刀鱼等再次出现，白马河发现了素有"水中熊猫"之称的桃花水母，中华秋沙鸭、黑鹳等珍稀鸟类也相继出现在附近水域，沿线地区生态环境显著改善。

畅通南北经济循环

南水北调东线一期工程通水后，稳定了京杭大运河航道水位、延伸了通航里程，京杭大运河全年通航里程达 877 公里。

江苏省金宝航道、徐洪河等一批河道的通航标准和通航等级也得到提升；山东省目前正在实施京杭运河柳长河段航道三级改二级工程；黄河以南航段实现从东平湖至长江全线通航，1000 吨至 2000 吨级船舶可畅通航行；新增港口吞吐能力 1350 万吨，济宁市建设了煤炭物流、智慧钢材物流加工、新能源船舶制造等一批百亿级特色产业集群；鲁西南地区通过京杭大运河可高效对接长三角地区，历史上"南粮北调"转变为"北粮南运、西煤东输"；沿线各省市滨水乡村民俗游蓬勃发展，"绿水青山"真正成为了"金山银山"。

今年 9 月 30 日，中国南水北调集团东线有限公司与江苏省政府签订了《南水北调东线一期江苏段新增中央投资建设的工程委托江苏省运行维护管理的备忘录》和《东线一期工程（江苏省境内）增供水量供用水合同》，为全面理顺南水北调东线一期工程运营管理体制机制奠定了坚实基础。

一渠通南北，清流润万家。中国南水北调集团东线有限公司将始终牢记习近平总书记殷殷嘱托，聚焦"四条生命线"作用发挥，坚决筑牢"三个安全"防线，积极做好东线后续工程前期工作，深度推进数字孪生建设，增强企地协作，切实提升东线一期工程综合效益，为加快推进南水北调和国家水网事业高质量发展、保障国家水安全作出更大贡献！

（高建飞 《中国水利报》 2024 年 11 月 15 日）

南水北调配套工程大兴支线实现全线充水 北京接收"南水"将有双通道

北京市南水北调配套工程大兴支线机场连接线近日顺利完成充水，标志着大兴支线实现全线充水，已基本具备输水条件，北京接收"南水"即将有双通道保障。

北京市南水北调配套工程大兴支线工程由大兴支线工程主线和新机场水厂连接线两部分组成。过去，北京仅有南水北调中线干线（北京段）一条接收"南水"的通道，大兴支线工程建成后，北京将具有两条接收南水北调中线水的通道，同时北京新机场水厂也将具有接纳"南水"的条件。未来通过大兴支线，北京还可将部分"南水"输送到河北，京冀将实现双向输水、水源互济，对京津冀协同发展具有重要意义。

围绕做好此次充水工作，北京市水务部门科学制定充水方案，对充水速度、压力控制等关键环节进行周密部署。"充水前我们完成了全线供水设施、设备的检修工作，在充水过程中紧盯设备运行工况，增加巡查频次，实时监测水情、工情。"北京市南水北调环线管理处副主任曹海深介绍，南水北调环线管理处还将继续为新机场水厂连接线水压试验提供保障，为大兴支线全线双向输水运行做好充分准备。

（王一涵　张旭　《中国水利报》　2024年11月27日）

一片丹心护碧水

"继续守护好丹江口水库，确保'一泓清水永续北上'。"湖北省丹江口市清漂队队长杨力在谈及个人愿望时，坚定地回答道。

杨力从小在库区周边生活，曾经是一名渔民。多年来，靠水吃水的他，凭借着库区丰富的水资源，最多时曾在库区投放过80个网箱养鱼，收入非常可观。

2014年，南水北调中线一期工程正式通水。作为南水北调中线工程的核心水源地，丹江口水库担负着工程安全、水质安全、供水安全的重任。为净化库区水质，确保一库清水永续北送，同年，丹江口市发布了取缔网箱养殖的通告，忍痛取缔库区网箱养鱼产业。

库区渔民纷纷拆解网箱，"洗脚上岸"。从捕鱼到护水，面对身份的转变，杨力坦言："一开始肯定不适应，但是从小在水边长大的我，早就习惯了水上生活，选择清漂护水，也算是没离开水，正好以自己的力量回馈库区。"

像杨力这样对一库碧水怀有深情的人还有很多。

在浪河镇四道河村，四五名身着"小水滴"志愿者马甲的村民手拿长钳、垃圾袋等工具，正在捡拾浪河河道边的垃圾。

浪河是汉江的一级支流，也是南水北调核心水源区丹江口水库的主要支流，源于丹江口市盐池河镇，途经白杨坪林区、浪河镇，流域面积约 381 平方公里。

村民李兴华是"小水滴"志愿者的一员。"村民都是自发参与到护河巡河志愿活动中的，目前保持着每隔一天巡河一次的频率。看着我们每天生活的环境、水源地水质越来越好，这其中也有我们的一份功劳，感到非常高兴。"李兴华说。

据了解，目前，丹江口市已成立 336 个"小水滴"守水护水志愿服务组织。为充分发挥"小水滴"的责任和作用，丹江口市专门印发"小水滴"守水志愿服务有关活动方案，建立"市级总队＋镇（办、处、区）大队＋市直单位"、村志愿服务小队的组织体系。同时，充分调动水利系统干部职工、各级河长、涉水企业单位党员干部等积极性，定期开展综合整治活动，积极引导社会各界群众参与到守水护水活动中来，还库区以清洁、自然状态，让守水护水蔚然成风。

随着大数据、AI（人工智能）算法等新技术兴起，丹江口库区水质监测预警工作也逐步迈入精准化、智能化时代。在丹江口水库水质安全保障指挥中心，工作人员正在实时监测小流域水质、重点企业排污、污水管网跑冒滴漏、库岸线安全、环库公路危化品车辆、国省控水质监测断面等情况。通过构筑系统化、体系化的"空、天、林、地、水"5 道水质安全监管防线，实现对水质监管由过去人力密集型向人机交互型、由经验判断型向数据分析型、由被动处置型向主动预警型的转变。

今年是南水北调中线工程全线通水 10 周年，十年间，在全民守水护水的共同努力下，丹江口水库建立起了多层次、全覆盖的护水机制，水库水质长期稳定在地表水 II 类及以上标准，确保一泓清水永续北上。

（王瑜 《中国水利报》 2024 年 12 月 11 日）

"南水"十周年 北京节好水

千里南水,逶迤北上,润泽京华。2014年12月27日,丹江口水库的水抵达北京,标志着南水北调中线一期工程正式完工,北京市民终于喝上了优质的"南水"。南水北调中线一期工程通水10年来,北京调水量突破106亿立方米,全市直接受益人口超1600万。

时光回溯到"南水"进京以前,北京这座拥有2180多万常住人口、1.6万平方公里土地面积的超大城市,多年人均水资源占有量仅100立方米左右,远远低于国内国际平均水平和国际公认的极度缺水标准。

今天,这样的局面正悄然发生改变。"现在我们喝上了南水北调的水,水碱少多了,净水器也要'下岗'喽。"家住通州区的市民吴阿姨欣喜地说。随着南来之水涌进北京市民家中,北京水资源严重匮乏的局面得到有效缓解,形成了以南水北调水为主力供水水源、密云水库等地表水和本地地下水为补充的多元化供水格局。"南水"丰盈了北京的"水家底"。

节水是解决首都水问题的根本出路。南水北调中线一期工程通水10年来,北京市深入贯彻落实习近平总书记"节水优先、空间均衡、系统治理、两手发力"治水思路和关于治水重要论述精神,确立了"节、喝、存、补"的用水原则,扩大"南水"供水范围,坚持"先节水后调水,先治污后通水,先环保后用水"的用水原则,科学精细对多种水资源进行联调联控,以高效节水护航着城市高质量发展。

加强顶层设计
全面节水战略落细落实

"南水"进京,如何用好用足每一滴水?北京给出的答案便是先从顶层设计入手,全力确保最大程度利用南水,珍惜用好每一滴珍贵的南来之水。

10年来,北京始终坚持节水优先、量水发展,实施最严格水资源管理制度,不断完善节水顶层设计,探索积累了一系列节水制度。推进落实《北京城市总体规划(2016年—2035年)》,出台了《关于全面推进节水型社会建设的意见》《北京市节水行动实施方案》《关于加强"十四五"时期全市生产生活用水总量管控的实施意见》等系列政策文件,为北京节水工作提供了基本遵循。

2023年3月1日,《北京市节水条例》（以下简称《条例》）正式施行,成为首都落实全面节水战略的第一部地方性法规。《条例》从取水、供水、用水、排水和非常规水利用等维度,构建起全过程、全行业、全社会节水体系,形成完整的节水工作格局,为北京节水工作开展提供了重要的法治保障。强化全市节水管理协作,北京市建立政府主导、部门协同的首都节水联席会议制度,调度部署重点工作,加强部门统筹协调,全面推动节水职责和工作任务落细落实。

北京还建立了覆盖生活服务业、工业、建筑业、农业等各领域和各用水环节的节水标准体系,广泛应用于规划和建设项目的水资源论证、取水审批、计划用水管理、节水评价、节水型单位建设、水效对标达标等工作。成立了全国首个节水标准化技术委员会,为北京市在节水领域的技术研发、标准制定、实施评估等方面提供强有力的技术支撑,推动北京市节水工作再上新台阶。

"为激发全社会节水内生动力,北京市建立健全节水激励机制,开展农业节水奖励试点,将工业节水改造纳入高精尖产业补贴奖励支持范围,将节水器具换装纳入消费品以旧换新补贴范围,助力节水产业发展,培育发展新质生产力。"北京市节约用水办公室主任孙迪介绍。

此外,北京市印发《北京市"两田一园"高效节水奖励资金管理办法》,激发节水工作积极性;鼓励符合条件的企业采用绿色债券、资产证券化等手段依法依规拓宽融资渠道,争取更多的资金投入节水型社会建设;探索实施合同节水模式,严格落实水效标识监督检查及市场抽查检查;评选50家公共机构水效领跑者,开展北京市节约用水先进单位和先进个人评选表彰活动……一系列奖励措施让越来越多的行业加入节水的行列中来。

2023年,北京深入推动合同节水,签约合同节水管理项目8项,创历史新高,包括丰台区总部基地合同节水项目、顺义区2023年节水载体建设项目等,吸引社会资本1395万元,合同期内节水量10.32万立方米,直接经济效益147.15万元。

用好"南水",离不开过程监管。北京将用水总量和强度双控作为节水工作的重要抓手,强化监管和考核,倒逼用水方式转变。通过出台《北京市非居民用水户计划用水和定额管理暂行办法》,将规模以上取用水户纳入管理范围,建立了以用水定额总量为上限,以实际用水情况为基础,以用水效率与效益提升为管理目标的非居民计划用水管理机制。

"截至2023年底，北京水资源节约集约利用水平大幅度提升。2023年北京市生产生活用水总量为25.28亿立方米，万元地区生产总值用水量下降到9.3立方米。"孙迪说。

如今，随着首都全面节水战略的深入推进，节水工作已贯穿于取水、供水、用水、排水全链条和经济社会发展的全过程、各领域，系统性和整体性进一步提升，水资源利用方式实现了深层次变革。

推动全行业节水
用水结构发生深层次变化

"2014年，北京市农业、工业、生活、生态用水结构所占比例分别是22％、14％、45％、19％；到2023年，这四个比例发生了显著变化，其中农业和工业用水仅占6％和7％，生活用水和生态用水分别占到47％和40％。"孙迪给出的一组数据，直观显示着北京用水结构的显著优化。这背后正是北京在水资源节约集约利用方面所做的努力。

在位于北京市密云区的北京青岛啤酒三环有限公司，走进生产车间，看得见的是工人们紧张有序忙碌的工作，看不见的是一滴滴水在生产中的节约循环。水处理车间是全厂的用水中心，全厂的生产用水都由这个车间供应。在生产过程中，车间会对生产废水进行二次回收，用于厂区的设备冷却用水、卫生清扫用水，全年约回收6万吨。

蒸汽冷凝水回收利用，减少浪费；洗瓶水过滤循环，耗能更低……一系列生产节水措施，让北京青岛啤酒三环有限公司每一滴水都最大程度发挥作用。2024年，公司被评为北京市重点用水企业水效领跑者、北京市重点用水企业节水标杆。

作为严重缺水的超大型城市，北京一直在园林绿化节水方面发力。据介绍，北京城市公园绿地灌溉以管灌、滴灌、喷灌和痕量灌溉等为主，目前99.3％的城市公园绿地已实施节水灌溉。

北京还积极推动非常规水在园林灌溉中的应用。目前，全市建成节水集雨型绿地150处，67家公园配备雨水收集设施，90余家公园使用再生水灌溉，并探索用更多节水耐旱植物绿化城市，减少灌溉需水量。在温榆河公园，园区种植了大量的国槐、银杏、山桃等乡土节水植物，林下则采用野花、野草等逐步替代草坪。

近年来，北京大力推进生活、农业、工业、园林绿化、公共服务等领域节水，推动海绵城市建设、污水再生利用和城市水生态修复。据统计，2023年全市再生水利用量为12.77亿立方米，占年度水资源配置总量的31.4%，再生水已经成为北京稳定可靠的"第二水源"。

北京市加快推进节水载体建设，节水型高校、节水型单位建设成效显著。在北京市规划和自然资源委员会海淀分局的各个会议室，墙上处处可见醒目的标识提示："各类会议不主动提供塑料瓶装饮用水和一次性水杯，倡导参会人员自带饮水杯""纯净水尾水回收桶""废弃水被收集用来浇绿地或洗拖把"等，类似的节水措施在北京市的党政机关随处可见。

作为南水北调受水区，北京的节水理念和意识悄然间已经渗透到了各行各业。据统计，近五年来，北京在全国率先完成节水型区创建，新建和复验节水型单位7000余个，全市水务系统率先建成节水型行业，市区两级党政机关全部建成节水型单位，重点高耗水企业全部建成节水型企业，节水型高校创建比例超过70%。

促进自觉爱水护水
全社会节水氛围日益浓厚

"您好，这位跑友，这是您的完赛包和节水宣传册，欢迎到那边和我们的节水卡通人物'小水'合影，一起来了解节约用水知识。"这是2024年11月在大运河旁的"节水行动，永不停步的'马拉松'"主题活动现场的一幕。

这次活动由北京市水务局、通州区水务局举办，将节水宣传与体育赛事结合。"我们借助北京马拉松热度，组织开展节水宣传活动，倡导节水成为一种健康向上的生活状态。未来，市、区水务部门将继续组织开展多种多样的社会节水宣传活动。"北京市节水用水管理事务中心主任刘建国说。

"世界水日""中国水周"、《北京市节水条例》实施一周年、城市节水宣传周……在这些重要的时间节点，北京市水务局陆续组织开展了"水务开放日""地标商圈亮节水""云游大运河"等特色节水宣传活动，让节水护水在全社会蔚然成风。据了解，2024年水日水周、城市节水宣传周期间，北京市、区节水部门开展节水"七进"活动500余次，发放节水宣传资料10万余份，动员线上节水网络答题10万余人。

节水宣传也在用通俗、有趣、易懂的方式向学生靠近。

在北京市南水北调团城湖管理处的明渠纪念广场上，两侧38双手印记录着南水北调中线工程北京段建设者们的辛勤劳动，学生们参观完正朝南水北调主题展厅走去。作为国家水情教育基地，这里是机关、学校组织参观学习的好去处。"一池连南北，碧水润京华"的主题展览向每一位参观者展示着"南水"对京城的改变，进一步倡导学生增强节水意识、提高文明素养，珍惜首都来之不易的水资源。

朝阳区2017年发起"朝阳小河长"活动，以"'河'你在一起"为主题，在亮马河启皓段正式开启青少年节水主题研学之旅，引导青少年家庭通过打卡的形式学习节水常识，巩固爱水护水知识，体验"小河长"式城市漫步。在门头沟区，学生们推出《节水RAP四部曲》，通过学生的学唱发出节水倡议，呼吁师生争当节水模范，共创节水家园。石景山区打造模式口大街历史和现代交织的节水宣传特色街区，通过签字打卡、节水海报画册、相声小品等形式，以街区体验的方式让游客体验到节水元素，让节水理念深入人心。

节水观念不断在孩子们心中萌芽、生长，社会节水氛围日益浓厚。

在丰台区市民杨淑琴的家中，有很多节水"小妙招"：使用节水龙头，淘米水洗菜、浇花，洗衣服的水留着拖地……在她看来，如果每个人、每个家庭都力所能及地节约一点水，一年下来整座城市就能节省很多水。在杨淑琴的影响下，全家渐渐都养成了节约用水的习惯。

在北京，像杨淑琴这样的"节水达人"还有很多。如今，北京16个区已全部完成节水型社会达标建设任务，全市城镇居民家庭节水器具普及率达99%以上。近年来，结合城市更新、重点行业节水行动、消费品以旧换新等活动，北京大力普及节水器具的推广应用，在朝阳区试点一级水效马桶的换装补贴，在全市开展水效标识等节水知识宣传，全面提升水资源节约集约利用水平。

千里调水，来之不易，唯有珍惜、用好每一滴"南水"，以实际行动回馈水源地人民。如今，爱水、护水、惜水、节水的理念已然深入首都人民心中。

近日，北京南水北调配套工程大兴支线实现全线充水，已基本具备输水条件，标志着北京接收"南水"将拥有"双通道"保障。"南水"将与这座城市的发展更加紧密地交融在一起。

"我们将加快落实北京城市总体规划确定的'用足南水北调中线，开辟东线，打通西部应急通道，加强北部水源保护'的首都水资源保障格局，进一步从严从细管好水资源，精打细算用好水资源，不断增强全社会节水意识，加快完善节水治理体系，推动北京建成更高水平、更高质量的节水型社会。"北京市水务局局长刘斌表示。

南水北调中线一期工程通水10年来，北京节水型社会建设正迈着铿锵的步伐，绘就首都人水和谐、水城共融的华彩篇章，成为首都发展画卷中亮丽的节水治水风景。

（孟京 樊弋滋 《中国水利报》 2024年12月11日）

千里"南水"惠泽美好未来
——写在南水北调东中线一期工程全面通水十周年之际

江苏扬州，清水从江都水利枢纽出发，经泵站逐级"托举"，连续爬升13个台阶一路北上。

湖北丹江口，清澈南水沿着长达1432公里的输水渠道自流向北，流进千家万户。

自此，长江水流经了河南、河北、北京、天津、江苏、安徽、山东7省（直辖市）沿线的45座大中型城市。

这得益于迄今为止世界上规模最大的调水工程——南水北调工程这一伟大创举。

2024年是南水北调东中线一期工程全面通水十周年。十年来，工程累计向北方调水超过767亿立方米，为1.85亿人提供稳定水源。

习近平总书记强调，南水北调工程事关战略全局、事关长远发展、事关人民福祉。作为国家水网主骨架、大动脉，十年来，南水北调工程重塑着我国水资源配置格局，为全面建设社会主义现代化国家提供有力的水安全保障。

跨越山河，镌刻下难忘的时代印记

2002年12月27日，北京人民大会堂掌声雷动，江苏、山东施工现场马达轰鸣，举世瞩目的南水北调工程开工典礼在三地会场同步举行。

这一天，在中国水利史上写下了浓墨重彩的一笔。

兴建南水北调工程是跨世纪的构想，是几代中国人半个世纪的企盼。为破解我国水资源"北缺南丰"问题，党和政府历来对南水北调工程高度重视。

在20世纪50年代，毛泽东同志提出了"南方水多，北方水少，如有可能，借点水来也是可以的"南水北调战略构想。

此后，国家有关部门组织各方面专家对南水北调进行勘察、调研和可行性研究。从1952年到2002年，经过半个世纪的规划论证，一个涉及上亿人的世纪工程，终于走进现实。

2002年，国务院正式批复《南水北调工程总体规划》，最终形成东、中、西三条调水线路，连通长江、淮河、黄河、海河，构建"四横三纵、南北调配、东西互济"的水资源配置格局。

要怎样把线路布置得好、而且尽量短？如何设计工程量小、对生态环境影响小？数十万建设者十多载奋战，3000多个日夜精心管护，南水北调东中线一期工程攻克了一系列世界级难题，创下了多项"世界第一"与"中国第一"。

世界规模最大的泵站群、世界规模最大的U形输水渡槽工程、世界首次大管径输水隧洞近距离穿越地铁下部……

凝聚智慧，全力攻坚。

2013年11月15日，南水北调东线一期工程正式通水。清水北送，扬波千重。

2014年的12月12日，穿越686条河流和1000余条铁路公路的南水北调中线一期工程正式开闸送水。

跨越千里的世纪工程全线贯通，谱写了中华民族治水史上的一部壮丽史诗。

党的十八大以来，习近平总书记始终心系南水北调工程，多次实地考察项目进展、运行情况，要求"从守护生命线的政治高度，切实维护南水北调工程安全、供水安全、水质安全"。

2020年11月13日，在南水北调东线一期工程源头江都水利枢纽，习近平总书记强调要把实施南水北调工程同北方地区节约用水紧密结合起来，以水定城、以水定业，调水和节水这两手要同时抓。

2021年5月14日，习近平总书记在推进南水北调后续工程高质量发展座谈会上强调，要深入分析南水北调工程面临的新形势新任务，科学推进工程规划建设，提高水资源节约集约利用水平。

2024年8月，习近平总书记给湖北十堰丹江口库区的环保志愿者回信时强调，保护好水源地生态环境，确保"一泓清水永续北上"，需要人人尽责、久久为功。

调南水，解北渴，历时50余年论证、10多年建设，"南水北调"梦想照进现实。殷殷嘱托，擘画蓝图，一次治水兴水的接续奋斗，纵贯山河，绘就于华夏大地。

天河筑梦，托举着沿岸的幸福生活

南水北调工程是缓解我国北方水资源严重短缺状况的重大战略性基础设施。十年来，奔流不息的千里"南水"，在广袤的中华大地上蜿蜒铺展，勾勒出一幅气势恢宏的水网蓝图。

这是一条优化水资源配置的输水线——

南水北调东中线一期工程全面建成通水十年来，"南水"已由原来规划的补充水源跃升为多个城市的重要水源。工程惠及北京、天津、河北、河南、江苏、安徽、山东7省（直辖市）沿线45座大中城市、280多个县市区，有效改变了受水区供水格局，提高了供水保证率。

北京城区内，供水近八成来自"南水"；天津主城区及雄安新建城区供水全部为"南水"；山东省形成了以南水北调工程为构架的"T"字形水网……

受水区的一座座水厂、一片片管网正在与南水北调东中线相互交织，受益范围正由大中城市向农村拓展，越来越多的人喝上"南水"。

这是一条保障群众饮水安全的生命线——

河北泊头市，浅层水苦咸、深层水含氟高，属高氟区和地下水严重超采区。当地居民长时间饮用高氟水，氟斑牙和骨质疏松病并不罕见。

直到2017年，泊头市迎来了"南水"，困境得到根本性改变。当地依托沧州市南水北调中线配套工程，组织实施了"江水村村通工程"和生活水源江水置换项目，切换地下水源为地表水源。如今，在泊头市，儿童氟斑牙检出率逐年下降，骨质疏松患者也在逐渐减少。

河北邯郸市鸡泽县大言寨村、河北衡水市景县苦水营村、河南濮阳市范县甜水井村……越来越多的村庄，越来越多的人，告别了饮用苦咸水、高氟水历史，喝上了甘甜的长江水。

与此同时，北京、天津、河北等受水区水质也都有了明显改善：北京市自来水硬度由原来的每升 380 毫克下降到 120 毫克；天津市用上"南水"后，农村供水水质合格率达 93% 以上；河北省受水区供水水质保持或优于地表水Ⅱ类标准，老百姓烧水壶里的水垢明显变少了。

这是一条复苏河湖生态环境的风景线——

由于人均水资源严重不足，地下水超采给华北平原造成生态环境破坏。"南水"的到来，让河湖重焕新颜，生态日益向好。

北京境内永定河、潮白河、北运河、拒马河、泃河等五大主干河流全部重现"流动的河"，地下水水位连续 9 年回升；在山东，曾经被称为"酱油湖"的南四湖，脱胎换骨成功跻身全国水质优良湖泊行列；断流百年的京杭大运河，连续 3 年全线水流贯通。

……

十年来，南水北调东中线一期工程累计向北方 50 余条河流生态补水 118 亿立方米，推动了瀑河、滹沱河、白洋淀等一大批河湖重现生机，河湖生态环境得以显著改善。

这是一条畅通南北经济循环的"黄金线"——

十年来，南水北调东中线一期工程不断助力受水区经济结构优化调整。按照 2023 年万元 GDP（地区生产总值）用水 46.9 立方米计算，工程累计超 767 亿立方米调水量相当于有力支撑了北方地区超 16 万亿元 GDP 的增长。

据统计，南水北调工程累计向京津冀地区供水 436 亿立方米，为京津冀协同发展、雄安新区建设等重大战略实施提供有力的水资源保障。

在河北沧州，当地开发出中国大运河非物质文化遗产公园、沧州园博园等多个文化地标，串联起文旅、研学等新业态，"大运河文化"的招牌越擦越亮；在河南宝丰，"南水"酿出更香的小米醋，让当地乡村全面振兴有了"发展水"；在山东济宁，得益于东线调水，京杭大运河全年通航里程 877 公里，济宁段航道实现了内河航运通江达海……

蹄疾步稳，奔向更美好的未来

2022 年 7 月 7 日，南水北调中线引江补汉工程正式开工，拉开了南水北调后续工程建设的帷幕。工程建成后，实现三峡水库和丹江口水库这两个大国重器隔空"牵手",进一步提升长江、汉江和华北平原水资源统筹调配能力,促进国家水网主骨架和大动脉加快完善。

近年来,南水北调后续工程高质量发展蹄疾步稳。

水利部部长李国英多次主持召开会议、奔赴一线调查研究,从讲政治、谋全局、顾长远的战略高度持续推进国家水网建设和南水北调后续工程高质量发展工作。

——全力推进南水北调后续工程规划和建设,加快南水北调总体规划修编,推进东线二期可研论证和西线工程规划编制,加快完善南水北调工程总体布局。

——进一步提升南水北调东中线一期工程效益,不断提高工程安全风险防范能力,构建安全风险防御体系,工程安全持续"加码"。

——强化丹江口库区及其上游流域水质安全保障,坚决守牢南水北调安全底线。2024年11月,《丹江口水库岸线保护与利用规划》印发,把维护丹江口水库安全特别是水质安全摆在首要位置,从严管控水库岸线。

习近平总书记指出:"发展新质生产力是推动高质量发展的内在要求和重要着力点。"

目前,数字孪生南水北调建设正在全力推进,工程管理数字化、网络化、智能化水平不断提高。

在江苏扬州,南水北调东线宝应泵站工程已经实现"远程集控、少人值守",这里是南水北调工程第一个开工、第一个完工、第一个发挥工程效益的泵站。水利工程精细化高质量管理逐步推进,工程感知和数字孪生系统渐渐成形。

2024年12月1日,南水北调中线一期工程启动了2024至2025年度冰期输水工作。借助数字孪生南水北调中线1.0系统,工作人员可以对渠道水温和冰情开展预测预报,新增加的18套气象水温监测感知设备实现实时监测,为会商和调度运行决策提供技术支撑。

"要进一步提高政治站位、强化使命担当,统筹高质量发展和高水平安全,不折不扣扎实抓好南水北调后续工程高质量发展各项任务。"2024年5月13日,李国英在推进南水北调后续工程高质量发展工作领导小组会议上强调。

在新时代,南水北调工程总体布局加快完善,国家水网加快构建。作为国家水网主骨架和大动脉,超级工程还在续写新的篇章。

"我们将贯彻落实《国家水网建设规划纲要》要求，加快推进引江补汉工程、中线调蓄及连通工程等项目建设，进一步全面深化改革，健全南水北调工程建设、运行管理机制，加快推进用水权交易体系建设，加强对自然垄断环节的监管。总结运用好南水北调宝贵经验，推进东、中线一期工程竣工验收，切实守牢'三个安全'底线，不断提升工程综合效益。"水利部南水北调工程管理司司长李勇说。

十年奋斗，十年坚守，十年见证。十年来，南水北调工程为沿线群众的幸福生活、为国家水网谋篇布局、为国家重大战略实施，筑就了一条繁荣幸福水路。这是"民生为上、治水为要"的庄重承诺，是"功在当代、利在千秋"的时代重任，也是为中华民族走向复兴提供水资源支撑的世纪华章。

（孟京 《中国水利报》 2024年12月12日）

社论：谱写永续造福民族造福人民的宏伟篇章

碧水北送扬波千重，长河泱泱利泽万方。今年12月12日，南水北调东中线一期工程迎来全面通水十周年！一泓"南水"润泽亿万人民，十年来，这一国之大事、世纪工程、民心工程，充分发挥经济、社会和生态效益，已成为优化水资源配置、保障群众饮水安全、复苏河湖生态环境、畅通南北经济循环的重要生命线，正释放出源源不断的动力、活力，串联起中国式现代化生机勃勃的发展图景。

水脉即命脉，水脉即国脉。南水北调工程是迄今为止世界上规模最大的调水工程，是旨在破解中国水资源分布"北缺南丰"问题的重大战略性基础设施，习近平总书记称其为"国之大事、世纪工程、民心工程"。历经半个世纪论证、数十万建设者十多载奋战、3000多个日夜精心管护，南水北调东、中线一期工程破重关、越千峦、跨江河，通过泵站、隧洞、渡槽、暗涵等一系列复杂工程，连通长江、淮河、黄河、海河四大流域，为北方大地送去放心水、优质水、发展水。一条调水线就是一条生命线，工程所经之地，有政治文化中心，有粮食生产基地，有地下水超采区域，"南水"所到之处，水丰、河清、景美，从原来的水源补充，逐步成为沿线城市不可或缺的重要水源，为保障数亿人民饮水安全作出了巨大贡献。十年来的显著成效展示的是中国特色社会主义制度集中力量办大事的优越性，展示的是勇于创新敢于超越的中国智慧、中国速度和中国力量。正是在中国共产党的坚强领导下，一个个"不可能"变成了可能，一项项"中国奇迹"令世界惊叹。

南水北调事关战略全局、事关长远发展、事关人民福祉。十年来，习近平总书记多次深入工程现场实地考察，在关键节点多次作出重要指示批示，为我们做好南水北调工作指明了方向，提供了根本遵循。十年来，水利人牢记总书记嘱托，从守护生命线的政治高度，牢牢守住工程安全、供水安全、水质安全，采取强有力的举措加强安全管理和科学调度，提升受水区水资源节约集约利用水平，工程运行安全平稳，年调水量持续攀升，水质长期稳定达标，沿线城市生活和工业供水保证率显著提升，有力改善了北方地区特别是黄淮海地区水资源条件和水资源承载能力，有效促进了水资源与人口资源环境相均衡，助力京津冀协同发展、雄安新区建设等重大国家战略实施。世纪工程战略性功能日益显现，国之重器生命线作用不断巩固，充分体现了工程巨大的现实价值和深远的战略意义。

南水北调是一条调水线、一条生命线，更是一条发展线。南水北调工程是国之重器、世纪创举，东中线一期工程通水十年取得的成就，是中国式现代化实践的重大成果。正在全面加快推进的南水北调后续工程，正在加快构建的国家水网格局，一定能更好诠释和印证这项伟大工程的巨大价值，一定能更加彰显中国之治的显著优势。水利部会同有关各方按照《国家水网建设规划纲要》的部署，以联网、补网、强链为重点，全力加快国家水网建设，高质量推进中线引江补汉工程建设，全力推进中线沿线防洪安全保障工程建设，加快构建数字孪生南水北调工程，提升南水北调工程调配运管的数字化、网络化、智能化水平，抓好水源地水质安全保障工作，确保"一泓清水永续北上"。要准确把握东线、中线、西线三条线路的各自特点，坚持遵循规律，进一步完善南水北调工程规划，持续深化南水北调后续工程前期论证，坚持并运用好重大跨流域调水工程实施积累的宝贵经验，加快形成国家水网主骨架和大动脉，为以中国式现代化全面推进强国建设、民族复兴伟业提供有力的水安全保障。

新时代新征程，奔流不息的千里南水，正在广袤的中华大地上蜿蜒铺展，勾勒出一幅气势恢宏的水网蓝图。我们要倍加珍惜伟大的时代机遇，充分发挥南水北调工程战略性基础性作用，扎实推动南水北调事业高质量发展，让千里水脉更好守护国家水安全，让南水北调这一大国重器永续造福民族、造福人民！

(《中国水利报》 2024年12月12日)

南水北上润齐鲁　砥砺十载谱华章

十年渠通南北，十年匠心筑梦。

2014年底南水北调东中线一期工程全面通水，到如今，工程全面运行满十年，南水北调东线一期山东干线工程（以下简称南水北调山东干线工程）完成了累计调水超98亿立方米的历史重任，全面实现了工程安全、供水安全、水质安全，受水区人民群众的获得感、幸福感、安全感显著增强。

十年间，南水北调山东干线工程由建设转向运行，工程的运行管理单位——南水北调东线山东干线有限责任公司（以下简称山东干线公司）以科学高效抓管理，以提档升级求创新，探索出具有山东南水北调特色的建设管理道路，以忠诚匠心守护一渠清水北上，在高质量、标准化运管大道上走出了具有山东特色的铿锵步伐，绘就了"大国重器"高质量发展的山东篇章。

精益求精　以能力提升实现跨越发展

不舍寸功方能善作善成。连续11年圆满完成省界调水任务，提前半年完成全线验收任务，成为全系统首家通过三标一体国际认证的单位，荣膺9项中国水利工程优质（大禹）奖及水利部"安全生产标准化一级达标单位"，山东省"五一劳动奖状""山东社会责任企业""省级文明单位"等众多奖项。一系列亮眼的成绩，展现出山东干线公司精益求精的企业追求。

山东干线公司以践行"三个安全"为宗旨，将保障工程安全、优质、高效运行作为第一要务，将智慧和力量凝聚到切实提升工程规范管理水平、确保工程安全运行的高质量发展之路上。

成绩来自对标准化管理的不断精进。近年来，山东干线公司全面落实ISO标准化成果应用，致力推进工程管理标准化、信息化、智慧化，取得安全生产、标识标牌、盘柜及线缆整理标准化等多项成果，探索形成了一套干线公司特色的标准体系，保障工程安全高效运行、综合效益充分发挥。2024年5月，南水北调东线一期山东干线工程顺利通过水利部标准化管理评价，成为全国南水北调系统首批标准化管理调水工程。

山东干线公司遵循"科学技术是第一生产力"，坚持问题导向、目标导向，推进科技赋能，大力实施创新驱动发展战略，规划建设数字孪生南水北调东线山东干线工程，并纳入山东省数字孪生水网体系，建成后将实现工程全线三维数字化场景，着力提升工程运行数字化智慧化水平；建成数字孪生邓楼泵站，与水利部数字孪生共享平台、"山东省现代水网调度指挥系统"进行数据共享，初步建立工程"四预"体系；完成东湖水库自动化升级改造，在省调中心综合信息大屏管理平台上线使用，搭建完成调水调度"数据整合、服务平台、业务应用"的架构体系，数据融入山东"数字水网"，有效推动全省水利行业治理数字化、水利决策智能化进程。

完善创新体系是持续释放发展效能的基础。山东干线公司建立了"坚持党委领导、单位支持、个人带头、全员参与"的创新工作体系，共设立9个"创新工作室"，加大创新工作推进力度，营造全员创新的浓厚氛围。

培养创新人才是始终保持创新活力的保障。山东干线公司坚持把创新作为引领发展的第一动力，全面加强科技创新、管理创新、制度创新，努力培养造就科技人才和创新团队。围绕人才培养、技术咨询与服务等领域开展深度产学研合作，积极参加国家、省级技能竞赛，2017年以来公司取得创新成果400多项、国家专利200多项，涌现出一批批技能人才，多名职工获"全国水利行业首席技师""全国技术能手""齐鲁工匠"等荣誉称号。

为优化提升创新生态的驱动力，山东干线公司积极拓宽合作领域，加强内部资源整合和市场统筹协调，全面推进与政府部门、高等院校、专业机构的交流合作与资源共享，与中国水利水电第三工程局有限公司等企业签订战略合作框架协议，与江苏、河南、湖北、广东、安徽、新疆等省外同行建立沟通对接机制，积极撬动华为、东深供水等标杆企业管理、技术资源，多元驱动做活水文章，有力提升公司的社会影响力和企业品牌形象。

以文化强企业，汇聚心往一处想、拧成一股绳的思想力量，方能固本强基、久久为功。党的二十大以来，山东干线公司始终坚持将党的创新理论学习成果不断转化为责任感和行动力，着力打造一支善抓执行、主动作为的高素质专业化党员干部队伍，切实把组织优势转化为助推高质量发展的强大动力；突出榜样力量，选树一批"道德模范""劳模工匠""十佳标兵"，激励全体干部职工向上潜能；拓展平台载体，推进志愿服务效能，培育"节水护水""关爱山川河流""无偿献血"等志愿服务品牌，开展大病救助、金秋助学，增强企业凝聚力，擦亮企业名片；紧紧围绕山东南水北调中心工作，强化舆论引导，加强与主流媒体平台的资源合作共享，大力开展水情教育，积极传播南水北调声音，讲好南水北调故事。山东南水北调和干线公司的美誉度和影响力不断提升。

牢记嘱托 用心用情践行使命担当

南水北调工程事关战略全局、事关长远发展、事关人民福祉，是关系国计民生的重大战略性基础设施。

这十年，滚滚南来之水持续滋养着齐鲁大地的千里沃野，"大国重器"释放巨大效益的背后，是山东干线公司上下牢记嘱托，始终用心用情践行"三个安全"，将调水安全和民生幸福的使命扛在肩上、放在心头的奋斗足迹。

——不断优化水资源配置。2002年南水北调工程开工建设时，山东省就提出了"以南水北调工程开工为契机，对全省水利建设进行全面规划，构筑山东水网"。历经多年艰辛建设，如今，南水北调山东干线工程在齐鲁大地上形成了南北畅通、东西互济的"T"字形"动脉"，以该工程为骨干的山东现代水网也全面构建起"一轴三环、七纵九横、两湖多库"的省级水网总体布局，山东地区、华北平原的供水格局和水资源配置得到持续改善和优化，天津、河北等地水安全保障能力得到进一步提升，为经济社会可持续发展提供了基础性支撑。

——全力保障群众用水安全。南水北调山东干线工程既是国家水网的重大战略，又关系着亿万齐鲁儿女的民生福祉，自工程顺利实现通水以来，每年可为山东省增加13.53亿立方米的净供水能力，是一条名副其实的"蓝色生命线"。在破解全省供水矛盾的同时，通过实施一系列综合水质保护措施，南水北调山东干线工程输水干线水质稳定在地表水水质Ⅲ类以上，很多受水区群众彻底告别了世代饮用高氟水、苦咸水的历史，因水而生的获得感、幸福感和安全感持续增强。

——持续改善沿线生态环境。南水北调山东干线工程通过水源置换等措施，有效保障了沿线河湖生态用水，改善了南四湖、东平湖生产、生活、生态环境；北延应急调水工程推动浅层地下水水位止跌回升，华北地区地下水超采综合治理取得显著成效；沿线受水区各河流湖泊利用抽江水及时补充蒸发渗漏水量，蓄水保持稳定，生态环境持续向好。

——畅通南北经济循环。南水北调山东干线工程在为沿线地区提供了重要用水保障的同时，也将南水转化为发展优势。随着工程供水范围逐步扩大，沿线地方优化配置南水北调水、当地地表水、地下水和再生水等各类水资源，促进了产业结构调整和优化升级。同时，工程也开启了京杭大运河济宁以北航道的"焕活"之旅，大幅度提升了东平湖、南四湖到山东省内水上通道运输能力，有效改善了山东内河航运条件，实现了山东内河航运通江达海，为工程沿线经济社会发展注入新的动力。

笃行实干走在前，踔厉奋发开新局。山东干线公司将锚定加快构建国家水网和山东现代水网目标，着力管好用好工程，不断深化改革创新，凝聚干事创业的强大合力，在推动黄河流域生态保护和高质量发展、服务保障社会主义现代化强省建设中走在前列，奋力开创山东南水北调事业高质量发展新局面。

（安天杭　邓妍　《中国水利报》　2024年12月12日）

千里奔流　万里锦绣

——南水北调东中线一期工程全面通水十周年综述

"十年前，烧水壶底一层厚厚的水垢。为了喝好水，家里不得不买矿泉水。现在水垢少了，拿手的排骨莲藕汤也更鲜美了。"谈到水质变化对生活的影响，北京市丰台区居民李先生深有感触。

位于丰台区郭公庄水厂的技术人员解释说："南水北调水（以下简称"南水"）进京后，自来水硬度由以前每升 300 毫克下降至每升 120 至 130 毫克，居民普遍反映自来水变甜了。"

良好生态环境是最普惠的民生福祉。截至 2024 年 12 月 12 日，南水北调东中线一期工程全面通水十年，累计向北方调水超 765 亿立方米，为沿线 7 个省（直辖市）45 座大中城市、1.85 亿人提供稳定优质水源，有力改善了北方地区特别是黄淮海地区水资源条件和承载能力。

一张张因喝上南水绽放的笑脸，一个个美丽蝶变的城市，一条条生态环境复苏的河湖，万里河山因南水而披上锦绣。南水千里奔流十年，工程实施带来的巨变不仅是新时代书写的民生答卷，也是中国式现代化新征程上水利高质量发展的亮丽名片。

优化水资源配置
为国家战略蓄力

南水北调工程是重大战略性基础设施，功在当代，利在千秋。东中线一期工程不仅有效破解了我国水资源"北缺南丰"的空间不均衡难题，而且成为保障京津冀协同发展、黄河流域生态保护和高质量发展、雄安新区建设等国家重大战略实施的水资源重要支撑。

南水北调已由规划中的补充水源成为受水区各大中城市的重要水源，确保了受水区供水安全。南水已成为北京、天津等许多地方的供水生命线，北京城区供水近八成为南水，天津主城区及雄安新建城区全部为南水。河南省 12 个省辖市、河北省 10 个省辖市通了南水。南水北调工程在江苏省历次防御水旱灾害中发挥了重要作用，东线工程与当地水共同构建起山东"T"字形骨干水网，东线北延供水工程将供水范围扩展至河北、天津。

南水到来后，东线各受水城市的生活和工业供水保证率从 80% 提高到 97% 以上；中线各受水城市的生活供水保证率从 75% 提高到 95% 以上，工业供水保证率达 90% 以上。东线沿线水污染防治机制不断健全完善，东线工程水质持续稳定达到地表水Ⅲ类标准；中线丹江口库区及其上游流域水质安全保障工作体系加快构建，中线工程水质常年保持在地表水Ⅱ类及以上。

南水北调东中线一期工程管理体制改革持续深化。2020年10月，中国南水北调集团组建成立，这是加强南水北调工程运行管理、完善工程体系、优化我国水资源配置格局的重大举措。中国南水北调集团锚定确保南水北调工程安全、供水安全、水质安全（以下简称"三个安全"）要求，统筹高质量发展和高水平安全，健全完善安全管理体系，全力做好汛期、冰期等特殊重要时期安全输水工作，经受住了2021年河南郑州"7·20"特大暴雨、2023年海河"23·7"流域性特大洪水等重大考验。

南水北调工程河湖长制全面推行后，工程沿线逐步构建起责任明确、协调有序、监管严格、保护有力的管理保护机制；先后印发实施东线、中线一期工程水量调度方案，科学精准调度，最大程度满足受水区合理用水需求；中线水源区及总干渠沿线水污染事件应急处置能力全面提升，水源区和受水区的污染防治和生态环境保护工作进一步夯实，《南水北调工程供用水管理条例》成为确保南水北调"三个安全"的重要法规依据。

"南水北调工程水量调度从法律法规、调度体制、信息化支撑能力等方面开展了探索和实践，为大型跨流域调水工程水量调度以及未来国家水网调度积累了宝贵经验。"中国工程院院士王浩表示，十年来，京津冀地区水资源短缺的难题得到破解，京津冀三地水系形成了互联、互通、共济的供水新格局。

保障群众饮水安全
为美好生活添彩

民生为上，治水为要。南水北调东中线一期工程通水以来，不断满足沿线人民群众对优质水资源、健康水生态、宜居水环境日益增长的美好生活需要。

"30年前，为了孩子的健康，村里人不得不忍痛把孩子送到外地生活。"河北省沧州市前八尺高村村民张福禄回忆说。沧州是河北典型的高氟水地区，自20世纪70年代起，当地居民长期饮用高氟水、苦咸水，不仅长氟斑牙，而且患上了不同程度的氟骨病。

2020年底，前八尺高村家家户户通上了南水，村民们的日子甜了起来。前八尺高村是河北黑龙港流域乡村的一个缩影，南水北调东中线一期工程让黑龙港流域500多万人彻底告别了长期饮用高氟水、苦咸水的历史，工程沿线人民群众实现了从"有水吃"到"吃好水"的转变。

十年来，南水北调东中线一期工程多次参与沿线省市的区间接力抗旱、防洪排涝和河湖应急生态补水，充分发挥了国家水网主骨架、大动脉的防洪减灾作用，切实保障了受水区经济社会发展。

东线一期工程通水前，当苏北地区遭遇干旱年份或用水高峰时段，供水保障面临巨大挑战。通水后，江苏、山东、天津、河北的区域防洪、抗旱和供水能力得到迅速提升。2015年春，胶东地区烟台、威海、青岛和潍坊四市出现资源性缺水危机，东线一期工程与胶东调水工程联合调度运行，保障了供水安全。2020年春，苏北1000多万亩稻田因干旱插不上秧，江苏省统筹东线一期工程和江水北调工程联合应急调水抗旱，保障了水稻丰收。

中线一期工程的减灾作用同样显著。2014年7月，河南平顶山遭遇严重夏旱，中线一期工程向白龟山水库应急调水，平顶山市百万人口有了"救命水"。2024年春夏之交，东中线一期工程调引抗旱应急水量，缓解了河南、河北、山东、江苏、安徽等地出现的旱情。

河南省开封市是典型的水资源匮乏城市。近年来，由于黄河河床下切，水资源供需矛盾、水源单一、地下水超采等问题突出。开封市加快南水北调入汴工程建设，开展水权交易，有效解决了用水短缺和无备用水源问题，大大提高了当地居民饮水质量，有力支撑了产业结构升级和经济社会可持续发展。目前，郑开同城东部供水工程项目即将通水，兰考县将因南水的到来迎来新的发展机遇。

复苏河湖生态环境
为美丽中国筑基

绿水青山就是金山银山。南水北调东中线一期工程通水后，北方地区长期被城市生产生活挤占的生态用水、农业用水得到有效退还，带动了沿线治污、河道整治、生态修复等一系列工作，河湖生态环境逐步复苏，促进人与自然和谐共生。

十年前，海河流域"有水皆污，有河皆干"，华北地区是全世界最大的地下漏斗区。东中线一期工程通水后，华北地区浅层地下水水位开始连续回升，初步实现地下水采补平衡。

中线一期工程通过汛期洪水资源化利用，助力北方 50 多条河流生态复苏，华北地区干涸的洼、淀、河、渠、湿地重现生机。在南水呼唤下，2021年，断流 40 多年的滹沱河全域复流。2023 年，永定河实现全年全线有水。白洋淀淀区面积扩大到近 300 平方公里，水质从劣Ⅴ类提升至Ⅲ类。

近十年海河流域河湖生态环境复苏成效评估结果显示，海河流域河湖正加快复苏，河流断流现象全面好转，湖泊水域面积稳定恢复，地下水超采治理成效明显，流域重现生机，"太行泉城"邢台百泉复涌。2023 年底，北京浅层回升 0.90 米，与 2015 年同期相比浅层回升 11.01 米，"水中大熊猫"桃花水母频频现身北京水域。

中线一期工程通水后，工程沿线水土流失问题得到综合治理，千里防护林郁郁葱葱，河南省在总干渠两侧建设的生态廊道绿树成荫，吸引各类飞禽在渠道上空翩翩起舞。

按照先节水后调水、先治污后通水、先环保后用水的"三先三后"原则，江苏、山东大力推进东线一期工程沿线水污染治理和河湖生态修复，多条干支线河道成为秀美的城市景观，曾经的"酱油湖"南四湖跻身全国水质优良湖泊行列。东线沿线城市以大运河文化遗产保护为契机，打造生态廊道，运河两岸美不胜收。东线北延应急供水工程持续向京杭大运河补水，千年古运河连续三次实现百年来全线水流贯通，"泉城"济南再现四季泉水喷涌景象。

十年坚持不懈置换水源、回补地下水，南水北调东中线一期工程有效遏制了华北地区生态环境恶化趋势，沿线生态环境持续改善，城乡环境更加宜居宜业，为美丽中国筑基作出生动诠释。

畅通南北经济循环
为区域发展赋能

治水安邦，兴水利民。南水北调东中线一期工程以提高水资源节约集约利用水平为目标，发挥水资源战略配置作用，强化水资源刚性约束，实现了我国南北之间各类资源和经济要素的优势互补、畅通流动，为构建全国统一大市场和形成畅通的国内大循环提供了支撑，促进了沿线大中城市经济社会高质量发展。

南水北调工程始终贯彻先节水后调水的理念，在受水区实行最严格水资源管理制度，推动水资源利用方式根本转变，带动沿线地区产业结构调整和优化升级，节水型社会建设有序推进。截至2023年，京津冀南水北调受水县（区）节水型社会建成率77%，其中，北京、天津建成率达100%。山东省将"单位GDP水资源消耗降低"节水指标纳入各市经济社会发展综合考核指标体系……

"早年，企业生产全靠抽取地下水。现在，南水是企业发展的命脉。"10月26日，河北省邯郸市永洋特钢动力厂厂长江彦军介绍，企业升级污水回收处理系统，每吨南水至少循环利用三遍，再生水用于厂区环境卫生和景观绿化，一吨南水的综合利用成本比原来降低约一元钱。永年区的地下水硬度高，对设备损伤较大，南水的钙镁离子含量低无须处理，大大提高了特钢产品质量，助力永洋特钢发展成为全国规模最大的轻轨、矿山专用型材生产基地。

十年前，在南水北调工程治污倒逼机制下，东线山东段高污染的草浆造纸企业数量减少了65%。如今，更加环保的新技术让纸产量达到原来的3.5倍，利税是原来的4倍。

按照2023年我国万元GDP（国内生产总值）用水量46.9立方米计算，东中线一期工程累计调水超765亿立方米，相当于有效支撑了北方地区超16万亿元GDP的持续增长。其中，累计向雄安新区供水超1.6亿立方米，累计向京津冀地区供水427亿立方米，为雄安新区建设和京津冀协同发展注入了强大生命力。

过去，我国水土资源分布不均，十年来，通过"南水北调"和"北粮南运"，南北之间的水、粮得到了科学配置。东线一期工程显著改善了京杭大运河航运条件，山东济宁段内河航运通江达海，大运河江苏段货运量明显提升，京杭运河成为我国仅次于长江的第二条"黄金水道"。

南水北调东中线一期工程提高了黄淮海平原50个区县共计4500多万亩农田灌溉保证率，农作物生产效益大大提高，"中原粮仓"河南、"华北粮仓"河北、"大国粮仓"山东、"鱼米之乡"江苏的仓廪更加充实。

2013年，国务院批复《丹江口库区及上游地区对口协作工作方案》，北京市和天津市与河南、湖北、陕西建立多方面协作支持机制。十年来，北京市共安排资金50亿元，实施项目1177个，基本形成了南北共建、互利共赢的发展格局。

河南鹤壁古称"朝歌",淇河孕育出了灿烂的朝歌文化和诗经文化。南水助力鹤壁放手做强水文章,推动文旅产业迅速发展。十年来,南水北调东中线一期工程沿线省市不断加大对长江文化、黄河文化的挖掘力度,以大运河文化带建设为契机,带动了区域经济社会发展、人民生活改善。

立足新起点,迈向新征程。中国南水北调集团深入学习贯彻习近平总书记"节水优先、空间均衡、系统治理、两手发力"治水思路和关于治水重要论述精神,加快推进南水北调后续工程规划建设,后续工程首个开工项目中线引江补汉工程已进入全面实施阶段,东线二期和西线工程前期工作加快推进。

中国南水北调集团从源头参与水网重大项目建设,扎实推进国家水网骨干网、区域网、地方网建设。积极探索"水网＋"策略,推进水网项目与水务、新能源、生态环保、文化旅游等项目的融合发展、综合开发,着力提高水网基础设施全生命周期综合效益。

南水北调工程事关战略全局、事关长远发展、事关人民福祉。中国南水北调集团将认真学习贯彻习近平总书记重要讲话重要指示批示精神,牢记嘱托,不负使命,全面提升运行管护能力和水平,确保"一泓清水永续北上",坚定地把党中央谋篇布局的"大写意"变成精耕细作的"工笔画",不断增强企业核心功能、提升核心竞争力,扎实推动南水北调后续工程高质量发展,加快构建国家水网,为以中国式现代化全面推进强国建设、民族复兴伟业贡献南水北调力量。

（许安强　陈静　《中国水利报》　2024年12月12日）

建强水网领军企业　绘就高质量发展新画卷

——写在中国南水北调集团成立四周年之际

"南水北调,我很关心。这是国之大事、世纪工程、民心工程……"中国南水北调集团有限公司（以下简称中国南水北调集团）成立以来,习近平总书记先后两次视察南水北调工程，亲自主持召开推进南水北调后续工程高质量发展座谈会，作出一系列重要指示批示，为南水北调和国家水网事业高质量发展指明了前进方向，提供了根本遵循。

四年来，中国南水北调集团深入学习贯彻习近平总书记重要讲话重要指示批示精神和党中央决策部署，不断强化党的领导，深化企业改革，不断增强核心功能，提高核心竞争力，强化夯实南水北调"三个安全"基础，充分发挥工程社会、经济、生态效益，创新工程建设运营体制机制，全力推进南水北调后续工程高质量发展，加快构建国家水网主骨架和大动脉，为中国式现代化提供有力的水资源支撑和水安全保障。

筑牢"三个安全" 工程效益持续发挥

党的二十届三中全会强调，必须全面贯彻总体国家安全观，完善维护国家安全体制机制，实现高质量发展和高水平安全良性互动。

中国南水北调集团始终把维护南水北调"三个安全"作为首要前提，坚持预防为主，提升全过程防控能力，提高工程本质安全水平，以中线一期工程不停水检修、供水安全能力提升、水质安全提升等专项行动为契机，建立了覆盖各个管理环节的企业规范标准体系，完善南水北调河湖长制协作机制，完善水质监测数据共享机制以及突发事故应急处置机制，系统提高工程安全运行管理水平。

在河南郑州"7·20"特大暴雨、海河"23·7"流域性特大洪水等极端天气考验面前，中线公司坚持极限思维，科学研判，会商部署，严格按照预案落实各项措施，广大干部职工始终坚守在工程急难险重部位，筑起了一个个坚强的堡垒。

东线公司进一步健全完善安全管理顶层设计、体制机制建设及制度建设，积极推进工程运行管理标准化规范化建设，全力保障工程安全；紧密协调沿线各工程管理单位开展东线一期工程和北延应急供水工程的水量调度工作，组织做好全线工程水量调度管理，全力保障工程沿线供水安全；调水期及时汇总沿线各管理单位的水质数据，非调水期对东线工程全线重点关注断面开展水质巡测，东线输水干线 52 个水质监测断面Ⅲ类及以上水质达标率为 100%。

如今，中国南水北调集团初步构建起具有预报、预警、预演、预案功能的数字孪生南水北调工程体系。

南水北调中线数字孪生 1.0 版为中线一期工程提供了长距离引调水工程典型建筑物的工程安全结构分析、工程防洪、跨流域多水源多目标联合调度、长距离明渠输水工程水质保护、冬季输水安全保障等多个典型智慧应用场景。今年 7 月，中线工程河南段出现强降雨过程，在数字孪生仿真预演系统助力下，中线公司精准调度，及时排查险情，保障了供水安全。

数字孪生引江补汉工程构建了基于物联网和遥感技术的空天地一体化感知体系，工程建设管理协同实现"流程化、数字化、无纸化"，重塑了管理流程，构建起安全、质量、进度、投资四大业务管控场景。数字孪生东线北延应急供水工程初步具备了调水一张图、水量调度方案编制、水情监测与水量计量管理、工程实时调度、水量调度评价管理等功能。

四年来，中国南水北调集团推广实施重大跨流域调水工程的宝贵经验，在应急抢险和解决各类重大问题中不断总结、不断改进、不断完善，南水北调"三个安全"的保障能力大幅度提升。集团公司与中国安能建设集团有限公司建立应急救援合作机制；协调推动地方落实防洪影响处理工程；统筹推进工程管理范围内和丹江口库区及其上游流域水质安全保障工作，中线水质持续稳定在Ⅱ类标准及以上。

目前，南水北调东中线一期工程累计调水超 765 亿立方米，已经成为中国式现代化新征程上的水资源重要支撑和水安全战略保障，为沿线 7 省（直辖市）45 座大中城市、1.85 亿人提供稳定优质水源，有力改善了北方地区特别是黄淮海地区水资源条件，提高了水资源承载能力。

中线一期工程持续助力华北地下水超采综合治理，50 多条河流生态复苏，沿线众多湖、泊、洼、淀重现生机，沿线受水区地下水水位止跌回升。东线一期工程首次利用工程富余能力向山东鲁北地区进行生态和农业供水，东线北延工程连续三年助力京杭大运河全线水流贯通，千年古运河重新焕发青春。

2024 年，河南、山东、江苏等地出现不同程度的旱情，中国南水北调集团统筹水源区和受水区水资源形势，利用工程供水能力，分别向河南、河北、山东、江苏调引抗旱应急水量，充分发挥了南水北调工程作为国家水网主骨架、大动脉的防洪减灾作用。

加快后续工程规划建设　推进国家水网建设

2021年5月14日，习近平总书记在推进南水北调后续工程高质量发展座谈会上强调，要审时度势、科学布局，准确把握东线、中线、西线三条线路的各自特点，加强顶层设计，优化战略安排，统筹指导和推进后续工程建设。

四年来，中国南水北调集团积极配合有关部委做好《南水北调工程总体规划》评估修编，高标准高质量建设中线引江补汉工程，加快推进中线总干渠挖潜扩能和沿线调蓄工程规划建设，全力推进东线二期和西线工程前期工作，加快完善"四横三纵"水资源配置格局。

10月1日，首台TBM"江汉先锋号"首批部件开始在引江补汉工程8号检修交通洞现场组装。综合加工厂内，智能机械臂以高精度、高效能的标准完成每一道生产工序。江汉水网公司全面引进大机械配套作业、综合加工厂、智能拌和站、信息化实验室等智能建造技术，努力打造可以复制推广的智慧水利工程样板。

"要用创新的思路、改革的办法、从企业经营的角度、以市场化的方式推进水网项目建设。"中国南水北调集团党组书记、董事长汪安南强调，要坚持把构建国家水网作为战略目标，切实增强企业核心功能，提升核心竞争力。

四年来，中国南水北调集团深度参与区域网规划编制工作，参股建设的黄河干流关键控制性工程——古贤水利枢纽工程顺利进入建设阶段，积极参与东北骨干水资源配置工程建设。积极服务省级水网重点项目建设，对接市、县级水网建设需求。10月18日，遵义市人民政府、中国南水北调集团水网水务投资有限公司投资合作签约暨南水北调（遵义）水网有限公司、中国南水北调集团水网水务投资有限公司贵州公司揭牌，开启了央地合作打造水源、供水、排水一体化协同发展示范基地的新篇章。集团公司充分发挥青海公司、郑州水务公司等合资公司作用，推进青海柴达木水资源配置、观音寺枢纽等项目建设。9月20日，南水北调青海海西水网有限公司在德令哈市成立，致力于当地水资源开发利用、水网建设、水生态环保等。

中国南水北调集团积极践行国家水网建设领军企业的使命担当，系统谋划参与国家水网建设的方向路径措施更加明确，立足打造水网项目精品工程，不断提高工程标准、建设质量。目前，各在建水网工程项目进展顺利，浙江开化水库大坝主体工程基本完工，输水隧洞全线贯通。海南省定安县水系连通及水美乡村、安徽省池州市九华河系统治理等项目提速提质……

坚持"两手发力" 深化企业改革

"两手发力"，一手是政府的科学规划与有力监管，一手是市场的活力释放与资源配置。

中国南水北调集团始终坚持"两手发力"，努力争取政策性、开发性、商业性金融政策支持，拓展企业债、REITs等资金筹措渠道，为加快推进后续工程高质量发展和国家水网建设提供有力资金支撑。

中国南水北调集团"试水"发行公司债券，2023年1月12日，在上海证券交易所发行首期20亿元私募公司债券；2024年3月21日，再次成功发行10亿元3年期私募公司债券；9月10日，又成功发行12亿元私募公司债。

中国南水北调集团市场化融资力度不断加大，已经完成100亿元定向债务融资工具注册和开户，取得南水北调后续工程和国家水网建设综合授信额度9400亿元，成功引入国家绿色发展基金投入资本金15亿元，用于南水北调中线引江补汉工程建设。

经过深入比选和谈判，江汉水网公司与国家开发银行、中国进出口银行、中国农业发展银行、中国工商银行、中国农业银行、中国建设银行、中国银行、招商银行共8家银行签署引江补汉工程贷款合作协议。这次签约是集团公司"两手发力"拓展融资渠道、加快推进后续工程规划建设的重要举措。

建一项工程、树一方信誉、拓一片市场。中国南水北调集团努力建好引江补汉、开化水库、云阳抽蓄电站等在建项目，着力打造精品示范工程，实现滚动经营和可持续发展，努力做强做优做大。

中国南水北调集团坚持把推进工程提质增效作为关键抓手，努力实现工程综合效益最大化，创新工程运管模式，有效提高管理效率，降低综合管理成本；加大资产收并购力度，并购京水公司壮大集团综合实力，收购遵义市水资源开发投资集团股权项目延长产业链，新获水利、市政总承包一级等资质。

四年来，中国南水北调集团推进"调水＋"策略，不断创新商业模式，多业态提升水网基础设施全生命周期综合效益，推动水务、新能源、生态环保、文旅等相关产业融合发展。目前，水网水务、新能源、综合服务、生态环保、水网智科、文化旅游等业务板块项目拓展加速推进。

四年来，中国南水北调集团保障国家水安全的企业核心功能不断增强，在政治优势、专业优势、品牌优势、融资优势、人才优势等方面的核心竞争力逐步展现出来。

在增强服务国家战略功能作用上取得明显成效、在推动真正按市场化机制运营上取得明显成效、在加快建设世界一流企业上取得明显成效。中国南水北调集团的改革目标越发明确。

强化党的领导　党建引领赋能

党的二十届三中全会强调，党的领导是进一步全面深化改革、推进中国式现代化的根本保证。中国南水北调集团始终坚持把党的领导融入企业改革发展各方面、全过程。

四年来，中国南水北调集团以党的政治建设为统领，把深入学习贯彻习近平总书记关于国有企业改革发展和党的建设的重要论述精神，同习近平总书记"节水优先、空间均衡、系统治理、两手发力"治水思路，特别是关于南水北调和国家水网重要讲话重要指示批示精神有机结合、一体推进，作为开展一切工作的根本遵循、源头活水，把党的创新理论转化为推动企业高质量发展的生动实践。

中国南水北调集团制定党组会议"第一议题"制度实施办法，修订完善党组理论学习中心组学习制度，扎实开展党史学习教育、学习贯彻习近平新时代中国特色社会主义思想主题教育、党纪学习教育，不断提高政治判断力、政治领悟力、政治执行力。党组成员认真落实"四下基层"制度，深入联系单位讲党课、做调研，协调解决具体问题。

中国南水北调集团充分发挥各级党组织战斗堡垒作用和党员先锋模范作用，首次评选表彰优秀共产党员、优秀党务工作者和先进基层党组织。江汉水网公司引江补汉工程建设管理三部荣获"中央企业先进集体"称号、南水北调（重庆）新能源公司荣获重庆市"五一劳动奖状"、中线公司雷宇荣获"中央企业劳动模范"称号、中线公司车传金获得"中央企业优秀共产党员"

称号……

中国南水北调集团党组以党建引领集团高质量发展，把党建优势转化为发展优势、竞争优势和创新优势，推动党建与业务同频共振、深度融合，使共产党员这面旗帜成为"急、难、险、重、新"任务面前的方向引领。

四年来，中国南水北调集团不断加强人才队伍建设，积极开展职工"五小"活动及成果评选和青年创新创效活动，2 名职工分别入选"青年人才托举工程"和央企顶尖人才名单，南水北调（重庆）新能源开发有限公司两项QC 课题荣获第七届中央企业 QC 小组成果发表赛二等奖，申报的《以大党建模式铸造党建品牌，引领保障抽蓄电站项目快速推进》品牌案例入选第五届国企党建创新优秀案例。水网智科公司获第七届中央企业 QC 小组成果发表赛三等奖。

中国南水北调集团党组进一步压紧压实管党治党政治责任，推动各类监督贯通融合，建立完善党组成员基层党建联系点、联系二级单位全面从严治党机制，引导广大干部职工知纪明纪守纪；持续开展中央八项规定精神专项治理，持续巩固风清气正的政治生态。

今年春节前夕，在引江补汉主体工程施工标进场签约仪式上，江汉水网公司建管一部所辖参建各方与工程所在地宜昌夷陵区纪委监委、襄阳保康县纪委监委共同签署《引江补汉工程廉洁共建备忘录》，进一步加强对工程各方主体行为的监督，构建清清爽爽的合作关系。

"心中有责、眼中有活、人人有梦"，中国南水北调集团成立以来，大抓党建工作，逐步实现带队伍、提技能、强业务、促改革、谋发展的目标，以党建赋能增效，在基层打造了一批关键时刻靠得住冲得上的战斗堡垒，涌现了一大批先进集体和优秀共产党员。

唯有拼搏，方能致远。中国南水北调集团将立足"三个企业"战略定位，深入践行让中国人喝好水用好水的使命追求，全面深化改革，以科技创新、管理创新、商业模式创新为突破口，不断提高工程安全运营管理水平和工程综合效益，持续增强企业核心功能，提高核心竞争力，以高度的政治责任感和历史使命感全面推进南水北调和国家水网事业高质量发展，为以中国式现代化全面推进强国建设、民族复兴伟业作出新的更大贡献！

（许安强　陈静　《中国水利报》　2024 年 12 月 12 日）

国新办举行南水北调东中线一期工程全面通水十周年有关情况新闻发布会 南水北调工程调水超767亿立方米

2024年12月12日，国务院新闻办公室举行新闻发布会，水利部副部长王道席介绍南水北调东中线一期工程全面通水十周年有关情况，并与中国南水北调集团有限公司、水利部规划计划司、南水北调工程管理司负责人回答记者提问。从会上获悉，截至目前，南水北调东中线一期工程累计向北方地区调水超过767亿立方米。

王道席介绍，十年来，水利部牢牢守住安全底线，加强科学调度，稳步提升工程综合效益，世纪工程战略性功能日益显现，国之重器生命线作用不断巩固。作为国家水网的主骨架和大动脉，南水北调工程从战略上、全局上优化了我国的水资源配置格局，沿线的城市生活和工业供水保证率显著提升，有力改善了北方地区特别是黄淮海地区的水资源条件和水资源的承载能力，助力京津冀协同发展、雄安新区建设等重大国家战略的实施。工程供水区域不断延伸，惠及45座大中城市1.85亿人，受益范围正由大中城市向农村地区拓展。坚持"调水、节水两手都要硬"，全面提升受水区水资源节约集约利用水平，用水效率总体水平位于全国前列。深入贯彻落实进一步加强丹江口库区及其上游流域水质安全保障工作方案，持续做好中线工程水源区水质的安全保障工作。十年来，东线工程的水质持续稳定达到地表水Ⅲ类、中线工程保持在Ⅱ类及以上。持续深化改革创新，全面推行河湖长制，加快推进数字孪生南水北调工程建设。加快总体规划修编，高质量推进后续工程建设。

王道席表示，水利部将深入实施《国家水网建设规划纲要》，加快构建国家水网主骨架和大动脉，尽快完善南水北调工程总体布局，确保"一泓清水永续北上"，为以中国式现代化全面推进强国建设、民族复兴伟业提供有力的水安全保障。

人民日报、新华社、中央广播电视总台、中国水利报等多家媒体记者参加了新闻发布会。

（孟京　王鹏翔　《中国水利报》　2024年12月13日）

南水北调的陕西力量

陕西是南水北调中线工程重要的水质保障区和水源涵养区，承担着丹江口水库70%的水量保障任务。可以说，受水地区群众喝的10杯水中，有7杯来自陕西。

自2014年12月12日南水北调中线工程通水以来，陕西省勇担责任使命，从守护供水"生命线"的高度出发，统筹推进水土流失治理、水污染防治、水生态修复、水环境综合治理等一系列工作，以实际行动当好生态卫士，全力打好碧水保卫战，守护"一泓清水永续北上"。

凝心聚力，不断壮大护水"朋友圈"

陕西省委副书记、省长赵刚，省委常委、常务副省长王晓分别担任汉江、丹江省级河长，带动流域内6800余名（含村级河长5000余名）河湖长履职尽责、巡河调研，研究解决了诸多河湖保护重大问题。

在汉丹江流域推行"河划五类、长分五级、制建五项"治河模式，真正实现河长制全覆盖，使每条河和每一处湖泊都有管护人。

给予每市200万元河湖资金奖励支持，开展优秀基层河湖长、巡河员评选，树立优秀典型，鼓舞各方士气。

健全"河湖长＋警长＋检察长＋法院院长""河湖长＋志愿者"机制，联合公安、林业、自然资源、检察院、法院等相关部门开展打击非法采砂专项整治行动，累计查处违法案件200余起。

建立丹江口水库水质安全保障工作联席会议机制，水利、环保、农业、林业、城建等部门齐抓共管，研究解决丹江口水库上游水质安全保障相关问题。

陕甘川三省河长办共同发布汉中宣言。陕西联合甘肃省陇南市徽县、两当县出台《关于建立嘉陵江上游生态资源保护工作协作机制》。四川省广元市朝天、昭化、利州区也相继加入，嘉陵江保护"朋友圈"不断扩大，形成3省8地保护圈。

铁腕发力，科学构建护水"安全网"

陕西颁布《汉江水质保护条例》，编制完成《陕西省丹江口库区上游流域水质安全保障实施方案》《陕西省汉丹江流域水文水质监测系统建设实施方案》，对汉江干支流 67 处水质站点按月开展水质监测与分析评价；对汉江流域汉中市长林地下水水源地、安康市马坡岭及许家台水源地、商洛市二龙山水库水源地等 3 个长江流域国家重要饮用水水源地按月开展水质监测评价，水质达标率均为 100%；以壮士断腕的勇气，关停并转迁 370 多个污染严重的企业和矿产资源开发项目；对原有的化工、煤矿、有色金属等许多优势产业，实施产业结构调整和综合整治，关停、取缔相关企业，并对水源涵养区内住户进行移民搬迁。

陕西每年定期开展全省河湖库"清四乱"（清理乱占、乱采、乱堆、乱建）暗访、全省河湖岸线利用专项整治、全省水域安全隐患专项排查，持续严打涉河违法行为；建立"河长挂帅＋水利牵头＋部门协作＋督办督查"机制，解决了一批河湖顽疾；扎实开展城市黑臭水体治理，强化入河排污口监督管理，编制国控断面达标方案，严格管控移动污染源，强化农业面源污染防治，争取中央资金部署历史遗留矿山生态修复治理，突出尾矿库综合治理，完成秦岭区域小水电站整治任务。通过持续治理，汉丹江出境断面水质始终稳定在 Ⅱ 类以上。

严抓共管，齐心打好护水"持久战"

陕西将汉江干流及 6 条主要支流、10 个水文断面、11 处水工程纳入水量调度管理，实现"行政、法规、工程、科技、信息化"统筹调度；实施丹江口库区及其上游流域水污染防治、封禁封育保护、坡耕地水土流失综合治理、退耕还林还草等生态保护和修复工程，先后启动实施汉丹江综合整治、生态清洁小流域、主要江河源头预防保护等工程项目，控制水土流失、改善生态环境、减少面源污染。陕西 2024 年争取新增国债丹江口库区水土流失治理项目 41 个，资金 12.11 亿元，涉及 4 市 29 县（区），计划治理水土流失面积 2580 平方千米。

陕西切实抓好污水处理厂建设和运行管理，陕南31座县级以上污水处理厂均达到一级A排放标准，南水北调水源区城市生活污泥无害化处置率达90％以上；加快实施汉江、丹江"一河一策"方案和岸线保护与利用规划，完成长江流域水普内410条河流名录复核；积极推进幸福河湖创建，汉江流域命名6条省级幸福河湖，54条市级幸福河湖，4处省级水利风景区。

从汉江源到丹江口，从秦巴山区到秦岭腹地，陕西用高度的政治自觉和强烈的使命担当，坚决扛起丹江口库区上游流域水质安全保障重任，为"南水"千里奔流，润泽北方大地，绵绵用力，久久为功！

（刘艳芹 《中国水利报》 2024年12月17日）

十载"鹤"护 "壁"水润泽
——河南鹤壁市南水北调配套工程通水十周年

天河水迢迢，南北波皎皎。

2014年12月12日，南水北调配套工程和中线工程同步通水，将清澈甘甜的丹江水送进了河南省鹤壁市的千家万户。

南水北调中线工程通水10年来，累计向鹤壁市供水5.25亿立方米，让100多万人口直接受益，不仅开启了鹤壁市水资源优化配置的新篇章，更彻底改变了鹤壁市水资源短缺的局面，为经济社会发展注入了强劲动力，为生态文明建设提供了坚实的水资源保障。

"南水"来了 幸福到了

位于河南北部的鹤壁市是严重缺水城市，也是河南用水矛盾最突出、水资源最紧缺、地下水超采最严重的地区，多年人均水资源占有量仅为200立方米左右，不足全省人均占有量的二分之一、全国人均占有量的十分之一。

水资源短缺问题严重影响了鹤壁市人民生产生活和经济社会可持续发展。

"南水"来了,幸福到了。

南水北调工程是党中央、国务院决策实施的重大战略性基础设施,对优化水资源配置、促进经济、社会、生态持续发展、保障群众饮水安全等有着十分重要的意义。

10年来,清澈甘甜的"南水"注入鹤壁市,有效保障了鹤壁市人民的用水安全,极大改善了水质条件,部分地区告别高氟水、苦咸水,人民幸福感、获得感明显增强。

10年来,高新技术产业开发区从无到有、不断壮大,一大批企业落户鹤壁市,这都得益于南水北调工程优质充沛的水资源保障。

10年来,南水北调工程持续向鹤壁市的母亲河——淇河生态补水1.15亿立方米,使淇河的流量逐年回升,河道水质、沿河生态极大改善。淇河生态示范带美丽如画,塑造了鹤壁城市新形象,促进了生态文明建设,为构建人与自然和谐共生的美好家园提供了有力支撑。

……

南水北调工程事关战略全局、事关长远发展、事关人民福祉,是重大战略性基础设施,功在当代、利在千秋。通水10年,鹤壁市持续从南水北调精神中汲取奋进力量。

紧盯"三个安全"不断规范细化管理

南水北调中线工程鹤壁段全长30.833千米,涉淇县、淇滨区、经济技术开发区3个县(区)9个乡(镇、办事处)36个村。配套工程共有3座分水口门,包括3座泵站、165座阀井和59.47千米供水管线,向6个供水目标供水,其中35号分水口门还向滑县、濮阳市受水区供水。

鹤壁市南水北调工程运行保障中心负责鹤壁市南水北调配套工程建设及运行管理、供水调度、技术服务工作,10年来深入贯彻落实习近平总书记有关重要讲话和重要指示批示精神,围绕"工程安全、供水安全、水质安全"这一要求,坚持系统思维,树立目标导向,强化运行管理,实施精准调水,不断提高工作水平,全力保障鹤壁市南水北调配套工程安全平稳供水。

在确保"工程安全"方面,鹤壁市南水北调工程运行保障中心强化管理,以开展标准化站所创建为抓手,加强配套工程维护管理,做好供水管线日常巡检、电器设备及阀井日常维护保养等工作，同时扎实做好防汛工作，强化预案管理，组织开展防汛应急演练，提升应急处突能力。

为确保"供水安全"，鹤壁市南水北调工程运行保障中心严格执行配套工程供用水计划等工作，细化水量调度方案，每月按时组织编报用水计划，及时确认水量，确保供水有序安全。

同时，为落实水源保护，确保"水质安全"，鹤壁市南水北调工程运行保障中心利用"世界水日""中国水周"等节点，对《河南省南水北调饮用水水源保护条例》等法律法规开展集中宣传，营造南水北调水源保护"全民参与，全民共享"的浓厚氛围；开展配套工程沿线污染排查，委托检测单位定期开展水质检测，确保水质安全，长期稳定在Ⅱ类及以上。

此外，鹤壁市南水北调工程运行保障中心积极协调有关部门、县区、乡镇，做好干渠生态保护、防汛度汛、工程安全等工作，确保南水北调一渠清水永续北送。

凝心聚力　推动后续工程高质量发展

南水北调工程是优化水资源配置、保障群众饮水安全、复苏河湖生态环境的生命线和大动脉。

2021年5月14日，中共中央总书记、国家主席、中央军委主席习近平在河南省南阳市主持召开推进南水北调后续工程高质量发展座谈会并发表重要讲话，指出要深入分析南水北调工程面临的新形势新任务，完整、准确、全面贯彻新发展理念，按照高质量发展要求，统筹发展和安全，坚持习近平总书记"节水优先、空间均衡、系统治理、两手发力"治水思路。

站在南水北调通水10周年这一节点上，鹤壁市南水北调工程运行保障中心认真研究分析当前南水北调配套工程运行保障工作面临的形势和任务，查摆存在的问题和短板，清醒地认识到，南水北调工程长期稳定运行和效益发挥仍面临许多挑战。

鹤壁市南水北调工程运行保障中心继续全面贯彻落实党的二十大精神，守牢工程安全、供水安全、水质安全三个底线，以标准化创建为抓手，深入细致做好配套工程管理、水量调度、水质保护工作，充分发挥民生、经济、生态效益；抓重点、破难点、出亮点，扎实做好水费计收、配套工程验收、工程防汛度汛等重点工作，以扎扎实实的成效推动鹤壁市南水北调事业再上新台阶，为鹤壁市加快高质量示范城市建设贡献力量。

"十年弹指一挥间。一渠清水，记载着付出，铭刻着责任，留存着情怀，谱写了一曲南水北调人不忘初心使命、坚守担当奉献的动人旋律。"鹤壁市南水北调工程运行保障中心负责人表示，"站在新的起点上，作为运行管理部门，我们将进一步增强安全意识，扛牢职责使命，推进科学管理，提高运管能力，强化保障措施，确保一泓清水永续北送。"

（刘新坤　闫明　王志国　《中国水利报》　2024年12月17日）

北京举行南水北调中线一期工程通水进京十周年新闻发布会超1600万北京市民喝上"南水"

12月27日，北京市人民政府新闻办公室举行南水北调中线一期工程通水进京十周年新闻发布会。记者从发布会上获悉，截至目前，北京已累计利用"南水"超106亿立方米，超1600万北京市民喝上了南来之水，首都水资源供需矛盾得到有效缓解，水生态环境状况持续向好。

据介绍，十年来，北京市水务局守护工程安全、供水安全、水质安全，统筹利用好水资源，特别是在充分用好"南水"的工作中，始终坚持"节喝存补"的用水原则，持续推动解决水资源短缺、水环境污染、水生态损害及河水断流、地下水超采等"大城市病"中的水问题，全力保障首都水安全。坚持"先节水后调水"，建立最严格水资源管理制度，全市16区全部建成节水型区，2014年到2023年全市万元GDP用水量从16.35立方米降至9.3立方米。加快南水北调市内配套工程建设，建成输配水管线近200公里、调蓄设施3处，让"南水"与密云水库实现"握手"，城区水厂用"南水"比例由2015年的67%提高至2024年的近80%。推进南水北调中线与永定河、潮白河、北运河等主要水系连通，实现水源、水库、河湖、水厂等水务设施互联互通，构建起北京水网基本格局，全市平原区地下水水位已连续9年实现回升，地下水严重超采区全部清零，密云水库蓄水量创历史新高。全面开展跨流域、多水源生态补水，推动河湖生态环境复苏，五大主干河流连续4年全部重现"流动的河"并贯通入海，在良好水生态环境的基础上，大力推进河湖空间开放共享。

人民日报、新华社、中国青年报、中国水利报等多家媒体记者参加了新闻发布会。

（孟京　杨轶　《中国水利报》　2024年12月28日）

王道席出席南水北调工程专家委员会 2024年度工作会议

南水北调工程专家委员会2024年度工作会议近日在北京召开，水利部党组成员、副部长王道席出席会议并讲话。

王道席充分肯定了专家委在南水北调工程高质量发展中作出的突出贡献。他表示，专家委成立20年来，在南水北调工程发展历程中发挥了至关重要的作用。2024年专家委工作饱满、成果丰硕，开展的17项重大技术咨询、2次研讨交流、8次调研检查、1项专题研究，为维护南水北调已建工程安全运行、推进后续工程高质量发展等各方面工作提供了重要技术保障，发挥了重要的决策咨询作用。

王道席强调，统筹推进南水北调工程高质量发展和高水平安全，任重道远。在重大决策的关键环节、关键事项上，专家委不可或缺、不可替代。希望专家委继续秉持优良传统，结合水利发展形势和主要任务，重点聚焦南水北调工程安全、供水安全和水质安全，东中线一期工程竣工验收以及后续工程规划建设等方面，进一步发挥技术支撑和把关作用。

王道席要求各有关司局和单位要做好统筹协调，专家委秘书处要做好日常工作保障，全面支持专家委开展技术活动，充分发挥专家委的智库作用。

（王声扬　丁俊岐　《中国水利报》　2024年12月31日）

南水北调工程首单跨省用水权交易签约

2024年12月24日，南水北调中线工程跨省区域水权交易签约仪式在中国水权交易所举行。天津水务集团有限公司与保定水利投资发展集团有限责任公司签订水权交易协议，交易800万立方米用水指标，用于天津市12月冬季供水。这是南水北调中线首单跨省（直辖市）用水权交易。

本次交易盘活了年度用水存量，促进实现水资源配置效率和利用效益的"帕累托最优"，对推动南水北调中线用水权在更大范围进行交易具有示范作用。2024年是南水北调中线一期工程正式通水十周年，此次交易也为推动南水北调中线用水权交易机制创新打开了局面。

近年来，在各地积极探索下，用水权交易市场日趋活跃，已成为水资源优化配置和节约集约利用的重要途径。截至目前，国家水权交易平台用水权交易累计成交突破2.2万单、水量超过54亿立方米。

（孟京 樊弋滋 《中国水利报》 2024年12月31日）

地方媒体报道

南水北调东线一期山东干线工程通过水利部标准化管理评价考核，系南水北调系统首批

标准引领强运管　江水润鲁谱新篇

7月10日，南水北调东线一期山东干线工程通过水利部标准化管理评价考核，成为全国南水北调系统首批水利部标准化管理调水工程。

南水北调事关战略全局，事关长远发展，事关人民福祉。作为南水北调山东干线工程运行管理单位，南水北调东线山东干线有限责任公司（以下简称"山东干线公司"）在水利部、山东省委、省政府和省水利厅党组的坚强领导下，以践行"三个安全"为宗旨，以保障工程安全、优质、高效运行为第一要务，致力在工程标准化管理上下功夫、提质量，不断提高水量优化调度、远程集中控制、智能管理决策、应急响应处置等水平。

去年3月，山东干线公司正式启动水利部标准化管理调水工程创建，从加强组织领导、落实资金保障、健全激励机制和严格监督检查等方面倾心竭力，在工程状况、安全管理、运行管护、管理保障和信息化建设等方面集中发力，推动水库、泵站、渠道、管涵及大中型水闸5类37个单项及整体工程于2023年11月通过省级初评，2024年5月达标部级评价，为一渠清水北上，服务经济社会高质量发展提供坚强保障。

凝心聚力　高标推动
标准化管理走在全国前列

截至7月29日，南水北调东线山东段工程2023—2024年度累计调水16.80亿立方米，北延供水2.15亿立方米，向济南、青岛等12市供水10.54亿立方米，超额完成省界调水、年度北延供水和京杭大运河贯通补水保障任务。这是继上一调水年度完成省界调水11.25亿立方米，北延应急供水2.62亿立方米之后，调水规模达到新高度，连续两年破纪录。充分发挥了工程现

代水网主骨架、大动脉作用，有效改善了受水区水资源配置格局，经济、生态、社会效益得到进一步提升。

综合效益充分发挥的背后，离不开对工程的科学管理。去年3月，山东干线公司正式启动水利部标准化管理调水工程创建，以此为抓手为工程提档升级聚势赋能。

"调水工程标准化管理评价是一项系统工程，它几乎覆盖了工程方方面面，其主要目的是提升调水工程的管理水平，确保工程的长期稳定运行，同时推动水利行业高质量发展。"山东干线公司党委书记、董事长姜延国介绍，公司于2015年开始安全生产标准化以及运行管理标准化建设；2017年确立了"环境优美、技术先进、体制合理、机制科学、管理规范、运转高效"的工作总目标；将2020年确定为制度和标准建设年；2022年提出"一流工程、一流企业、一流品牌"战略目标，多年来的探索和实践夯实了南水北调东线山东干线工程标准化管理基础。

"做好标准化管理评价既是落实水利部、省水利厅的刚性要求，也是公司打造山东省工程运管样板企业、全面提升工程管理水平的重要抓手。"去年3月，山东干线工程标准化管理评价工作启动暨培训会议发出动员令，公司全体员工上下一心，通力合作，将相关工作纳入年度重点工作，细化任务、压实责任、狠抓落实。

启动会既是发出"动员令"，也是吹响"集结号"，更是下达"军令状"。山东干线公司第一时间编制《南水北调东线山东干线工程标准化管理评价工作实施方案》，成立以总经理为组长的领导小组，构建"横到边、纵到底"的办事机构，做好"三抓三保"：抓全员培训、宣贯，确保标准化管理全覆盖；抓自查自评关键环节，确保达标质量；抓内外业关键节点，压茬推进问题整改、资料整编，高效快捷，确保达标时间，5月底完成自查工作，7月上旬完成单项工程自评，9月初完成调水工程自评。

针对标准化管理存在的问题，山东干线公司认真梳理并制订整改方案，召开专题会议研究《关于标准化管理评价问题梳理及整改建议的汇报》，下发《关于尽快落实标准化管理评价自评问题整改的通知》，整改各类问题1200余项，并形成整改报告。公司总经理带队走出去学习兄弟单位经验，对标对表找差距；分管领导指导自查自评问题梳理，研究分类施策整改措施；公司党委决策资金保障等重要事项，为确保如期通过水利部标准化管理评价提供全方位支持保障。

上下同欲，风雨同舟。经过各方努力，2023年11月，南水北调山东干线5类单项工程、调水工程整体省级评价得分均超过山东省调水工程标准化管理评价标准的要求，全部通过省级初评；2024年5月，达到水利部调水工程标准化管理评价标准的要求，成为南水北调系统首批部级标准化管理调水工程。"得益于标准化管理创建，公司也形成了一整套完善的标准化管理体系，进一步强化了工程安全运行保障能力。"山东干线公司党委副书记、总经理周韶峰说。

内外兼修　创新引领
工程运行管理提档升级

走进位于南水北调东线鲁北段调蓄工程——大屯水库，目之所及，干净整洁的大坝路面、错落有致的绿化景观、明亮舒适的办公环境、规范统一的标识标牌、齐备完善的管理设施，处处见证着大屯水库管理水平的进阶与提升。

根据水利部工作方案，调水工程标准化管理评价的主要内容包括整体评价和单项工程评价。整体评价标准分为系统完备、安全可靠、集约高效、绿色智能及循环通畅调控有序5个类别，重点突出工程安全、供水安全、水质安全，充分考虑工程统一性、效益可持续性、调度通畅性、信息化赋能等管理需要。单项工程评价标准包括工程状况、安全管理、运行管护、管理保障、信息化建设5个类别，涵盖从工程的基本状况到信息化建设的全方位评价。"山东段的单项工程包括泵站、水库、渠道、管涵及中型水闸5类单项共37个工程，几乎涵盖所有类型的单项工程，任务艰巨且繁重。"周韶峰说。

通过大屯水库的标准化管理评价过程，可窥一斑而知全豹。"工作部署以来，水库上下牢固树立'一盘棋'意识，同心同向，共同发力，严格对标平原水库工程5类31项评价标准，对大屯水库进行拉网式排查，查找问题，建立台账，制定措施，全面推进创建工作。"山东干线公司德州管理局局长翟庆民介绍，德州局将大屯水库工程标准化管理水利部评价工作列为局年度重点工作任务，成立达标创建工作专班组，以"统一指挥，集中攻坚，高效推进"为原则，以"提前完成创建任务、尽早发挥效益"为目标，第一时间制订工作实施方案，狠抓落实、全力推进。

外业是工程标准化管理创建的核心。对启闭机等机电设备进行除锈刷漆，采用新技术钢丝绳定期进行油脂保养；补植的树木和草皮需要加强养护，每天安排浇水；草皮长势良好，需要定期精心修剪；雨季要及时对工程排水沟进行清理，保持畅通；标识标牌不规范，数量少，需要重新设计安置……通过反复普查、整改、完善、提升，大屯水库职工以"绣花"功夫切磋琢磨，换来了工程面貌的华丽转变。

"以前遇到问题主要凭经验解决，现在任何问题通过手册都能找到规范解决方案。"大屯水库管理处主任李庆涛介绍，锚定标准化管理创建目标，水库坚持内业、外业双管齐下，先后印发多项方案和手册，完成5大类资料汇编3400余页，34项评价问题全部整改完成。秉承"走出去、请进来"理念，积极引导职工转变观念，对标一流，前往兄弟单位考察学习，充分借鉴先进理念和标准化、精细化管理理念和经验；积极邀请有关专家现场指导，有计划有目标组织各类教育培训30余次，提升职工业务水平和工作能力，为工程管理工作提供了有力保障。

标准化管理评价既是对管理的考核，对工程的检验，也对职工能力素质提出更高要求。

围绕工程管理薄弱环节，山东干线公司坚持创新引领，建立"坚持党委领导、单位支持、个人带头、全员参与"的创新工作体系，把激发创新热情、提升创新水平作为开展职工创新工作的一项重点任务，把建设创新工作室作为职工创新的有效平台和提升管理、交流技术的基地和窗口，加大创新工作推进力度，营造全员创新的浓厚氛围。目前，公司共有9个创新工作室，10人获得技师资格，24人获得山东省技术能手、山东省水利技术能手称号，6人获得"山东省五一劳动奖章"，1人被授予山东省"齐鲁工匠"……全员创新的氛围大大激发了职工的动力和活力，也提高了员工技术水平和管理能力，保证了工程调水运行安全平稳有序。

笃行不怠　再续新篇
扛牢"大国重器"使命担当

风正时济，自当破浪前行；任重道远，还需策马扬鞭。"标准化管理创建成功不是终点，而是新的起点。"在刚刚召开的山东干线公司半年工作总结会上，姜延国表示，公司将以此次标准化管理评价为契机，不断深化细化实化工程标准化管理，充分利用物联网、大数据、云计算、人工智能等技术，全面提升工程管理、调度运行的数字化、智能化水平，打造全国南水北调系统管理示范标杆。

目前，山东干线工程已成功创建数字孪生邓楼泵站，作为水利部数字孪生建设先行先试项目，获得业内高度认可。

"以往接到调度指令，主要凭经验确定开几台机组。现在通过数字孪生平台，可以根据上下游水位变化等不同运行工况，自动生成最优运行方案，既提高了调水效率，也延长了机组使用寿命。"南水北调东线山东干线工程邓楼泵站技师刘辉介绍，如果系统监测到上下游水位变化较大会弹出预报信息，超水位阈值会进行预警，并结合水泵装置综合特性曲线，运用机组运行优化调度模型，生成最优调度方案，而这个过程只需要分钟级就能实现。

邓楼泵站数字孪生项目充分运用云计算、物联网、大数据、人工智能等新一代信息技术与泵站业务应用深度融合，聚焦工程安全、供水安全和水质安全，对泵站工程全要素和运行管理全过程进行数字映射、智能模拟、前瞻预演，与物理水利工程同步仿真运行，虚实交互、迭代优化，构建全景展示、智能调度、智能运维、工程安全监测、水质监测预警典型智能应用场景，让数字赋能南水北调工程智慧运行。

山东干线公司副总经理傅题善介绍，下一步，借鉴数字孪生邓楼泵站建设经验，山东干线工程将加快推进数字孪生水网及数字孪生工程建设，通过数字孪生打造南水北调山东段的智慧大脑，初步建成南水北调东线山东段干线工程三维数字化场景，为工程优化调度、工程安全、设备监测、水质管理等运行管理赋能。

今年是山东高质量建设国家省级水网先导区的关键一年。"作为全省唯一跨流域跨省域配置水资源的骨干工程，在国家省级水网先导区建设中彰显担当是我们的责任。"姜延国表示，南水北调东线工程通水10年以来，公司始终把确保一渠清水北送东输、保障城市供水、抗旱补源、防洪除涝、服务航运、河湖生态保护、畅通南北经济循环作为最大政治责任和社会责任，连续10年确保工程安全、调水安全、水质安全。下一步，山东干线公司将以获批水利部标准化管理评价为新起点，大力提升管理质效，健全运行管理长效机制，充分发挥南水北调工程优化水资源配置、保障群众饮水安全、复苏河湖生态环境、畅通南北经济循环"生命线"作用，扛牢"大国重器"的使命担当，努力在国家水网建设中发挥更加重要的作用。

（《大众日报》 2024年8月8日）

南水奔流润津沽
南水北调东中线一期工程全面通水10周年

一泓清水　永续北上

——记者探访南水北调中线工程水源地丹江口水库

美丽的丹江口水库（本报资料照片）

南水北调是国之大事、世纪工程、民心工程。习近平总书记强调："南水北调工程事关战略全局、长远发展和人民福祉。"

今年是南水北调东中线一期工程全面通水10周年。10年来，甘甜清冽的南水千里北上，赋能千行百业，润泽千家万户，成为津城继引滦入津工程后又一城市供水"生命线"。截至目前，南水北调中线工程已累计向天津市调水超百亿立方米，成为本市供水主水源。如今，津城绝大部分区域实现了引江、引滦双水源保障，有效化解了城市供水"单一性、脆弱性"的矛盾。

本报今起推出"南水奔流润津沽"系列报道，全方位展现南水北上入津10年给天津经济社会发展带来的巨大变化，讲述南水北调工程沿线护水、保水、用水、节水的感人故事，以期让更多的人了解江水来之不易，珍惜每一滴水，用好每一滴水。

初冬的天津干线外环河出口闸，一池碧水静静流淌。这是南水北调中线工程到达天津的终点。汩汩南水千里奔流，永续北上，润泽着津城大地。

通水10年来，南水北调中线工程已累计向天津供水超百亿立方米。南水入津，不仅保障了天津市的供水安全，优化了水资源配置格局，也推动了全市水生态环境的整体改善，成为继引滦入津工程之后，天津又一条城市供水"生命线"。

南水情长，寻源千里。11月下旬，记者来到1000多公里之外的湖北十堰丹江口市，登上176.6米高的丹江口水库大坝。巍巍大坝锁住汉江，放眼望去，整个库区烟波浩瀚、碧水万顷，宛如晶莹的翡翠嵌在群山环抱之中。这是南水北调中线的"大水缸"，是豫冀津京四省市超1.08亿人直接受益的南水之源。

冬日的库区格外静谧，清漂员蒋德新像往常一样熟练地开展巡护。

不同的是，以前巡护要忙一上午，现在一个小时就完成。"水质一年比一年好，志愿者越来越多。咱们这里的人，护水意识强着咧！除了树叶、枯枝，几乎看不到生活垃圾。"63岁的蒋德新是护水队的一员，也是退捕渔民。10年前，为了保护核心水源区，当地取缔了网箱养鱼，实行禁渔政策。蒋德新积极响应政策，将渔船、渔具上交，"洗脚上岸"。一辈子生活在汉江边，蒋德新终究离不开船，索性找来一条"守井卫士"船，拉上志同道合的乡亲们义务打扫清理汉江岸线，渐渐地聚起了一支护水志愿服务队。

在丹江口市，护水志愿者们有一个共同的名字——"小水滴"。自2021年"小水滴"志愿服务联合会成立以来，已发展361个志愿者组织，注册志愿者多达203771名。

作为南水北调中线工程核心水源区和大坝所在地，丹江口市境内水域面积达453平方公里，占库区总面积的43%，库岸沿线占总长的50.2%。10年来，丹江口市先后关停污染耗能企业166家，拒绝不符合水源地要求的项目200多个，两次移民搬迁26万人，568户1135名渔民转产上岸，全水域实现禁止生产性捕捞……

为保"一泓清水永续北上"，丹江口市织密人防、技防、物防"天罗地网"。在丹江口市水库水质安全保障指挥中心，入库（江）支流水质在线监测系统、"天眼"守护库岸系统等六大数字化监管系统，筑起了"天、地、空、水"全方位守水防线。

距离丹江口水库大坝直线距离不足500米的蔡湾村，是丹江口市最后一批移民内安村落。从移民到宜居，蔡湾村成为移民搬得出、稳得住、能发展、可致富的"美丽家园"。这里的设施农业科技感十足，"智慧大棚"四季如春，智能化"蔬菜工厂"一派繁忙；这里的环境生态宜居，家家用上光伏发电，污水处理达到农田灌溉标准；这里的生活幸福和谐，村民人手一本"积分存折"，通过参与房前屋后及室内环境卫生评比、志愿服务、为乡村发展建言献策等活动获取积分，60岁以上的老人可以用积分在"幸福食堂"兑换就餐。

"守水护水是蔡湾村的首要职责，我们下大力气整治人居环境，防治农业面源污染。村里3处厨余垃圾处理场所，覆盖范围达90%以上，利用专业工艺处理有机易腐湿垃圾，有机物资源化率达100%，可生成原料重量30%的有机肥料，实现了从源头收集到末端处置再利用的全闭环。"蔡湾村驻村第一书记闵希说。

小河清、大库净，十堰市坚持全域治水护水节水，实施32条小流域综合治理，这一净化"毛细血管"的细微举措，彰显了十堰人的护水担当。

武当山下的浪河镇，迎来了参加世界武当太极大会的"洋弟子"。大家在青山绿水间纵情切磋，身后静静流淌的浪河，是这幅"问道武当"玄妙画卷中最美的风景。浪河小流域是十堰市级小流域综合治理试点之一。2023年以来，通过深入推进蓝藻水华拦截、打捞、沉降、生长抑制、综合防控管理平台建设等五大工程，实施磷化厂治理、浪河污水处理厂尾水湿地、浪河水库清淤等三大治理项目，浪河水域成功攻克了蓝藻治理难题。如今，碧波荡漾的浪河以秀美风光吸引着八方游客。

茅塔河是丹江口库区的入库支流。2023年，茅塔河小流域纳入湖北省小流域综合治理试点。茅塔乡王家村村民罗普荣一家，在河畔经营农家乐。干净的小院、可口的饭菜、热情的服务，招揽了不少顾客。今年的"回头客"都说，茅塔河的水更清了、景色更美了、人气更旺了。

"水冲厕所、三格化粪池、沉淀池和小湿地，我们叫'四件套'。"罗普荣拉着记者看房前屋后的治污"神器"，说着今昔的对比，"过去用旱厕，污水直接排入河，苍蝇虫子多，客人总抱怨。排污管道也比现在细，山上下来的污水经常堵，我们在山下可遭了殃。"

"因地制宜建设污水处理设施，10户以上村组就近建设分布式微动力设施，分散农户就地建设分户式'四件套'。如今，茅塔河小流域上游11个村、1万多人口已实现污水处理设施全覆盖。"茅塔乡党委宣传委员薛臣介绍。

茅塔河成了生态河、幸福河，以水为脉，当地发展蜂、药、茶、果等特色产业，推动农文旅融合，村民增收致富，生态"颜值"变"产值"。

问渠那得清如许，为有源头活水来。从武当山下的丹江口水库，到渤海之滨的天津，南水一路向北，润泽沿岸民生。同饮一泓清甜水，饮水思源恩常念。

（王音 《天津日报》 2024年12月6日）

运行十年 南水北调何以成为世纪工程？

十年间东、中线一期工程累计调水超765亿立方米；
北京供水安全系数逐步从1.0升至1.3

北京南水北调团城湖明渠纪念广场上立着一座纪念碑，其上刻着"南水北调"四个红色大字。团城湖明渠是南水北调中线总干渠的最末端，南水由此汇入团城湖调节池。

南水北调中线自丹江口水库取水，一路北上。在河北保定西黑山分水口，中线总干渠一分为二，一支供应北京，一支流向天津。工程同时惠及沿线的河南、河北。

中国南水北调集团有限公司提供的数据显示，截至2024年11月底，中线一期工程已调水超680亿立方米。

此时，距离中线一期工程2014年12月12日通水将近10年，距离2003年12月30日开工建设将近21年，距离南水北调构想的提出已经过去了72年。

毫无疑问，这是一项世纪工程。

最严峻考验

世纪工程需要时间的检验。

南水北调中线一期工程总长1432公里，沿线控制建筑物、交叉建筑物、渡槽、倒虹吸、暗渠、隧洞、泵站等建筑物总量超2000处。没有工程安全，就谈不上供水安全。

"近年来极端天气事件频繁发生，水旱灾害趋多、趋频、趋强、趋广，极端性、反常性、复杂性、不确定性显著增强，2021年郑州'7·20'特大暴雨、海河'23·7'流域性特大洪水，给南水北调工程安全运行带来严峻挑战。"在接受新京报记者采访时，水利部南水北调工程管理司副司长袁其田坦言。

作为基层管理人员，南水北调中线新郑管理处的任永奎经历了这些极端天气。他表示，工程挺过了考验。

2023年7月28日至8月1日，海河流域遭遇1963年以来最强降雨过程。20余条河流发生超警以上洪水，8条河流发生有实测资料以来最大洪水，流域内水利、交通、通信等基础设施遭受损坏。南水北调中线黄河以北段工程面临通水运行以来的最严峻考验。

据统计，高峰时，中线工程全线175座河渠交叉建筑物中81座出现过流，458座左排建筑物中159座出现过流，6座建筑物超警戒水位，左岸上游47座水库超汛限。

基于紧急状况，中线工程部分渠段的防汛应急响应级别在四天内从Ⅳ级提升到Ⅰ级，3个工作组和专家组在工程现场指导，河渠交叉建筑物等重点处24小时盯防。

南水北调工程建设委员会专家委员会、水利部水利水电规划设计总院、中国水利水电科学研究院等国内顶级机构同时出动，提供科学支撑。

水利、应急、气象等部门与南水北调中线运管机构畅通信息、共享资源、开展协作；受影响区域的9座水质自动监测站加密监测，频次由每6小时一次调整为每2小时一次，3台移动监测车随时待命。

最多时，超6000人坚守在渠道一线。

好消息是，在经历了郑州"7·20"极端强降雨考验后，中线工程建设了防洪加固项目，这为防御暴雨洪水冲击奠定了坚实基础。最终，中线工程在这次考验中确保了沿线分水口门正常供水，工程平稳运行，水质稳定达标。

"借点水来也是可以的"

南水北调东、中线一期工程建设工期长达10余年，面临复杂的工程技术难题。建成投运后还要面临如此极端的考验，为何非得"南水北调"？

调水前的一组数据形成鲜明对比：全国水资源量的81%集中分布在长江及其以南地区，淮河及其以北地区的水资源量占全国的19%，其中黄淮海流域的水资源总量仅占全国的7.2%。

如果说这只是体现了水资源的空间分配不均，那么另一组数据可以更直观地体现黄淮海区域对于水的需求。

总面积140多万平方公里，约占全国的15%；总人口4.4亿，约占全国的35%；耕地面积7亿亩，约占全国的39%，粮食产量约占全国的30%；国内生产总值约占全国的31%，分布着北京、天津、石家庄、郑州等大中城市40多个。

而该区域人均水资源量约为450立方米。这是什么概念？国际上，通常以人均水资源量1000立方米作为缺水警戒线，人均水资源量在500至1000立方米为重度缺水，小于500立方米为极度缺水，小于300立方米将危及人类的生存。

时间回溯。

1952年10月，毛泽东视察黄河时，在听取黄河水利委员会主任王化云关于从长江引水接济黄河的设想汇报后说："南方水多，北方水少，如有可能，借点水来也是可以的。"

从1952年"南水北调"构想提出，到2002年国务院正式批复《南水北调工程总体规划》并动工实施，这期间是长达半个世纪的前期论证。

记者获取的官方资料显示，50年的前期论证中，仅中央级别的会议就不下20次，历届中央领导集体均认真听取各方面意见，反复论证比选，权衡利弊得失，谨慎决策。

技术层面上，各方面专家提出了100多个南水北调工程技术设想与方案。仅总体规划阶段，参与的科技人员就达2000余人，参与单位除水利系统的10

个规划、设计和科研单位外，还有国务院有关部委的 14 个科研教育单位和沿线 7 省（市）及 44 个地级市政府的水利、建设、环保、国土、农业等部门。

相关主管部门先后举办 95 次专家座谈会、咨询会和审查会，中国科学院、中国工程院院士共 30 人参与其中。参与论证的专家学者，涉及水利、农业、地质、环保、生态、工业、工程、经济等学科专业。

在反复分析比较了 50 多种规划方案的基础上，南水北调工程逐步形成了分别从长江下游、中游和上游调水的东线、中线、西线三条调水线路，通过三条调水线路与长江、淮河、黄河、海河联系，实现水资源的优化配置。

供水安全系数从 1.0 到 1.3

2002 年 12 月 27 日，东线一期工程开工建设；2003 年 12 月 30 日，中线一期工程开工建设。

中国南水北调集团中线公司总调度中心副主任李景刚介绍，为保证水质，中线一期输水干线与沿线河道全部立交，确保没有沿线河湖水的汇入。体现在工程上，则需要架设渡槽、挖掘隧洞等。

世界上距离最长的调水工程，也注定了工程建设要面临一系列世界级技术难题。最终，我们得以看到世界规模最大的泵站群、世界规模最大的 U 形输水渡槽工程、世界首次大管径输水隧洞近距离穿越地铁下部。

穿越地铁下部的正是北京段西四环暗涵工程。两条内径 4 米的有压输水隧洞，穿越五棵松地铁站，这是世界上第一次大管径浅埋暗挖有压输水隧洞从正在运营的地下车站下部穿越，创下暗涵结构顶部与地铁结构距离 3.67 米、地铁结构最大沉降值不到 3 毫米的纪录。

10 年来，南水北调中线一期工程给北京带来了怎样的变化？

超 106 亿立方米，是 10 年间调入北京的南水总量。这些进京的南水中，有七成沿北五环、东五环、南五环、西四环超 100 公里的地下输水环路进入水厂，成为居民生活用水。

"还有 20% 左右回补到地下，其他的则存储到大中型水库，作为储备水资源。"北京市南水北调团城湖管理处副主任张国宇介绍，这就是北京在南水利用中落实的"喝、存、补"原则。

密云水库作为北京重要的地表饮用水水源地，在南水到来之前蓄水量一度降到只有 8 亿立方米。中线一期工程通水后，北京通过加压泵站输水为密云水库储备水源。在今年 10 月底，蓄水量超过 35 亿立方米，达到历史新高。

伴随南水的供应，北京的供水安全系数逐步从 1.0 到 1.2，再到如今的 1.3。"这就是能供应的水量和水厂用水量之间的比例。比如在夏季最高峰的时候，水厂能用多少，你只能供这么多，安全系数就是 1.0。"张国宇解释，1.3 的安全系数说明北京现在能供应的水更多了、保障更有底了。

生态修复是南水北调工程的另一大突出效益。随着持续的生态补水，北京地下水水位已实现连续 9 年回升。

记者从水利部获悉，东、中线一期工程通过水源置换、洪水资源化利用，累计向北方 50 余条河流生态补水 118 亿立方米。昔日被称为"酱油湖"的南四湖已跻身全国水质优良湖泊的行列，"泉城"济南再现四季泉水喷涌的优美景象，枯竭近 30 年的河北邢台百泉实现泉水复涌。华北地区的地下水水位下降趋势得到有效遏制。

"南水北调工程还促进了南方地区的水资源优势转化为北方地区的经济优势，助力受水区经济结构优化调整。"袁其田告诉记者，按照 2023 年万元 GDP 用水 46.9 立方米计算，工程累计超 765 亿立方米调水量相当于有力支撑了北方地区超 16 万亿元 GDP 的增长。

10 年来，中线一期工程累计向河南省供水超 230 亿立方米，支撑当地产业发展。2021 年 9 月入驻郑州航空港区的比亚迪，在当初选择落户的时候，水资源保障正是其考量的一个方面。比亚迪郑州工厂相关负责人介绍，2022 年郑州工厂用水量 200 万吨，2023 年攀升至 410 万吨，随着产能扩张，今年还将继续增加，"当地的水资源保障让我们的用水成本保持在合理水平。"

不管是生产还是生活用水，记者在采访过程中得到的普遍反馈是"水好了、甜了"。在河北邢台，当地群众告别了祖祖辈辈吃的苦咸水、高氟水，这可以让更多孩子拥有一口洁白健康的牙齿。

保水护水是天大的事

南来的水"好"，有自然因素，更离不开水源地的保护。

"保水护水是天大的事。"在湖北十堰，这样的标语遍及城乡。因为跨越湖北十堰、河南南阳的丹江口水库，是南水北调中线的水源地。

2006年，国务院批复的《关于丹江口库区及上游水污染防治和水土保持规划》提出，力争通过5至15年的努力，确保丹江口库区水质长期稳定达标，满足南水北调中线调水要求。

此后，国家发展改革委、水利部等部门连续制定4个丹江口库区及上游水污染防治和水土保持5年规划。其中，"十四五"规划显示，治理范围涉及河南、湖北、陕西3省10市、46县（市、区）和重庆市城口县、四川省万源市、甘肃省两当县的部分乡镇，总面积9.5万平方公里。

在湖北十堰，当地实施水污染治理、水生态修复、水资源保护"三水共治"。丹江口库区入库排污口500多个点位全部完成溯源，并持续整治；建成10座独立的工业废水集中处理设施，服务7个省级以上工业集聚区；化肥农药使用量连续6年负增长，建成20万亩农业面源污染综合治理示范区，农村生活污水治理率逐年上升。

先后对20余条小流域实施水土保持综合治理，水土流失面积较2015年下降超30%；关停并转污染企业500余家，淘汰落后产能近300万吨。

在河南南阳，对于核心水源保护区内环保无法达标的企业，直接关停上千家，先后否决、终止各类工业项目400余个，关闭搬迁畜禽养殖场1500余家。

"淅川县造纸厂曾经是我们县的纳税大户，但是排放污水、废气的情况比较严重，为了保护入库水质，县里下决心关停。先后关停的还有酒厂、化肥厂，对于我们这样一个工业基础比较薄弱的县来说都是很不容易的事情。"此前，淅川县京淅合作中心张郦向记者表示，财政收入固然重要，但淅川是丹江口水库所在地，"保水质"更是丝毫不能放松。

淅川县有超过50%的国土面积被划进中线工程核心水源区，80%的土地面积被列入生态红线以内。库区乡村一切生产建设活动为水质保护让路，库周3万余名居民耕种土地禁止使用农药化肥。

丹江口水库的水来自长江最大的支流——汉江，陕西汉中则是汉江的发源地。由此，水质保护不仅是库区的事情，汉中的努力也不少。

一个具体而有效的尝试是汉江汉中城区段的天汉湿地公园。"我们将柔性治水和海绵城市的理念融入生态环境治理。"汉中市一江两岸办公室副主任闫晓明介绍，地表的径流或者降水，在经过湿地公园大的海绵系统之后减缓了流速，通过湿地公园丰富的植被过滤、吸收，达到净化水质的目的。同时结合汉中市的产业调整和水体治理举措，汉江汉中段的出境水质稳定达到或优于地表水Ⅱ类。

不难看出，为确保一泓清水永续北上，水源地相关县市在产业和经济发展上受到了一定的制约。

由此，国家建立了生态保护补偿机制，通过重点生态功能区转移支付，不断加大对南水北调中线工程水源地的生态保护补偿力度。在纵向补偿的基础上，推动建立区域间的横向补偿机制和对口协作机制。

实现水资源"南北调配、东西互济"

"10年间，东、中线一期工程累计调水超765亿立方米，为沿线7省市45座大中城市1.85亿人提供稳定优质水源。"袁其田表示，东、中线一期工程已经成为优化水资源配置、保障群众饮水安全、复苏河湖生态环境、畅通南北经济循环的生命线。

但南水北调工程的规划建设不止于此。

2022年7月7日，引江补汉工程正式开工，拉开了南水北调后续工程建设的帷幕。工程建成后将从长江三峡水库库区取水，穿山引水194.8公里，抵达丹江口水库下游的汉江安乐河口，连接起三峡工程与南水北调工程两大"国之重器"。

为何要引江补汉？中国工程院院士钮新强曾表示，随着京津冀协同发展、雄安新区建设、中原城市群发展，以及华北地区地下水超采综合治理持续深入开展，受水区供水水源结构不尽合理、区域水资源统筹调配能力相对不足的矛盾将进一步凸显。

与此同时，受上游来水形势变化、汉江流域用水需求增长的影响，南水北调中线一期工程稳定供水的能力亟待提升。

引江补汉工程的出水口在丹江口水库坝下，也就是说，三峡库区的水并非直接北调，而是通过提升汉江中下游的水量，以置换的方式增加上游的北调水量。

引江补汉工程实施后，中线北调水量可由一期工程规划的多年平均95亿立方米增加至115亿立方米，还将为引汉济渭实现远期调水规模创造条件，进一步优化我国水资源配置格局。

记者获悉，水利部有关部门正全力配合加快推进南水北调工程总体规划修编和西线工程前期工作，提前协调做好西线工程先期开工准备。

根据规划，南水北调西线工程布设在我国最高一级台阶的青藏高原上，从长江上游通天河和大渡河、雅砻江及其支流调水，规划调水规模170亿立方米。

西线工程可向黄河上中游6个省（自治区）及西北内陆河部分地区供水，为西部大开发提供水资源保障，改善西部地区的生态环境，并有效缓解黄河下游的断流问题。由此，我国将形成以"四横三纵"为主体的大水网，实现水资源"南北调配、东西互济"的优化配置目标。

（行海洋 《新京报》 2024年12月9日）

水利部南水北调工程管理司司长李勇接受新京报记者专访，
谈南水北调工程已发挥效益及后续规划建设

东、中线一期已成为"生命线"工程

南水北调工程是优化我国水资源配置的重大战略性基础设施，也是迄今为止世界上最大的跨流域调水工程，历经五十多年规划论证。东、中线一期工程经过十多年建设，于2014年12月12日全面通水。

十年来，东、中线一期工程发挥了怎样的效益？面临哪些新形势、新任务？南水北调西线工程以及东、中线后续工程规划建设情况如何？新京报记者就此专访水利部南水北调工程管理司司长李勇。

谈 南水北调战略性意义
工程调水量支撑北方地区超16万亿元GDP的增长

新京报：作为迄今为止世界上最大的跨流域调水工程，南水北调工程面临着高建设成本、长建设周期、大建设难度以及复杂的运营管理，这项工程有何战略性意义？

李勇：南水北调工程历经五十多年规划论证，作为国家水网的主骨架和大动脉，事关战略全局、长远发展、人民福祉。其中，东、中线一期工程历经十多年工程建设，自2014年12月12日全面通水至今已历经十年，已经成为优化水资源配置、保障群众饮水安全、复苏河湖生态环境、畅通南北经济循环的"生命线"工程。

新京报：东、中线一期工程投入运行以来，我国南北水资源配置格局发生了怎样的变化？

李勇：东、中线一期工程全面建成通水十年来，累计调水超765亿立方米，为沿线1.85亿人提供稳定优质水源，已由原来规划的补充水源跃升为多个城市的重要水源，发挥了巨大的效益。

工程惠及京、津、冀、豫、苏、皖、鲁7省（直辖市）沿线40多座大中城市、280多个县市区，有效改变了受水区供水格局，改善了用水水质，提高了供水保证率。南水已占北京城区供水的70%以上，北京密云水库连续存蓄南水后，蓄水量突破历史最高纪录；天津市主城区供水几乎全部为南水；河南省10余个省辖市用上南水，其中郑州中心城区90%以上居民用上南水。东线一期工程构建了山东省"T"字形骨干水网，东线北延工程将东线一期工程供水范围扩展至河北、天津，水资源配置战略格局不断优化和完善。

新京报：水资源是城乡产业和经济发展的基础要素。南水北调对沿线城乡的产业发展和经济结构转变有何影响？

李勇：东、中线一期工程促进南方地区的水资源优势转化为北方地区的经济优势，助力受水区经济结构优化调整，有力支撑了国家重大战略的实施。

按照2023年万元GDP用水46.9立方米计算，工程累计超765亿立方米调水量相当于有力支撑了北方地区超16万亿元GDP的增长。工程累计向京津冀地区供水427亿立方米，为京津冀协同发展、雄安新区建设等重大战略实施提供有力的水资源保障。东线工程显著改善了京杭大运河的航运条件，京杭大运河成为仅次于长江的第二条"黄金水道"；山东济宁段航道实现了内河航运通江达海；江苏运河货运量明显提升，多条航道通航条件得到改善。

谈 保障沿线群众饮水安全
供水水质长期稳定达标华北地下水位下降趋势得到遏制

新京报：吃上好水，是沿线居民能够感知到的南水北调工程最直接的作用。十年来，"保障沿线群众饮水安全"是如何具体实现的？

李勇：东、中线一期工程涉及流域多、省市多、领域多、目标多，规模宏大、系统复杂、任务艰巨，必须进行系统科学精准调度，才能确保北调水资源得到高效利用。工程通水十年以来，我们统筹流域内外和上下游用水需求，逐年度科学制订并落实水量调度计划，优化水量省际配置，实施科学精准调度，确保供水安全。通过建立工程水量调度会商机制，及时开展动态会商，加强优化调度，全力支持工程向华北、黄淮等地区抗旱保供水，最大程度满足受水区合理用水需求。

丹江口水库及其上游流域是中线工程的水源地。水利部协调制订丹江口库区及其上游流域水质安全保障工作方案，会同有关部门、地方持续推进丹江口库区及其上游流域水质安全保障工作。通水以来，工程供水水质长期持续稳定达标，东线持续稳定保持在地表水水质Ⅲ类以上，丹江口水库和中线干线稳定在地表水水质Ⅱ类以上。

南水北调水质优良、供水保障率高，已成为沿线城乡供水的"生命线"。2017年、2018年山东省干旱期间，东线一期工程保障青岛、烟台等城市供水安全；2023年，中线一期工程实施大流量输水，缓解北方地区夏季持续高温干旱不利局面，保障工程沿线生产、生活和生态用水需求；2024年，利用东线一期工程多梯级累计抗旱提水8.82亿立方米，向山东应急抗旱供水3.94亿立方米。沿线老百姓实现了从"有水吃"到"吃好水"。

新京报：由于人均水资源严重不足，地下水超采一度给华北平原带来生态环境破坏。南水对于华北地区河湖生态环境恢复、地下水位回升发挥了怎样的作用？

李勇：东、中线一期工程通过水源置换、生态补水等措施，有效保障了工程沿线的河湖生态安全，并为华北地区地下水超采综合治理提供助力。

工程累计向北方50余条河流生态补水118亿立方米，推动了瀑河、滹沱河、白洋淀等一大批河湖重现生机，河湖生态环境得以显著改善。昔日被称为"酱油湖"的南四湖已跻身全国水质优良湖泊的行列,"泉城"济南再现四季泉水喷涌的优美景象,枯竭近三十年的河北邢台百泉实现泉水复涌。

华北地区的地下水水位下降趋势得到有效遏制,地下水超采综合治理取得明显成效。中线一期工程向永定河生态补水,助力永定河2021年实现全线通水,这是永定河河道25年以来首次全线通水;通过东线北延工程向大运河补水,助力京杭大运河在2022年、2023年和2024年期间,实现百年来连续3次全线水流贯通。

谈 如何应对新形势新任务
极端天气事件频发
要不断提高工程安全风险防范能力

新京报:随着经济社会发展和自然、气候条件变化,南水北调工作面临哪些新形势、新任务?该如何应对?

李勇:近年来极端天气事件频繁发生,水旱灾害趋多、趋频、趋强、趋广,极端性、反常性、复杂性、不确定性显著增强,2021年郑州"7·20"特大暴雨、海河"23·7"流域性特大洪水,给南水北调工程安全运行带来严峻挑战。在极端水旱灾害频发成为"常态"的新形势下,工程外部安全风险急剧升级、更为复杂。同时,东、中线一期工程长期运行带来的安全风险隐患增多,要不断提高工程安全风险防范能力,构建安全风险防御体系,深入谋划工程长久安全。

《国家水网建设规划纲要》要求,加快完善南水北调工程总体布局,扎实推进后续工程高质量发展。我们必须准确把握南水北调工程在推进中国式现代化进程中的职责定位,坚持创新思维、系统思维,推动南水北调高质量发展,保障高水平安全。

同时,南水北调工程建设也面临新的机遇。自2024年起,国家连续发行超长期特别国债,专项用于国家重大战略实施和重点领域安全能力建设,这为加快南水北调后续工程建设、完善南水北调工程安全风险防御体系提供了强有力的政策支持和资金保障,后续工程规划建设步入快车道。

谈　后续工程规划建设情况
加快推进西线工程、东线二期工程等后续工程前期工作

新京报：南水北调西线工程以及东、中线后续工程目前筹备、进展情况如何？下一步，工程运行管理还有哪些方面需要进一步完善？

李勇：我们贯彻落实《国家水网建设规划纲要》要求，高质量推进南水北调后续工程建设。加快推进引江补汉工程建设，加强工程进度、质量及安全生产监管。全力配合加快推进南水北调工程总体规划修编和西线工程、东线二期工程等后续工程前期工作，提前协调做好西线工程先期开工准备。全力推进东、中线一期工程竣工验收，为后续工程建设奠定基础。积极推进中线调蓄工程规划建设，加快雄安调蓄水库和有关调蓄联通工程建设，切实提高中线工程供水保障能力。

《中共中央关于进一步全面深化改革、推进中国式现代化的决定》提出，要推进能源、铁路、电信、水利、公用事业等行业自然垄断环节独立运营和竞争性环节市场化改革；推进水、能源、交通等领域价格改革；健全重大水利工程建设、运行、管理机制。南水北调工程作为国家重大战略性基础设施，必须坚持"两手发力"，既增强国有资本对自然垄断环节的控制力，实现干线水网独立建设运营，又要积极推动各类经营主体进入具有供水、发电等效益的竞争性环节，持续深化市场化改革。同时要深化水利投融资、水价、用水权市场化交易等领域改革，建立健全工程水价形成机制，完善项目建设管理、运行管护机制，不断提升南水北调工程全生命周期管理效率和水平。

（行海洋　《新京报》　2024年12月9日）

建设安全韧性现代水网
确保一泓清水永续北上
——写在南水北调工程通水十周年之际

南水北调中线工程已成为优化水资源配置、保障群众饮水安全、复苏河

湖生态环境、畅通南北经济循环的生命线。确保南水北调中线工程永续利用，是湖北在国家水网建设中的基本定位。

作为国家战略水资源保障区、南水北调中线工程核心水源区，湖北要切实扛牢源头担当，坚持把修复生态环境摆在压倒性位置，着力建设安全韧性现代水网，全面推进流域综合治理。

源起湖北丹江口水库的南水北调中线工程，自2014年以来已全面通水10年，为沿线地区经济社会发展特别是人民群众日常生活提供了宝贵的优质水资源。湖北作为南水北调中线工程的核心水源区，时刻牢记习近平总书记"守好一库碧水"谆谆嘱托，着力构建安全韧性"荆楚安澜"现代水网，全面推进以水网为基础的流域综合治理，确保"一泓清水永续北上"。

准确把握湖北在国家水网建设中的功能定位

南水北调工程作为国家水网的主骨架和大动脉，事关战略全局、事关长远发展、事关人民福祉。习近平总书记多次就南水北调工程作出重要讲话和指示批示，为南水北调事业和国家水网建设指明方向，多次强调要"守好一库碧水"、确保"一泓清水永续北上"。2023年5月，中共中央、国务院印发的《国家水网建设规划纲要》，明确要求"充分发挥长江、黄河等国家重要江河干流行洪、输水、生态等综合功能"，提出"充分发挥南水北调工程生命线作用，用足用好东、中线一期工程供水能力，提高工程供水效益"，强调"加快完善南水北调工程总体布局，扎实推进后续工程高质量发展"。

湖北位于国家水网主网区，境内长江及南水北调中线、引江补汉等工程是国家"四横三纵"水网"主骨架、大动脉"；三峡、丹江口水利枢纽是国家骨干水网重要调蓄结点，肩负着"一江清水东流，一库净水北送"的特殊政治使命。湖北水资源禀赋优越，水生态环境优良，是长江流域重要的水源涵养地和重要生态屏障，承担着保障京津冀供水安全和长江中下游防洪安全、供水安全的重要责任，为国家水安全重要保障区。

十年来，超680亿立方米优质南水从丹江口水库源源不断输送北方，有效改变了受水区供水格局，改善了用水水质，提高了供水保证率。十年来，南水已由原来规划的补充水源跃升为京津冀豫多个重要城市的主力水源。十年来，累计生态补水 100 多亿立方米，沿线河湖生态环境得到明显改善，地下水水位下降趋势得到有效遏制。南水北调中线工程已成为优化水资源配置、保障群众饮水安全、复苏河湖生态环境、畅通南北经济循环的生命线。确保南水北调中线工程永续利用，是湖北在国家水网建设中的基本定位。

以流域综合治理为路径统筹高水平保护和高质量发展

水是湖北最大特点、最大省情，确保江湖安澜、碧水东流、净水北送，是湖北的使命与政治责任。

十年来，为了确保南水北调中线工程水质长期稳定达标，湖北扛实"一江清水东流、一库净水北送"重大政治责任，践行长江大保护要求，以流域综合治理为路径，统筹高水平保护和高质量发展，丹江口水库水质持续保持Ⅱ类标准及以上。

始终把保水质摆在压倒性的位置，守护水源生命线。着力调整库区经济结构，关闭转产规上企业 561 家，拆除库区网箱 18.2 万只、库汊围网 21.9 万亩，5 万渔民弃渔转产。加快实施长江经济带绿色发展十大战略性举措，连续实施长江大保护十大标志性战役、十大提质增效行动、丹江口库区水环境治理六大工程等。全面推动生产生活方式绿色低碳转型，大力推广绿色生态农业、生态养殖，加快畜禽粪污资源化利用，推进农村生活垃圾治理和污水处理，打造水清、河畅、岸绿、景美的生态廊道。

坚持山水林田湖草沙一体化保护和系统治理，夯实水质安全基础。以水网作为流域综合治理的基础，科学划定"底图单元"，实施分区分类分级管控，把丹江口库区作为"荆楚安澜"现代水网核心区域，扎实推进库区水土流失综合治理，"十三五"以来累计治理水土流失面积 2754 平方公里，水土保持率稳步提升；因地制宜开展茅塔河、浪河等小流域综合治理试点和扩面提质，谋划实施库滨带综合治理工程，提升库区生态系统稳定性和水源涵养能力。

优化区域水资源配置网络体系，服务保障供水安全。组织编制《湖北省水网专项规划》，加快推进碾盘山枢纽、鄂北地区水资源配置、十堰中心城区水资源配置工程建设，服务保障南水北调后续水源引江补汉工程加快建设，构建稳定可靠、高效调控的水资源配置网络体系。统筹好北调水、长江补水和当地用水的关系，充分发挥已建成兴隆枢纽、引江济汉工程作用，强化区域内水资源调配，努力确保汉江中下游防洪、供水和生态安全，助力保障南水北调中线工程供水安全。

构建"人防＋技防＋联防"体系，提升管水护水质效。深入推行南水北调工程河湖长制，2800名河湖长＋2000多支志愿服务队，构建责任明确、协调有序、监管严格、保护有力的管理保护机制。完善水文水质智慧监测体系，建设库区水质安全保障指挥中心和数字化平台，形成空、地、水三位一体防控。先后出台《湖北省汉江流域水环境保护条例》《湖北省南水北调工程保护办法》《丹江口水利枢纽安全保卫规定》等法规，深化"河湖长＋检察长＋警长"工作机制，积极探索政企协作联动新模式，推进信息共享、联合巡查、综合执法，库区管护秩序不断好转。

为奋力谱写中国式现代化湖北篇章提供坚实水资源支撑

党的二十大报告指出："巩固优势产业领先地位，在关系安全发展的领域加快补齐短板，提升战略性资源供应保障能力。"作为国家战略水资源保障区、南水北调中线工程核心水源区，湖北要切实扛牢源头担当，坚持把修复生态环境摆在压倒性位置，着力建设安全韧性现代水网，全面推进流域综合治理，为加快建成中部地区崛起的重要战略支点、奋力谱写中国式现代化湖北篇章提供坚实水资源支撑。

聚焦国家战略水源安全保障，构建生态水网，保障南水北调工程供水安全和水质安全。加快建设"荆楚安澜"现代水网，强化"四水四定"，落实水资源刚性约束制度，推进引江补汉及输水沿线补水工程等重大引调水工程，通过增强水资源调配能力、提升供水水源保障能力、巩固提升城乡供水水平、提升库区水源涵养水平等，构建稳定可靠、多源互补、高效调控的水资源配置网络体系。全力支持丹江口库区（湖北）绿色可持续发展先行区建设，以丹江口库滨带及消落带生态治理、江河湖库水系连通、河流水系生态廊道建设为重点，开展水生态补偿机制实践，提升库区水源涵养水平。

聚焦全面提升水安全韧性，筑牢安全防线，高质量推进南水北调后续工程建设。贯彻落实《国家水网建设规划纲要》要求，高标准编制省"十五五"水利发展规划，全力配合推进防洪规划、南水北调总体规划修编调编，落实中线一期工程竣工验收工作，为后续工程建设奠定基础。统筹好北调水、长江补水和当地用水的关系，强化水资源统一调度，科学优化水工程调度，精准实施年度水量调度工作，全力保障引江济汉和鄂北地区水资源配置工程效益发挥，研究建立汉江中下游梯级联合调度机制，强化区域内水资源调配，实现汉江、丹江口在国家主网中的水资源供给体系最优化，助力提高中线工程供水保障能力。

聚焦小流域综合治理扩面提质，推动协调共治，实现高水平保护与高质量发展良性互动。尊重自然、顺应自然、保护自然，以水系为脉络，统筹水网布局、行政边界、生态管控要求，科学确定流域综合治理单元，推动生产生活方式绿色转型，完善统筹发展和安全的体制机制。立足流域内水情和发展阶段，全方位贯彻以水定城、以水定产、以水定地、以水定人的要求，统筹推进水网治理、小流域综合治理、湖泊综合治理，实现流域区域的水资源平衡与安全。进一步完善经济社会发展正面清单和安全管控负面清单，探索推动将责任落实到合适的治理单元，实施分类分区分级建设和管控，推动丹江口库区及其上游流域保护与发展"一盘棋"，努力实现"碧水东流、净水北送"的战略目标。

聚焦发展水利新质生产力，做活"水文章"，以数字赋能推动中国式现代化水利建设。持续深化数字孪生工程先行先试项目建设成果应用，推进智慧水利及孪生水利建设，推动信息资源共建共享，助力保障南水北调工程安全、供水安全、水质安全。推进省级数据归集平台建设，完善以卫星遥感、北斗、无人机等组成的"天空地水工"监测网络，实现覆盖水库、河湖、水土保持等水利对象全要素监测能力提升，为数字孪生水利"四预"提供算据，提升水利智慧化水平，为高水平防御水旱灾害、精准高效配置水资源、高标准保障城乡用水、持续改善水生态环境发挥更好的决策支持作用。

（作者系湖北省水利厅党组书记、厅长）

（廖志伟 《湖北日报》 2024年12月10日）

跨越山河三千里 十年南水润北国

冬日暖阳，丹江口水库，一艘水质监测船在水面停稳。

俯身，取样，分装，检测。这样一套流程，水质监测员黄进和同事们每半个月就要重复一次。

这一刻，源自丹江口水库的清澈水源，正沿着长达1432公里的输水渠道，一路北上，直抵京畿。

这是世界上最大的调水工程——跨越长江、淮河、黄河、海河四大流域，纵贯华北平原。

这是惠及众生的世纪伟业——解决了沿线1亿多人口的吃水问题，为中国北方输送着生命之源。

这是关乎国运的国之大事——支撑国家战略实施，畅通南北经济往来，为中国式现代化奠定生态之基，插上腾飞之翼。

南水北调工程事关战略全局、事关长远发展、事关人民福祉。

10年如一日，一渠清水奔流北上不舍昼夜，寄托着民族复兴的伟大梦想，涌动着家国天下的赤子情怀。

一 渠 关 全 局

水运连着国运，水脉连着国脉。

"在我们五千多年中华文明史中，一些地方几度繁华、几度衰落。历史上很多兴和衰都是连着发生的。要想国泰民安、岁稔年丰，必须善于治水。"习近平总书记语重千钧。

自古以来，我国基本水情一直是夏汛冬枯、北缺南丰，水资源时空分布极不均衡。

黄淮海流域是北方地区的主要组成部分，分布着北京、天津、石家庄、郑州等大中城市40多个，在国家发展格局中举足轻重；拥有全国39%的耕地、30%的粮食产量和35%的人口，水资源总量仅占全国的7.2%。其发展关乎全国经济安全、粮食安全、能源安全、生态安全。

20世纪50年代，毛泽东主席提出"南水北调"伟大构想。10年前的今天，南水北调中线一期工程通水梦圆。

四横三纵、南北调配、东西互济，中华民族完成世纪创举。自此，碧水北送，扬波千重；长渠汾汾，利泽万方。北方从水资源"极度紧缺"到"紧平衡"，中国的发展格局由此掀开了新篇章。

中部崛起，丝路启航。

郑州，天地之中，肩负建设国家中心城市重任。黄河绕城，南水穿城，有了双水源保障。

古有源起洛阳的"丝绸之路"，今有郑州航空港经济综合实验区架起"空中丝路"，中欧班列（郑州）重启"陆上丝路"。

55条货运航线，通航27个国家、60个城市，郑州"空中丝路"构建起横跨欧美亚三大经济区、覆盖全球主要经济体的枢纽航线网络。

运输品类超5万种，班列综合重箱率达98%以上，中欧班列（郑州）运输网络覆盖亚欧大陆全境，成为高质量共建"一带一路"的生动例证。

推动京津冀协同发展。

"去年，河床沉睡40年的北京永定河首次实现全年全线流动，今年'水中大熊猫'桃花水母频频现身北京水域。"在北京工作的河南商丘人路永庆忍不住点赞。

10年来，南水北调中线工程累计向京津冀地区供水427亿立方米，北京城区供水近八成是"南水"，天津主城区及雄安新建城区全部是"南水"，河北省10个省辖市喝上了"南水"。世界上最大、最深的"漏斗区"华北地区地下水位总体回升。京津冀协同发展有了更加广阔的空间。

一渠清水拉近了京津冀豫的距离。

10年来，北京市先后与河南省签订了《豫京战略合作框架协议》《全面深化京豫战略合作协议》，两地围绕现代农业、高端装备制造、中医药、生物医药、合成生物、新材料等领域，携手推动新业态新模式新技术、产业发展、干部人才和经贸等全方位协作，跨区域合作交流不断迈向更高层次、更广空间。

助力黄河流域生态保护和高质量发展。

这是两条母亲河的"握手"。

千百年来，长江和黄河，从青藏高原出发，一南一北，塑造山河，孕育文明，永不相交。直到世界上最大的人工调水工程——南水北调横空出世。

荥阳市王村镇，邙山脚下，穿黄隧道所在地。一渠清水随隧洞俯涌而下，穿山而过，直抵黄河底部，潜行 4.25 公里后，在北岸明渠重返地面。

一静一动，一绿一黄，江河滔滔，绵延不绝。

因为"南水"，黄河流经河南的 5 座城市有了双水源保障，水资源要素对生产能力的约束有效破解，有力支撑了区域高质量发展。

仓廪殷实，乡村振兴。

大雪节气。中原农谷核心区的 10 万亩高标准农田内，麦苗碧绿，生机勃勃。田埂旁的灌溉机井，随时为庄稼放水"解渴"。这里"走出"国审小麦新品种 162 个，数量居全国第一。

水是粮食之本。河南以全国 1/70 的水资源量，生产了全国 1/10 的粮食。"南水"平均每年置换出 23 亿多立方米的地表水，更多的地表水用于灌溉保粮，缓解了河南缺水之困，"中原粮仓"更加丰实。

水是生命之源。利用优质的南水北调水源，推广供水工程规模化、建管市场化、水源地表化、城乡一体化"四化"模式，河南农村集中供水率和自来水普及率均高于全国平均水平，农民群众的获得感、幸福感、安全感更加充实、更有保障、更可持续。

数据显示，10 年来，南水北调中线一期工程累计输水超 687 亿立方米，按照 2023 年我国万元 GDP 用水量 46.9 立方米计算，相当于有效支撑了北方地区超 14 万亿元 GDP 的持续增长。

"这是很了不起的事情，在国家的经济社会生活中产生了巨大效益。功在当代，利在千秋。"谈及南水北调，习近平总书记由衷感慨。

"加快构建国家水网主骨架和大动脉。"着眼长远发展，习近平总书记持续擘画南水北调后续工程高质量发展蓝图。

眼下，引江济汉工程建设如火如荼；观音寺调蓄水库前期工作快马加鞭，即将开建；鱼泉、沙陀湖调蓄工程前期工作持续推进……

一渠清水，把中华民族伟大创举的"大写意"，变成精雕细琢的"工笔画"。

清 水 系 长 远

清晨，泛舟丹江。目之所及，千顷澄碧。

这里是亚洲最大的人工淡水湖，举世瞩目的南水北调中线工程之源。一渠清水由此北上，纵贯千里，润泽北国。

南水北调的成败，关键在水质。

河南是南水北调中线工程核心水源地和渠首所在地。"大水缸"丹江口水库库区一半在河南，汇水区覆盖淅川、西峡、内乡、邓州、栾川、卢氏6个县（市）。

2021年5月13日，习近平总书记来到陶岔渠首，察看工程运行情况，乘船考察丹江口水库。

端起一杯新打上来的水库水，总书记迎着光看了又看，笑着说："'水龙头'水质不错！"

数据为证。丹江口水库库区及上游在河南省境内共有23个水质监测国控点位和14个水质自动监测站，每半个月一次常规监测，每半年一次全因子监测，共同织起一张严密的水质监控网。

"通水10年来，丹江口水库水质长期稳定在地表水Ⅱ类及以上，部分水质达到Ⅰ类。"河南省南水北调渠首生态环境监测应急中心负责人罗耀军说。

问渠那得清如许，为有源头活水来。

赵建峰生长在丹江畔险峰村，与南水相依相偎。

2010年，为服务南水北调工程建设，险峰村移民迁建至豫北封丘县。丹水情深，6年后，赵建峰怀着一腔热血，返乡组建起一支丹江"清漂"护水志愿队，每天清晨起航，日落返航，打捞江面上漂浮的垃圾。

变化是"翻天覆地"的。"早些年生活垃圾居多，一天能打捞四五船，现在江面越来越干净，多是山上冲刷下来的枯枝烂叶。"这两年，赵建峰的志愿工作轻松了不少，但身后的队伍却越来越庞大。遍布库区、库岸和支流，南水北调护水志愿者已超8000人。

同样漂在江上的，还有一支水上综合执法队伍。2020年，淅川县整合交通海事、农业农村、水利、生态环境、林业等7部门职能，成立丹江库区综合执法大队，对库区及周边海拔172米以下的近水域开展日常巡查，打击非法行为。

不只是水源地。南水北调中线工程总干渠途经河南境内8个省辖市、全长731公里，像守护生命线一样护清水北上，河南拼尽全力。

全国首个南水北调饮用水水源地保护条例在河南落地，建起最严格的生态环境保护制度；在中线工程干渠沿线省份中率先推行河湖长制，980名河湖长遍布省市县乡村，分级分段落实属地责任；建立省级河湖长联席会议和企地协作机制，在沿线省份中又开先河。

烟波浩渺的水，流淌过熙熙攘攘的城、阡陌纵横的乡，牵一发而动全身。库区工程启动时，达标河段不足一半，补生态欠账迫在眉睫。

"先节水后调水、先治污后通水、先环保后用水。"一场壮士断腕的"战争"先在水源地打响。

捞起网箱，拆掉虾塘，推倒牛棚鸡舍……南阳市累计关闭重污染企业800多家，关停并转污染企业460多家。丹江口水库库区的10个乡镇，实现污水处理全覆盖。

水源地是生态敏感区，更是生态富集区。"南水"带来"东风"，绿色发展风生水起。

地处渠首的淅川县，软籽石榴、薄壳核桃、金银花等生态作物漫山遍野，进入丹江口水库的泥沙每年减少200多万吨。5.2万亩环丹江口库区生态隔离带，筑起一道保护水质的绿色屏障。

重要水源地西峡县，"中国猕猴桃之乡""中国香菇之乡""中国山茱萸之乡"誉满全国。"西峡山茱萸拥有无公害农产品产地认定，品质好，药用价值更高。"亳州药材经销商葛辉每年来此采购山茱萸干货400吨。

站上河南省副中心城市的发展新起点，南阳正加快打造高效生态经济引领区，走出一条生态优先、绿色发展之路。

出渠首、走中原、穿黄河、依太行、入华北。汩汩清水，送去生存之本、文明之源，支撑沿线地区的高质量发展。

郑州航空港经济综合实验区，诞生之时便承受着缺水之重：人均水资源量仅为全国的1/10，境内多年没有一条常年有水的河流，城市生产、生活几乎全靠地下水。

2008年，本不从航空港区经过的南水北调中线工程总干渠改变原有规划，划出一个"几"字弯，将极度缺水的航空港区揽入怀中。

通水10年，华丽蝶变。企业落户，工业火力全开，郑州比亚迪投产不足两年，已累计生产整车60万辆；水润港城，托举幸福生活，港区40公里生态水系水鸟成群，双鹤湖中央公园四季皆景。

10年，6.45亿立方米南水注入，航空港区自豪交卷：GDP年均增长14%以上，主要经济指标增速领跑河南。

周口,周家渡口。曾"万家灯火伴江浦,千帆云集似汉皋"。千百年来,沙河、颍河、贾鲁河汇集于此,其中沙河和颍河交汇成沙颍河,成为淮河流域最大的支流。

然而,三川汇流之地,却是缺水之城。人口超千万的周口人均水资源量一度不足全省的一半,加上气候变化,沙颍河几度断航。

南来之水为周口港带来了新的机遇。通过对沿线城市实施生态补水,河畅其流,周口港再度通江达海。去年,周口港货物吞吐量达4081万吨、10.5万标箱,货物最远到达美洲、非洲。

漯河经开区是国家级开发区,食品产业产值占河南的1/7、全国的1/70。"南水"入漯,统一、百岁山、加多宝等饮料企业有了源头活水,万亿级食品产业集群振翅高飞,"中国食品名城"龙头高昂。

产业因水而兴,城市因水而美。

南水滋润,淇河再现《诗经》"淇水汤汤"美景,入选全国首批美丽河湖案例;平顶山白龟山水库水域面积倍增,国家一级保护动物中华秋沙鸭和二级保护动物红嘴鸥惬意栖息;河北邢台再现百泉涌动,白洋淀荷红苇绿、百鸟翔集。

南水北调中线工程为沿线26座大中城市200多个县(市、区)提供了有力的水资源支撑和水安全保障,有效遏制了华北地区地下水水位下降趋势,部分地区已止跌回升,河湖生态得到复苏。

中国式现代化是人与自然和谐共生的现代化,注重同步推进物质文明建设和生态文明建设。南水北调工程改善了人水关系,促进了人与自然和谐共生。

一渠清水,映照出中华民族伟大复兴和永续发展的美好未来。

甘 泉 连 民 心

濮阳市范县白衣阁乡有个甜水井村,村名叫"甜水",却长期名不副实,不仅吃甜水是奢望,连吃得上水都是难事。

"我嫁到这儿对啥都满意,就是对这水不满意。"回想起以前吃水的情况,村民苗静直摇头。

濮阳人均水资源量157立方米,不足全国平均水平的7%,水资源严重短缺。地下水苦咸、高氟现象严重。

苗静回忆，熬粥先烧水，等水垢沉淀后，再撇上层清水用，煮出来的粥还是咸的。外地客人来了，杯中还得放上冰糖，压一压苦咸的味道。

2021年年底，濮阳率先在全国完成"南水"全覆盖，全市数百万名城乡居民同饮丹江水。甜水井村终于名副其实。

供水线，一条生命线。习近平总书记贴切地说："窝窝头换馒头了。"

南水流经，水润四方。

2022年年底，地处太行山东麓的林州市也喝上了丹江水。"这是为林州人民又建了一条'红旗渠'！"修建红旗渠的特等劳模张买江兴奋地说。

相隔一甲子，南水北调中线工程、红旗渠——这两大创造人间奇迹的人工天河，携手造福一方，书写兴水佳话。

截至目前，全省南水供水范围已覆盖12个省辖市市区、52个县（市）城区和122个乡镇，受益人口达3500万人。

喝上"南水"的北方人，正在享受"南水"带来的诗意生活。

不出城郭而获山水之怡，身居闹市而有林泉之欢。每天，许昌市民黄玉栋都用镜头记录这座被水声唤醒的城市。

"水城"许昌，也曾因水而困。人均水资源占有量仅为全国的1/10。"卖馍不卖粥，理发不洗头；谁能让吃水，选谁当市长。""老许昌们"常常这样调侃。

许昌市通过南水置换，把原来饮用的汝河水、调引的黄河水作为生态水源，建成"五湖四海畔三川，两环一水润莲城"的水系格局，浅层地下水平均水位回升2.6米，成为全国水生态文明城市。

10年、687亿立方米、1432公里、1.14亿人口，供水水质持续稳定在地表水Ⅱ类及以上。汤汤"南水"跨越山河，奔流不息，提高了沿线人民饮水质量，散播了最普惠的民生福祉。

南水北调，造福人民，也依靠人民。

南水北调淅川移民展览馆内，两张淅川县政区图对比鲜明。蓝色水脉由细到粗，如今几乎铺满了整个淅川县域，蓝色水脉之下，便是淅川县16.54万名移民的故园。

淅川县九重镇邹庄村距离渠首仅3公里，这里的700多名村民都是库区移民。

"为了沿线人民能够喝上好水,大家舍小家为大家,搬出来了。这是一种伟大的奉献精神。沿线人民、全国人民都应该感谢你们,滴水之恩涌泉相报,吃水不忘挖井人呐,你们就是挖井人。"2021年5月13日,习近平总书记在邹庄村对移民乡亲动情地说。

邹庄村子小、人口少、产业体量小,发展一度遇到瓶颈。而且地处渠首边,保水责任大,要发展,还是要走生态路。淅川县提出"大邹庄"战略,将邹庄村与邻近的4个村联合成立党支部,汇聚更多力量推进乡村振兴。

"一方面成立合作社,流转土地发展草莓、莲藕、猕猴桃等特色种植;另一方面挖掘移民文化、红色文化和田园生态文化,打造红色旅游观光点。村集体经济收入突破百万元。"邹庄村党支部书记邹玉新说。

作为移民主要安置地,2023年南阳市92个南水北调移民村集体经济收入突破1900万元,有53个村集体经济收入超过10万元。

"风里行,浪里穿,丹江河里几辈辈,号子声响连天……"丹江号子一响,郏县白庙乡马湾移民新村广场上人头攒动。

这天是12月5日,距离南水北调中线一期工程通水十周年还有一周,淅川县曲剧团特地把家乡戏送到了这里。

年近八旬的刘国华原是淅川县盛湾镇马湾村人,因为南水北调,2010年举家北上,搬至270余公里外的马湾移民新村。

"金窝银窝不如自己的穷窝。但南水北调是国家大事,咱可得支持。"刘国华道出心声。

搬来新村后,刘国华住进新房,也迎来了新生活。村里两层小洋楼鳞次栉比,道路笔直宽敞。听说"南水"也在路上了,刘国华难掩激动,"谁能想搬来这儿了,还能喝上老家的水。现在的日子通盘比以前好!"

重土难迁身处异乡心不舍,弃家为国魂萦故里根长留。淅川县鱼关村矗立的56块大理石石碑上,16.54万名移民的名字在阳光下闪耀如初。移民迁安,他乡变故乡,走向新生活。

"人民就是江山,共产党打江山、守江山,守的是人民的心,为的是让人民过上好日子。"这是中国共产党人矢志不渝的初心和重若千钧的承诺。

一渠清水,流淌着从"有水吃"到"吃好水"的幸福和"搬得出、稳得住、能致富"的心安。

从清晨到日暮,陶岔渠首闸水花翻涌,涛声依旧。

一渠清水永续北送，功在当代，利在千秋！

（郎志慧　孟向东　赵春喜　赵一帆　谭勇　刘一洁）
《河南日报》　2024年12月12日

深入推进南水北调后续工程高质量发展
为中国式现代化建设河南实践提供水安全保障

2014年12月12日，世纪工程南水北调中线一期工程正式通水。2024年12月12日，南水北调中线工程通水十周年，工程连续平稳运行3600多天，已为受水区源源不断输送687亿立方米的优质丹江水，经济效益、社会效益、生态效益显著。

十年来，河南省水利系统牢记习近平总书记殷殷嘱托，深入贯彻落实习近平总书记"节水优先、空间均衡、系统治理、两手发力"治水思路和关于治水重要论述精神，特别是关于南水北调工程的重要讲话重要指示批示精神，按照省委、省政府决策部署，始终心怀"国之大者"，从守护生命线的政治高度，守好一库碧水，扎实推进南水北调后续工程高质量发展，加快构建"八横六纵、四域贯通"的河南现代水网体系，为中国式现代化建设河南实践提供了有力的水安全保障。

南水北调中线工程通水这十年，是河南水资源配置格局不断优化的十年，是群众饮水安全不断强化的十年，是河湖生态环境不断美化的十年，是南北经济循环不断畅化的十年。十年来，南水北调中线工程支撑了河南沿线地区经济总量增长，助力了当地产业结构优化，促进了城镇化水平提高，在更高层面、更广层次、更大范围推动了区域协同发展。

牢记殷殷嘱托
深刻理解"三个事关"

2021年5月14日，习近平总书记在南阳主持召开推进南水北调后续工程高质量发展座谈会并发表重要讲话,擘画了南水北调后续工程高质量发展的蓝图。习近平总书记强调,南水北调工程事关战略全局、事关长远发展、事关人民福祉。

自古以来,我国基本水情一直是夏汛冬枯、北缺南丰,水资源时空分布极不均衡、水灾害频发。我国独特的地理条件和农耕文明决定了治水对中华民族生存发展和国家统一兴衰至关重要。水资源格局,影响和决定着经济社会发展格局。党和国家实施南水北调工程建设,就是要对水资源进行科学调配,促进南北方均衡发展、可持续发展。这是依托我国自然地理而下的一盘大棋,也是确保南北方均衡发展的重大战略举措。

当前,以中国式现代化全面推进强国建设、民族复兴伟业是党和国家的中心任务,必须站在发展全局的战略高度,充分发挥南水北调工程作为国家水网的主骨架和大动脉的优势和综合效益,在更高水平上保障国家水安全,支撑全面建设社会主义现代化国家。

水是生存之本、文明之源。善治国者,必先治水。我们党历来重视治水,始终把水利作为农业的命脉、作为经济社会发展的基础设施。新中国成立后,党领导开展了大规模水利工程建设,兴水利、除水害,办了许多大事、好事、难事,从"要把黄河的事情办好"到"一定要把淮河修好",从学大寨整地治水到发扬红旗渠精神凿山修渠,建成了一大批水利基础设施。党的十八大以来,党中央统筹推进水灾害防治、水资源节约、水生态保护修复、水环境治理,建成了一批跨流域跨区域重大引调水工程,南水北调是跨流域跨区域配置水资源的骨干工程。

中国式现代化的重要特征之一就是人与自然和谐共生的现代化,注重同步推进物质文明建设和生态文明建设。南水北调工程改善了人水关系,促进了人与自然和谐共生,为实现中华民族伟大复兴和永续发展提供了水资源安全保障。

"人民就是江山,共产党打江山、守江山,守的是人民的心,为的是让人民过上好日子。我们党的百年奋斗史就是为人民谋幸福的历史。"南水北调是惠及亿万百姓的民心工程,守护着工程沿线亿万人民群众的饮水安全。通水十年来,供水范围已覆盖我省12个省辖市市区、52个县(市)城区和122个乡镇,为3500万人提供稳定优质丹江水,多座城市南水北调水由规划的补充水源变为主要水源,发挥了巨大效益。

把握国情省情
切实保障"三个安全"

南水北调中线工程所在的黄淮海流域作为我国北方地区的主要组成部分，地理位置优越，土地和矿产资源丰富，流域总面积占全国总面积的3％，而耕地面积却占全国总耕地面积的18％，生产总值、工农业总产值均占全国总量的10％以上，是我国政治、经济、文化中心，在国家发展格局中具有举足轻重的作用，关乎经济安全、粮食安全、能源安全、生态安全，但水资源极其短缺，人均、亩均占有水量仅为全国均值的16％和14％。

河南更是一个水资源严重短缺的省份，人多水少、时空分布不均。河南多年平均水资源总量389.2亿立方米，居全国第19位，人均水资源量394.2立方米，不足全国人均的1/5。耕地亩均水资源量319立方米，不足全国亩均水资源量的1/4。河南以全国1/70的水资源量，保障了全国1/14的人口用水，生产了全国1/10的粮食，支撑了全国1/18的经济总量。

十年来，全省年均用水总量在226亿立方米左右，2023年与2014年相比，万元生产总值用水量从60.5立方米下降到35.3立方米，万元工业增加值用水量从30立方米下降到12.3立方米，农田灌溉水有效利用系数从0.598提高到0.627，用水效率连年优于全国平均水平。

河南既是南水北调中线工程核心水源地和渠首所在地，是整个中线工程的"大水缸"和"水龙头"，也是重要受水区。作为南水北调工程的重要水源地，河南在水源保护方面发挥关键作用，承担着守护"一泓清水永续北上"的神圣使命。同时，河南也是中线工程渠道最长、占地最多、移民最多、投资最大、计划用水量最大的省份，总干渠全长1432公里，在河南长达731公里，占中线总长度的51％。

十年间，为确保一渠清水永续北送，我省树牢底线思维、极限思维，坚持问题导向、目标导向，统筹发展和安全，坚持推进南水北调后续工程高质量发展与确保南水北调工程安全、供水安全、水质安全并重，切实守护好千里水脉。

我省通过完善工程安全管控体系和风险防御体系，推进南水北调防洪影响处理工程建设和沿线病险水库除险加固，落实总干渠工程防洪风险点"一点一案",加强南水北调中线气象保障服务能力建设,加强对工程设施的监测、检查、巡查、维修、养护和穿跨邻接项目全过程管理,开展常态化输水工程巡线,确保工程安全。

南水北调中线一期工程涉及流域多、领域多、目标多,规模宏大、系统复杂,特别是随着供水范围的不断扩大,供水规模的不断增加,供水安全的任务更加艰巨。十年来,我省优化水资源配置,推进水权交易,促进水量指标消纳;科学制定水量调度计划,强化工程调度管理,满足合理用水需求;推进南水北调中线观音寺、鱼泉、沙陀湖调蓄工程,确保供水安全。

丹江口水库及其上游流域是中线工程的水源地,水质安全是调水成败的关键。我省加大生态保护力度,加强水源区和工程沿线水资源保护,实施《河南省南水北调饮用水水源保护条例》,在南水北调水源区和干线工程全面建立省、市、县、乡、村五级河湖长组织体系;开展丹江口"守好一库碧水"专项整治行动,强力开展入河排污口整治,推进水源区农业绿色发展和石漠化治理,抓好水源区和受水区污染防治和生态环境保护工作,推进水源区及总干渠沿线城镇污水处理及垃圾资源化利用;开展常态化水质监测,完善应急处置预案,大力实施丹江口库区及上游水土流失综合治理,十年来治理水土流失面积1270平方公里,确保水质安全。

加强运行管理
着力打造"四条生命线"

通水十年来,河南加强运行管理,着力打造"四条生命线",为中国式现代化建设河南实践提供了有力的水安全保障,工程效益显著。

优化了水资源配置格局。南水北调是纵贯南北承接东西的世纪工程,是国家水网主骨架和大动脉,也是我省"八横六纵"现代水网重要输水通道,对于实现我省四个流域互联贯通,长淮黄海"四水"调配具有不可替代的作用。通水十年来,累计向我省供水超过237亿立方米,农业有效灌溉面积120万亩,有效改变了受水区供水格局,改善了用水水质,提高了供水保证率。

保障了群众饮水安全。南水北调水源水质优良,供水保证率高,已成为沿线城乡供水的生命线。通水十年来,水质始终稳定达到地表水Ⅱ类标准及以上,我省受水城市已从规划阶段的11个省辖市市区、31个县(市)增加至 12 个省辖市市区、52 个县（市），受益人口从规划阶段 1768 万到目前 3500 万。通过南水北调水源置换，多座城市生活用水实现了以南水北调水为主、黄河等地表水为辅、地下水应急的多水源保障格局，大幅提高了受水区居民的用水安全水平，实现了受水区群众从"有水吃"到"吃好水"的转变，人民群众的获得感、幸福感、安全感更加充实、更有保障、更可持续。

复苏了河湖生态环境。南水北调工程把生态建设和环境保护放在突出位置，始终坚持生态优先、绿色发展理念。通水十年来，工程累计向我省生态补水 42.71 亿立方米，通过水源置换、生态补水等措施，一方面推动了河湖生态环境的复苏，城乡河湖再现河畅、水清、岸绿、景美的勃勃生机；另一方面，我省地下水水位持续多年的下降趋势基本得到遏制，促进了地下水源涵养和回升。截至 2023 年年底，河南省黄淮平原区浅层地下水平均埋深 9.18 米，较 2018 年年末上升 2.84 米；深层地下水平均埋深 11.83 米，较 2018 年年末上升 1.02 米。

畅通了南北经济循环。南水北调工程将南方地区的水资源优势转化为北方地区的经济优势，有力促进了受水区经济结构优化调整，为黄河流域生态保护和高质量发展、中部地区崛起等国家战略实施以及郑州国家中心城市建设等提供了优质水资源保障，在畅通南北经济循环、促进经济绿色低碳发展中发挥了重要作用，为区域协调发展和国家战略布局提供了重要支撑。

加快构建现代水网
实现"八横六纵、四域贯通"

习近平总书记指出，水网建设起来，会是中华民族在治水历程中又一个世纪画卷，会载入千秋史册。

2019 年 9 月，习近平总书记在河南考察时，作出了"构建兴利除害的现代水网体系"的重要指示。2022 年 7 月，省政府批复《河南省现代水网建设规划》，明确构建"八横六纵、四域贯通"的省级水网总体布局，南水北调中线工程是"六纵"中的重要一纵。到 2035 年，河南现代水网体系基本建成，水资源调配能力及水灾害防御能力显著增强，水生态环境明显改善，水安全保障能力大幅提升。到 2050 年，全面建成与中国式现代化建设河南实践相适应的高质量水网体系。

目前，我省兴利除害的现代水网体系加快构建，引江济淮（河南段）、赵口引黄灌区二期、小浪底南岸灌区、小浪底北岸灌区、西霞院水利枢纽输水及灌区工程、贾鲁河综合治理等一大批骨干工程建成投用，淮河流域重点平原洼地治理、出山店水库灌区等10余项重大项目开工建设。我省被评为全国省级水网先导区，平顶山市、南阳市先后被评为全国市级水网先导区。

"十五五"期间，我省将围绕保障国家粮食安全、推动黄河流域生态保护和高质量发展、推进南水北调后续工程高质量发展等，把联网、补网、强链作为重点，坚持项目为王，高质量推进水利基础设施建设，重点开展黄河、淮河等防洪治理，开工建设桃花峪、合河等洪水控制工程，实施沙颍河、洪汝河等骨干河道系统治理；围绕南水北调后续工程高质量发展，实施南水北调中线河南段防洪影响处理工程，建成南水北调豫东水资源配置线工程和观音寺调蓄工程；力争开工大别山临淮灌区、燕山水库灌区等7处大中型灌区和周商永运河工程，加快推进淮水北送、引伊入汝、西水东引前期工作，力争早日开工。上述工程建成后，"八横六纵、四域贯通"水网主框架将基本形成，我省水安全保障能力和水平将大幅提升。

（作者系河南省水利厅党组书记、厅长）

（申季维 《河南日报》 2024年12月12日）

南水入冀十年　润泽燕赵大地

2014年12月12日，南水北调中线一期工程正式通水。通水十年来，一渠清水从丹江口水库出发，不舍昼夜奔流北上，滋润着北方大地。

截至今年12月11日，南水北调中线一期工程累计向河北供水达220亿立方米，全省近5200万人口直接受益。南来之水，为加快建设经济强省、美丽河北提供了可靠的水资源保障。

南水缓解缺水之痛

城乡居民喝上优质南水，江水直供支撑企业发展

水质透亮，茶香四溢。"水好喝了，不停水了，终于不再为水发愁了。"

12月7日，魏县野胡拐乡东红庙村村民王河周泡了一壶茶，说起近些年用水的变化，满脸笑意。

魏县地处黑龙港流域和漳卫河流域，是典型的资源性缺水地区。王河周说，过去吃水不易，从几天供水一次，到每天定时供水，能吃上有些发苦发咸的水，已经知足，不敢奢望更多了。

来到野胡拐供水站，4眼深井已经处于备用状态。供水站负责人李静峰说，水源切换后，供水站供水能力提升了一倍，现在能让周边33个村3.5万人吃上优质南水。

魏县水利局副局长袁耀明说，南水的到来，缓解了魏县老百姓的缺水之痛。魏县大力实施南水北调水源置换工作，建设魏县南水北调水厂和32个供水站，分几步实现了全县100多万人告别地下水、全部饮用南水的目标。

王河周爱喝茶，以前水源不能保证，只能拿个茶杯偶尔泡茶喝。现在，优质甘甜的南水全天足量供应。去年，他特意买来一张茶桌。客人来了，坐在茶桌旁聊天交流；闲暇时刻，抱着孙女在茶桌旁享受天伦之乐。"南水让我的生活质量更高了。"王河周说。

南水进入千家万户，我省城乡居民生活用水更有保障。通水以来，南水北调中线一期工程供水水质始终保持或优于地表水Ⅱ类标准，清澈、甘甜、水垢少，是我省城乡居民用上南水后的普遍感受。

在南皮县刘八里镇十二里村，村民们用来储水的大水缸"退休"了。2021年，十二里村280多户村民彻底告别高氟水，喝上了优质、甘甜的南水。

在枣强县张秀屯镇张秀屯村，村民们用来储水的地井也"退休"了。2019年，枣强县实现户户通南水，村民们不用担心氟斑牙问题了。

用足用好南水。近年来，我省南水北调供水范围持续扩大，年度调水量逐年攀升。南水北调水已由规划时的补充水源，逐渐成为多地主力水源和供水"生命线"。

早在2018年，南水就已成为我省南水北调受水区中心城市居民生活用水的主水源。从省水利厅了解到，2016年以来，我省结合地下水超采综合治理，省、市、县多渠道筹措资金359亿元，在南水北调受水区有序开展农村生活水源江水置换工程建设，努力构建水源可靠、工程完备、运行顺畅、便捷高效的农村供水保障体系。全省受水区近3000万农村人口喝上了优质南水，特别是黑龙港流域500多万人告别饮用苦咸水、高氟水的历史。

城乡居民喝上优质南水，工业用水大户也通过江水直供保障了发展需求。

来到位于柏乡县的锦宝石集团，院内两片空地平整完毕，未来将建设新的厂房。公司副总经理营清敏说，这两片空地上各有一眼机井，现已停用，为新厂房建设提供了便利。

柏乡县地处"宁柏隆"地下水漏斗区，水资源严重短缺。锦宝石集团每月生产生活用水量近3.5万立方米，如果没有江水直供，企业发展与地下水压采的矛盾将难以调和。"使用南水，我们节省下来抽取地下水的电费足够支付水费。"营清敏说，江水直供项目保障了用水需要，让企业发展更有底气了。

位于邯郸市永年区的河北永洋特钢集团有限公司，使用南水后，吨水综合利用成本降低约1元。企业负责人说，地下水硬度高，容易造成设备结垢，生产用水先要进行软化处理。使用南水后，设备使用寿命得到延长。

省水利厅有关负责人介绍，近年来，江水直供支撑了邯郸、邢台、石家庄、保定、衡水等地许多工业企业的用水需求。

南水改善生态环境
河湖迎来生态蝶变，助推现代水网建设

一渠清水北上，助力河湖"新生"。通过实施河湖生态补水，南来之水"牵手"沿线自然水系，流入本地河流湖泊，让原来满目疮痍的河湖迎来生态蝶变。

滹沱河是石家庄的母亲河，20世纪70年代起，受持续干旱等因素影响，曾经干涸断流40多年。

"唤醒"滹沱河的努力，从2007年就开始了。但直到2018年南水注入，滹沱河常态化生态补水才有了强有力的水源保障。在南水、本地水库水等多水源持续补充下，经过持续努力，2021年，断流40多年的滹沱河全域复流，水丰草茂的母亲河回来了。

以唐河为主体的"唐水秋风"曾是"定州八景"之一。20世纪90年代，

唐河连续多年断流，河道干涸，沙砾裸露，一遇大风便黄沙漫天。

2019 年，南水开始为唐河生态补水。疏浚河道、开挖生态槽、修筑防护边坡，如今，唐河水清岸绿，已成为市民休闲娱乐的好去处。

曾几何时，随着工农业迅速发展、淀中村人口急剧增加，白洋淀水域面积急剧缩减，水质下降。

2018 年，南水奔流而至，与黄河水、水库水共同汇入白洋淀。现在的白洋淀，淀阔水清，碧波千顷，水质稳定保持在三类标准，越来越多野生鸟类选择在淀区安家，素有"鸟中大熊猫"之称的青头潜鸭也时常在白洋淀"遛娃"。

今年以来，南水北调中线一期工程共向滹沱河、府河、泜河、沙河等 18 条省内母亲河补水 6.9 亿立方米，助力这些母亲河提前完成了年度复苏目标。

河北水网是国家水网主骨架和大动脉的重要组成部分。今年 7 月，水利部将我省列为国家第三批省级水网先导区。我省提出，以全面提升水安全保障能力为目标，以优化水资源配置体系、完善流域防洪减灾体系为重点，织密水资源配置网，筑牢江河安澜防洪排涝网，复苏河湖生态网，加快构建"四纵八横、七河连通"的省级水网骨干网络。

构建"四纵八横、七河连通"省级水网骨干网络，南水北调工程是重要内容。"四纵"中包括南水北调中线、南水北调东线等纵向重大引调水工程。"八横"中包括邢清干渠、石津干渠、保沧干渠、廊涿干渠四条大型输水干渠，即我省为南水北调中线一期工程建设的配套工程。

南水北调中线一期工程正式通水后，我省加快配套工程建设和江水切换工作。2017 年，河北省南水北调配套工程水厂以上输水工程全面建成，水厂以上 2056 公里输水管线全线贯通，具备 30.4 亿立方米引供水能力，在中线工程沿线四省市中，河北投资规模最大、输水管线最长、新建水厂最多。

当前，河北正加快推进现代水网建设。随着引江、引黄等跨省、跨流域调水工程和本地水利工程顺畅衔接，全省现代水网体系将更加安全高效、绿色智能。

（马彦铭 《河北日报》 2024 年 12 月 12 日）

南水北调东中线一期工程全面通水十周年发挥巨大综合效益

长江之水北奔腾　浩荡润鲁利千秋

十年渠通南北，十年匠心筑梦。今年是南水北调东中线一期工程全面通水十周年，十年来，滚滚长江水，不舍昼夜，奔涌北上，润泽北方大地。

南水北调功在当代，利在千秋。历经50年规划论证，10余年攻坚建设，2013年11月15日，南水北调东线山东段工程正式通水，2014年底南水北调东中线一期工程全面通水，山东南水北调工程累计调水超98亿立方米，全面实现了工程安全、供水安全、水质安全，在保障城市供水、抗旱补源、防洪除涝等多方面发挥了重要作用，成为齐鲁大地优化水资源配置、保障群众饮水安全、复苏河湖生态环境、畅通南北经济循环的生命线。

标准管理服务高质量发展

一渠清水北上东输，服务山东高质量发展。作为南水北调山东段工程运行管理单位，南水北调东线山东干线有限责任公司（以下简称"山东干线公司"）在省委、省政府和省水利厅党组的坚强领导下，始终坚持党建引领，以践行"三个安全"为宗旨，以保障工程安全、优质、高效运行为第一要务，致力在工程标准化管理上下功夫、提质量，不断提高水量优化调度、远程集中控制、智能管理决策、应急响应处置等水平。

标准化管理走在全国前列。山东干线公司全面落实ISO标准化成果应用，取得安全生产、金结机电、土建工程维护、标识标牌、盘柜及线缆整理标准化多项成果，推进泵站、水库、渠道工程标准化建设，行业首创星级考评制度，探索形成独具特色的标准体系。2024年5月，顺利通过水利部标准化管理评价，成为全国南水北调系统首批标准化管理调水工程。

数字赋能工程智慧蝶变。山东干线公司坚持先行先试，规划建设数字孪生南水北调东线山东干线工程，已建成的数字孪生邓楼泵站、东湖水库自动化升级改造等，通过数字赋能水量调度、安全监管、水质保障、运行维护等核心业务，保障水工程安全、供水安全和水质安全。

创新驱动引领高质量发展。山东干线公司建立"坚持党委领导、单位支持、个人带头、全员参与"的创新工作体系，设立"创新工作室"、积极参加各级技能竞赛、加强"五小"创新创效等，围绕人才培养、技术咨询与服务等领域深度开展产学研合作，积极推动智慧水利建设以及科技成果转化，为水利高质量发展提供示范样板。

精益求精收获累累硕果

南水北调事关战略全局，事关长远发展，事关人民福祉。截至目前，山东段工程已连续 11 年圆满完成省界调水任务，累计调水超 98 亿立方米，直接受益人口 4000 万人。这不仅是"国之重器"的见证，更离不开山东干线公司对工程管理和调水业务的精益求精。

十余年来，山东干线公司在管理上收获累累硕果，提前半年完成全线验收任务，成为全系统首家通过三标一体国际认证的单位，荣获 9 项中国水利工程优质（大禹）奖，水利部"安全生产标准化一级达标单位""山东省五一劳动奖状""山东省级文明单位""山东社会责任企业""山东省防汛抗洪表现突出集体"等。

十余年来，山东干线公司人才辈出，多名职工获"全国水利行业首席技师""全国技术能手""齐鲁工匠""山东省五一劳动奖章""山东省技术能手"等荣誉称号。突出榜样力量，选树一批"道德模范""劳模工匠""十佳标兵"，培育一批优秀"双报到"单位、工人先锋号、全国先进班组、省级青年文明号、省创新型班组等模范标杆，擦亮了山东干线公司亮丽名片。

"大国重器"彰显巨大效益

千里碧波，川流不息。11 月 25 日下午，南水北调东线一期工程启动 2024—2025 年度全线调水，随着一渠江水滔滔北上，南来之水的综合效益持续彰显。

优化水资源配置。作为山东现代水网主骨架的重要组成部分，南水北调山东段工程不仅从水资源总量上增加了全省的供给保障能力，还与省内其他骨干水利工程互联互通，构筑起南北调配、东西互济的水网格局，实现了长江水、黄河水、当地水、非常规水等多种水源的联合调度、优化配置，为经济社会高质量发展提供了可靠的水安全保障。

保障群众饮水安全。南水北调山东段工程每年可为全省增加 13.53 亿立方米的净供水能力，有效缓解了水资源供需矛盾。特别是 2014 至 2017 年胶东半岛连续干旱，南水北调工程与地方引黄工程、胶东调水工程联合调度运行，向胶东半岛输送长江水、黄河水 25.06 亿立方米，有力保障区域用水安全。工程输水干线水质稳定保持地表水水质Ⅲ类以上，受水区群众彻底告别了世代饮用高氟水、苦咸水的历史。

改善沿线生态环境。南水北调山东段工程自运行以来，通过水源置换等措施，累计生态补水 9.53 亿立方米，有效保障了沿线河湖生态用水。沿线受水区各河流湖泊利用抽江水及时补充蒸发渗漏水量，蓄水保持稳定，生态环境持续向好。通过北延工程调水、补水，京杭大运河实现百年来全线贯通，工程沿线形成一条"绿色生态长廊"。

畅通南北经济循环。南水北调山东段工程将南来之水转化为发展优势，东平湖和南四湖两湖段新增通航里程 62 公里，有效改善了山东内河航运条件。京杭运河韩庄运河段航道由三级航道提升为二级航道，航运作用明显提升。枣庄市紧紧抓住南水北调通水机遇，成功组建"一港四区"，不断成为枣庄市优化产业布局、发展"沿运"经济带、实施"以港兴市"战略的重要依托。

新征程上，山东干线公司将锚定加快构建国家水网和山东现代水网目标，着力管好用好工程，不断深化文明创建，凝聚起干事创业的强大合力，在推动黄河流域生态保护和高质量发展、服务保障新时代社会主义现代化强省建设中走在前列，奋力开创山东南水北调工作新局面。

(《大众日报》 2024 年 12 月 12 日)

南水奔流润津沽
南水北调东中线一期工程全面通水 10 周年
南水北调东中线一期工程全面通水 10 年，
给天津调水超 100 亿立方米

千里送碧水　万物生光辉

调水为民、治水兴邦。南水北调，这一世纪工程，跨越半个世纪规划论证，历时 10 余年全面建设，一代代人驰而不息、久久为功，宏伟蓝图一步步

北大港湿地候鸟归来（通讯员　年爱军　摄）

变为美好现实。

2014年12月12日，举世瞩目的南水北调东中线一期工程全面通水。汩汩南水，自武当山下的丹江口水库，出陶岔、过垭口、飞渡槽、入暗涵，穿行千里、奔流北上，抵达渤海之滨，开辟了新的城市供水生命线。

水是城市发展的命脉，是人民幸福的源泉。历经3600多个日夜的精心管护，超100亿立方米的南水源源不断地保障着天津城市用水需求，惠及群众1300多万人。

一泓清水，为天津这座资源型缺水城市带来了什么？

通水10年，天津构建起引江、引滦双水源保障，农村饮水提质增效，引江供水已覆盖我市除蓟州区外的15个行政区；

通水10年，天津水生态环境显著改善，水系连通绘出水清、水满、水流动的秀美景观，全市每年向重点河道湿地实施生态补水超10亿立方米；

通水10年，天津践行"节水优先、空间均衡、系统治理、两手发力"治水思路，水资源集约节约利用和节水型社会建设迈上新水平，绿色发展带动经济社会高质量发展。

清冽甘甜的南水，沁润民心，滋养大地，重塑格局，关乎未来。

调水解渴　一条供水生命线

地处海河流域尾闾的天津，却是一座严重资源型缺水城市，人均本地水资源占有量仅 100 立方米左右，约为全国人均占有量的 1/20。

南水北调中线通水之前，天津城市供水主要依靠引滦入津工程体系保障。然而，作为人口超千万的超大城市，仅有一条供水生命线，无法彻底"解渴"。当时，尽管百姓喝上了滦河水，但农业和生态环境用水仍要靠天吃饭，城市供水依赖性、单一性、脆弱性问题突出。

2014 年 12 月，南来的江水流进津城千家万户，成为天津又一条城市供水生命线。"远水"不仅解了"近渴"，更极大优化了天津的供水格局。

位于宝坻区的尔王庄水库是引江、引滦双水源保障的重要枢纽，也是南水北调中线市内配套工程。在这里，"一横一纵"交错的引江供水体系与引滦供水体系互联互通。

"双水源立体覆盖、交叉互补。2023 年 6 月，宝坻引江供水工程通过验收，标志着我市除蓟州区外，均实现了双水源保障，引江水成为我市城市供水的主水源。"天津水务集团引滦尔王庄分公司水管中心主任赵玉芹说。

如今，以引江、引滦"一横一纵"输水干线为骨架，于桥、尔王庄、北大港、王庆坨、北塘 5 座水库互联互通、互为补充、统筹运用的供水新格局日益清晰。

水源保障充足，天津从"有水喝"向"喝好水"转变。全市积极整合水质监测、水源调配、生产供给、应急保障等资源，建立了从上游达标供给到下游稳定生产的供水保障链。引江原水水质常规监测 24 项指标始终保持在地表水 Ⅱ 类标准及以上，下游城市供水水质合格率保持在 99% 以上，自来水出厂水、管网水浊度较通水前均有下降，群众饮用水口感显著提升。

"过去喝水放茶叶，为了遮苦咸味儿。现在的水喝起来，真的尝出了甜！"武清区南蔡村镇聂官屯村党支部书记、村委会主任王顺明对水质变化感受深刻。2019 年 11 月，聂官屯村用上引江水，武清区成为全市率先实现引江供水全域覆盖的涉农区。

调水，以民生为本。近年来，天津提速实施农村饮水提质增效工程，通过建设集中供水厂，延伸自来水管网等，用引江、引滦优质外调水替代农村地下水源，解决部分农村供水氟超标、限时供水等问题，累计提升 2817 个村、286.8 万人饮水质量。

生态蝶变　碧水滋养万物

冬日，成群的海鸥在海河栖息觅食，游人驻足观鸟拍照，构成一幅人水和谐共生的和美画卷。

天津河网水系密布，河湖湿地众多，水环境是重要的生态载体。在南水的助力下，天津从水源调配、水系连通、生态修复入手，加速水源置换，还水于河湖，复苏生态。

2016年，天津实现对海河、子牙河、北运河等中心城区重点河道常态化补水，并带动相关二级河道实施水体置换。对七里海、大黄堡、团泊、北大港四大湿地实施常态化补水；利用南水北调东线北延工程向我市补水，自2019年起已累计补水1.34亿立方米，有效弥补南部地区农业灌溉和生态用水缺口。

天津以构建全市大水网为目标，着力解决水体循环不畅、生态水量分布不均等突出问题，持续推动全市水系连通建设，孕育了北运河郊野公园、桃花堤、南运河"天子津渡"遗址公园、御河景观等大运河主题文化公园，让古老运河焕发新时代风貌。

通水以来，全市每年向重点河道湿地实施生态补水超10亿立方米，一条条河流实现了从"干涸"到"流动"的华丽转身。2023年，全市地表水断面优良水体比例达到60%，劣Ⅴ类水体全部消除，12条入海河流水质总体达到Ⅳ类以上，人居环境从"局部美"迈向"全域美"。

绿色发展　先节水后调水

"千里调水，来之不易！更要倍加珍惜，用好每一滴水。"近日，在南水北调中线工程开放日活动中，参观了天津干线外环河出口闸的市民纷纷发出感慨。

调水不易，且用且珍惜。这是天津人凝聚在心中的节水共识，也是饮水思源，感念"同饮一江水"的浓浓情谊。

先节水、后调水，天津以水资源刚性约束激发节水产业发展动力，在深化计划用水管理、推广先进节水技术、深化节水型系列创建等方面成果卓著。

南水流动，绘出高质量发展的生动图景。天津坚持水资源优化配置与工业结构调整同步实施，淘汰、压缩、改造高耗水行业，大力发展智能科技、生物医药、新能源、新材料等高新技术和高附加值产业。

截至2023年底，全市深层地下水开采量降至0.44亿立方米，深层地下水水位埋深较通水前回升了8.71米，地面沉降严重区首次实现"清零"。

今年5月，随着全国首个节水产业联盟落地天津，我市节水产业发展进入"快车道"，未来将以节水科技创新中心和节水产业园为载体，集聚一批节水龙头企业，孵化一批核心技术，并与天开高教科创园"牵手"推动节水领域科技成果转化。

大禹节水集团等龙头企业，膜天膜、创业环保、北疆电厂、玖龙纸业等节水领域领先企业扎根天津发展，共同推进绿色制造，形成从水源到工艺再到产品的全产业链节水模式。

目前，全市已建成节水型企业（单位）1963个、节水型居民小区1802个，16个区全部完成节水型社会达标建设，全部市管机关及50%以上的市属事业单位已建成节水型公共机构。

南水来之不易，为了充分发挥引江水效益，天津将继续践行习近平总书记"节水优先、空间均衡、系统治理、两手发力"治水思路，大力推进节水型社会建设和水资源集约节约利用，助力南水北调后续工程高质量发展，让清洌甘甜的南水持续造福津门大地。

（王音　年爱军　《天津日报》　2024年12月12日）